カンブリア　邪眼の章

警視庁「背理犯罪」捜査係

河合莞爾

中央公論新社

CONTENTS

カンブリア　邪眼の章

警視庁「背理犯罪」捜査係

プロローグ　胎児

「失神したんだって？」

　緑色の手術着の先生が、同じ色のマスクを顎《あご》に引っ掛けて処置室に入ってきた。普段のフレームレスの眼鏡《めがね》ではなく、手術用の太い黒縁《くろぶち》眼鏡を掛けている。

「はい。事前に坐剤《ザポ》は使ったんですが――。効かなかったみたいです」

　私は弁解するように答えた。

「かなり痛そうだったので、落ち着かせるためにペンタゾシンを注射しました。それ以来、ずっと眠っています」

　ペンタゾシンというのは、一時的な疼痛《とうつう》管理に使用する中枢性鎮静剤《ちゅうすうせいちんせいざい》だ。

「まあ、いいんじゃない、ぎゃあぎゃあ泣き喚《わめ》かれるよりは」

　先生はあっさりと言うと、合成ゴム製の白い手袋を慣れた手付きで嵌《は》め始めた。

「ラミは抜いてあるね？」

　先生の問いに、私は頷《うなず》いた。

「はい。五分くらい前に」

ラミ、正式名称はラミナリア桿《かん》。長さ六十または八十㎜の茶色をした細い棒だ。この棒は昆布の根茎《こんけい》かまたは高分子材でできていて、水分を吸うと数倍の太さに膨張する。これを産婦人科では出産時や人工妊娠中絶《アウス》手術の手術前処置で、子宮の入り口である狭い子宮頸管《けいかん》を広げるために使う。

この日の患者は後者、つまり人工妊娠中絶に来た女性だった。出産時には前日に使用することが多いが、中絶は基本的に一日で終わらせるので、夕方に手術をする前提で午前中に六本のラミナリア桿を使用した。そして可哀相に彼女は、挿入時の激痛で気絶してしまったのだ。

「じゃ、さっさと終わらせよう。あとの予定が詰まってるからな」

軽い口調の先生に、私は首を傾《かし》げた。

「今日はもう、患者さんはいませんけど？」

「いや、そうじゃなくて」

先生は楽しそうに笑った。

「今夜は医大の時の同級生たちと焼き肉を食いに行くんだ。いつも、遅刻した奴が多めに勘定を払わされるルールなんだよ」

そうなんですか、と曖昧《あいまい》に頷きながら、私は傾いた検診台に横たわっている若い女性の患者を見下ろした。両脚を広げたまま固定され、ぐったりとしている。目を閉じて、口をわずかに開き、早いリズムで小さく呼吸をしている。両側の頬が濡れている。激痛に耐えられなくて流した涙の跡だ。

彼女は十五歳。中学三年生の女の子だ。妊娠十六週目に入ったところで、人工妊娠中絶のために私のいる病院に一人でやってきた。

ラミナリア桿の使用には激痛を伴うことが多い。まだ幼いこの子の身体《からだ》には、子宮頸部拡張は負担が大きすぎたのだ。中には、人工中絶手術や出産時にドロペリドールやブプレノルフィンなどの麻酔薬を使った無痛手術を行う産婦人科《ギネ》もある。だけど、大抵の病院には麻酔科指導医は常駐していなくて、この病院にもやっぱりいない。だからこの子の痛みを和《やわ》らげてあげられるとしたら、坐剤か注射による鎮静剤の投与が精一杯だ。

ごめんね――。

上半身と下半身の間を横断する白いカーテンを引きながら、私は心の中で、検診台に横たわる女の子に謝った。

もう少し頑張ってね、なるべく早く終わるようにするからね――。

望まない妊娠で苦しむのはいつだって女性のほうだ。それでも、男の子と無自覚に遊んだ結果の妊娠には、相手の男についても自分の身体についても、もうちょっと考えたほうがいいんじゃない？　と言いたくなる時もある。

だけど、今回はそうじゃない。「母体保護法」第三章第十四条第二項に定められた理由による人工妊娠中絶だ。


——暴行若《も》しくは脅迫によつて又は抵抗若しくは拒絶することができない間に姦淫《かんいん》されて妊娠したもの——。


この女の子は強制性交、つまり強姦によってお腹《なか》の中に命を授かってしまったのだ。まだ十五歳、これからこの子の人生の中でも、夢一杯の一番輝かしい季節が訪れるというのに。年間約十八万人もの胎児が命を失っているが、その中でもこの女の子は最も同情すべき境遇だといえるだろう。

だから私たちにできるのは、せめて少しでも痛みが少なく手術が終わり、かつ将来にも一切の影響が残らないよう、最善を尽くすことだけだ。

人工妊娠中絶手術や人工流産《AA》もそうだが、通常の出産でも、女性は他では体験することのないほどの猛烈な痛みを経験することになる。私には出産経験がないが、経産婦《MP》はこの苦痛を「鼻からスイカを出すぐらいの痛み」と喩《たと》える。人によっては、そんな生ぬるいものじゃなくて「骨盤を割られて股を引きちぎられるような痛み」だとも言う。

最近は出産においても、全身麻酔による無痛分娩を勧める病院が増えている。欧米ではほとんどの妊産婦が無痛分娩を選ぶらしい。だが日本では今も、麻酔の赤ちゃんへの悪影響を恐れて自然分娩を勧める病院が多い。鎮静剤なら腎臓や肝臓で分解されるから、胎児にはほとんど届かないからだ。

しかし、無痛分娩にせよ自然分娩にせよ、ほとんどの女性が病院に行かないことには出産ができないという意味では同じだ。

なぜ人間の女性は、自然の状態では一人で出産できないんだろうか？

なぜ人間の女性は、出産時に生命の危険を感じるほどの苦痛に耐えなければならないんだろうか――？

出産する女性が大変な苦痛を味わうのを見る度《たび》、私は複雑な気持ちになる。子供を産むなんて、生き物として当たり前のことなのに。

他の動物は、あっけないほど簡単に子供を産む。例えば子供の頃、家で飼っていたウサギが餌を食べながらぽろりと子供を産んだのを覚えている。犬も、安産のお守りにされるくらいお産が軽いという。

看護学校で習ったことだが、人間が難産なのは「脳の発達」と「二足歩行」に原因があるらしい。大きな脳のせいで、赤ん坊の頭は産道をくぐり抜けるのが大変なほどに大きくなった。また二本足で歩くようになったせいで、妊娠中の胎児が落っこちないよう、女性の産道は狭くなり、かつS字型に曲がりくねるようになった——。

つまり、人間が難産なのは、人間の「進化」のせいなのだ。

だとしたら、出産という視点だけから見れば「人間は間違った進化をしてきた」といえるんじゃないだろうか？

「じゃ、始めようか。ミダゾラム十mg《ミリ》」

緑色のマスクを嵌めた先生が、くぐもった声で言った。

私はミダゾラムの入った透明な点滴バッグをクロームのスタンドに掛け、チューブの先端の針を女の子の左腕に刺して固定した。ミダゾラムとは催眠性のある鎮静剤で、およそ二時間で半分が代謝されるため、日帰りの手術でよく用いられる。その後、血圧計や酸素状態を知る機械などのモニター機器を右腕に装着した。いつも通りだ。

「ライト」

検診台の真上に吊ってある、巨大な蓮《はす》の花托《かたく》のような無影灯のスイッチを入れた。八個のLED照明が点灯し、検診台に寝ているほっそりとした女の子の、青い血管が透けて見える下腹部を、影を結ぶことなく照らし出した。

「ヘガール」

先生が患者を見下ろしたまま、左手を私に差し出した。私は先が緩やかに曲がった棒のような器具を渡した。ラミナリア桿で柔らかくなった子宮頸管をさらに拡張する器具だ。この病院では太さの違う三種類を細いほうから順番に使用して、徐々に子宮頸管を広げていく。

そして充分に子宮頸管が開いたら、胎盤鉗子《かんし》という鋏のような器具や、キュレットという細長いスプーン状の器具を使用して、子宮の中の胎児を掻爬《そうは》するのだ——。

そう考えた時、私はある話を思い出した。それは、数日前に読んだアメリカのお医者さんの本に書いてあった「胎児には意識があるのか」という話だ。

神経が発達する前の胎児には、感覚も意識もない。だが妊娠二十六週目、つまり六ヵ月以降になると脳と神経が繋がり、胎児は意識と感覚を持つようになる、という考えが現在は多数派らしい。

一方で、日本では母体保護法によって二十二週以降の妊娠中絶は禁止されているし、人工中絶手術の大多数は十三週以前に行われている。だから堕《お》ろされる胎児には、まだ感覚も意識もないはずだ。つまり痛みも恐怖も感じていないはずなのだ。

しかし、八週目に入った胎児は、触られると反応して動くようになる。これは胎児に何らかの感覚が生じているということじゃないんだろうか？　また、出産の現場で働く医者の中には、それよりももっと早く、妊娠六週目くらいから胎児には触覚が生じているいると主張する人もいる。そして人工中絶手術時に、胎児に麻酔をかける医者などまずいない。

ということは――。私はごくりと生唾《なまつば》を呑み込んだ。

とても信じたくないことだけれど、母親の子宮から掻《か》き出される、あるいは吸い出される時、胎児はものすごい「激痛」に悶《もだ》え苦しんでいるということになってしまう。いや、痛みだけじゃない。母親の胎内から引きずり出される時、胎児は「死の恐怖」を感じているかもしれないのだ――。

私は先生に気づかれないよう、頭を小さく左右に振った。余計なことを考えるんじゃない。今は手術のことだけに集中しよう。もう人工中絶手術は始まっているのだ。何か不手際があって、手術中の女の子を苦しませてはならない。

「何か言った？」

ふいに先生が手を止めると、怪訝《けげん》な顔で私を見た。

「え？」

私は戸惑った。何も喋ってはいない、はずだ。

私は慌てて首を横に振った。

「い、いえ。何も」

「そう」

不思議そうに小首を傾げると、先生は気を取り直したように寝ている女の子へと向き直ると、再び金属製の器具を構えた。

その時だった。


――ヤメテ――。


私の耳に、小さな声がはっきりと聞こえた。

また先生の手が止まった。先生にも今の声が聞こえたのだ。

「だからさ、何？」

手術を邪魔された先生が、私を見ながら苛立った声を出した。指先に神経を集中している時に、私が不用意に独り言を言ったと思って怒っているのだ。

私は急いで首を横に振った。

「違います。私、何も言ってません」

「言ってませんって、じゃあ、誰だよ」

私は困ってしまって黙り込んだ。本当に私の声じゃないのに。

処置室の外にいる他の看護師か、患者さんか、あるいは製薬会社の人だろうか？

しかし処置室は、中の声が外に漏れないよう防音処理がしてあるから、逆に外の人も大声で叫びでもしない限り聞こえないはずだ。それに今聞こえた声は、囁《ささや》きのようなか細い声だった、ような気がする。

ふと、私は奇妙なことに気が付いた。

今聞こえた声が、男性の声だったのか女性の声だったのか、子供の声か大人の声か、それとも老人の声だったのか、全く思い出せないのだ。

それどころか私は、今のが「声」だったのかどうかすら、自信がなくなってきた。まるで――そう、誰かの嫌悪と恐怖の混じった「怒り」が、私の頭の中に直接流れ込んできて、私はそれを声として聞いたと思い込んだ――そんな気がしてきたのだ。

では、あれは誰の声――いや、誰の怒りだったのだろうか？

私の心の中に得体の知れない不安が広がり始めていた。この処置室にいるのは先生と私と、それに、検診台の上でこんこんと眠っている女の子だけなのだ。

「気のせいかな」

先生は呟《つぶや》くと、あらためて右手のヘガールを構えた。

その時だった。

検診台を照らしている無影灯が、ちらりと瞬《また》いた。先生が怪訝な表情で真上にある無影灯を見上げた。私も思わず蓮の花托のような形の照明器具を見た。

突然、ぱん、という音とともに、無影灯のＬＥＤ電球の一つが破裂した。それを見上げていた先生の顔に、ガラスの破片がばらばらと落ちてきた。

「うわっ！」

先生が下を向いて頭を振り、ガラスの破片を振り払おうとしていると、無影灯の他のＬＥＤ電球も次々と破裂し、先生の後頭部に細かいガラス片をばら撒いた。

「な、何だ？」

頭を振りながら喚く先生の横で、ワゴンの上のトレイに置かれた手術に使う器具類が、かちゃかちゃと小さな音を立て始めた。音は徐々に大きくなっていき、やがてステンレスのトレイの上で魚かエビのように飛び跳ね、激しい音を立てた。

これに同調するかのように、壁のガラス戸棚ががたがたと足踏みを始め、中に並んでいるガラス製の薬瓶ががちゃがちゃと暴れた。そして観音開きの扉がばたんと左右に開き、茶色や紫色や透明のガラス瓶がばらばらと床に落ち、がしゃんがしゃんと音を立てて次々と割れていった。床に液体が広がり、つんとした臭いが私の鼻を突いた。

「ひっ！」

思わず悲鳴を上げた私のすぐ脇で、手術中の女の子に取り付けているモニター機器もぐらぐらと大きく揺れていた。緑色のモニター画面の中で、白い曲線が長縄跳びの縄のようにぐるりぐるりと回転し、やがて、ぼん、という音とともに装置全体が大きく跳ね、きな臭い黒煙を立ち上らせた。

「じ、地震だ！　大きいぞ！」

先生が腰をかがめ、切迫した声で叫んだ。

「で、でも、先生！」

私は物が壊れる音に負けないよう、大声で呼びかけた。

「これって、地震じゃ――」

そうなのだ。処置室の中にあるものは全てが揺さぶられ、あるいは壊されてはいるが、私たちが立っている床は揺れていなかった。ということは地震ではないのだ。

――ポルターガイスト？　私の脳裏にそんな言葉が浮かんだ。いつかテレビの深夜放送で観た、古いホラー映画に出てきた言葉だ。幽霊屋敷などで、誰も手を触れていないのにものが勝手に動いたり、大きな音を立てたり、燃え上がったりする現象だ。映画では悪霊の仕業だということになっていた。

しかし、そんな心霊現象などが本当に、しかもまだ夜にもなっていないのに起こる訳がない。第一ここは幽霊屋敷じゃない。

とはいえ、目に見えない何者かが暴れているような状態なのは確かだ。まるで、何かに腹を立てた駄々っ子が、怒りに任せて部屋の中で手を振り回し、手近にあるものを片っ端から壊しているような——。

「に、逃げよう!」

先生は緑色の帽子とマスクをむしり取ると、手術器具や瓶の破片が散乱した床の上を、よろけながら走り出した。そして床の上の何かを踏んで滑り、盛大に転倒した。

「待って下さい!　患者さんが!」

私は転んでいる先生に向かって叫んだ。

「知るか!」

先生は急いで起き上がると、ドアに向かって走りながら叫んだ。

その先生が、突然立ち止まった。そして、ゆっくりとこちらを振り返った。目は何かに驚いたかのように大きく見開かれ、口は何かを言いたげに大きく開いていた。

その口から先生が、がぼっ、という音とともに、大量の血を吐き出した。

「きゃあっ!」

思わず悲鳴を上げた私を、充血した目でじっと見つめながら、先生はゆっくりと両手を前に上げ、私に向かって一歩踏み出した。

私は恐ろしさに思わず後ずさりしようとしたが、お尻が検診台に当たって、それ以上後ろに退《さ》がることができなかった。

「いや、来ないで!」

私が首を振りながら叫ぶと、先生は苦しそうに顔を歪《ゆが》め、震える声を出した。

「た、たす、け――」

そして先生は顔を上げ、絶望したかのように天井を仰ぐと、絶叫した。

「う、ぎゃあああああああ――！」

上を向いた先生の口と鼻から、間欠泉のようにどす黒い血が噴出した。両手で喉や胸のあたりを掻きむしりながら、先生はごぼりごぼりと何度も血を噴き上げ続けた。白い天井を血飛沫《ちしぶき》がみるみる赤黒く染めていった。

先生が噴き出していた血が止まった。

先生は目を見開き、口を広げたまま、だらんと両手を下ろすと、ゆっくりと背中から床に倒れていった。ごん、という頭が床を打つ重い音が処置室に響き、先生は奇妙な姿勢でごろりと床に転がると、そのまま動かなくなった。


気が付くと、全ての物音が消えていた。

しん、と静まり返った処置室の中を、私は恐る恐る見回した。戸棚、ワゴン、モニター機材が倒れ、床には手術器具とガラス瓶の破片が散乱し、それに先生が噴き出した大量の血が広がっていた。

片付けなくちゃ――。部屋の中を見渡しながら、私はそんな呑気《のんき》なことを考えていた。自分でも不思議なほどに冷静だった。多分、今起こったことがあまりにも非現実的だったので、まるで夢の中にいるような気分だったのだ。

——そうだ、患者さん。

私は検診台の上に寝ている女の子を見た。彼女はすうすうと寝息を立てていた。私はほっとしながらも、急いで検診台の股受けから彼女の両脚を下ろすと、ピンク色の術衣の前を整えてから脚を揃《そろ》えて寝かせ、ブランケットを掛けた。幸い、女の子の身体にはガラスの破片が落ちていなかった。

「何だっていうの——?」

呆然としたまま、私は思わず口に出して呟いた。そしてぼうっと霞んだ頭の中で、この異常極まる状況をなんとか理解しようとした。

これは地震なんかじゃない。床は揺れていなかった。じゃあ一体何だというのか?どうして誰も触ってもいないのに無影灯が破裂し、モニター機器が壊れ、戸棚の扉が開いて中身が飛び出してきて、先生が血を吐いて倒れたのか——?

頭が痛くなってきて、私は思わずこめかみを押さえた。こんな理不尽な現象がなぜ起きたかなんて、私が考えたって何もわかるはずがない。ただわかっていることは、まさに中絶手術が始まろうとした瞬間、この阿鼻叫喚《あびきょうかん》の騒ぎが起きたということだ。

そして、この手術を執刀するはずだった先生が、口から血を吐いて倒れた。

まるで――。

まるで、誰かがこの中絶手術を嫌がって、止めようとしたかのような――。

じゃあ、この手術を止めたい者がいるとしたら、一体誰だろうか？

事前に聞いた話によると、この少女は可哀相なことに、自宅に押し入った強盗に暴行されて妊娠してしまったという。ならば誰も望まなかった妊娠だったことは間違いないだろうし、家族も友人も学校も、誰一人として中絶に反対などしていないはずだ。

じゃあ一体誰が、この人工妊娠中絶手術を止めようとしているのか？

ふと、私は検診台の上で横になっている少女を見た。相変わらず少女は、すうすうと穏やかな寝息を立てていた。さっき私が掛けたブランケットの下で、少女の身体が呼吸に伴ってわずかに上下している。

その、まるで別の生き物のように上下する腹部を見た途端、私は急に全身が凍りつくほどの恐ろしい寒気を感じた。

この世でたった一人だけ、この人工妊娠中絶手術を止めたがっている者に思い当たったからだ。

胎児――？

この少女のお腹の中にいる胎児なのか？

堕ろされて殺されてしまうのを嫌がって闇雲に暴れ、処置室の中の物を手当たり次第に壊して、自分を殺そうとする医者を逆に殺したというのか――？

――馬鹿な！　私は自分の胸を抱き、ぶるっと身震いした。そして、自分の頭に浮かんだ考えを振り払おうと頭を激しく左右に振った。

まさかそんなことがある訳がないではないか。この胎児は確かに妊娠十六週目、すでに体内の各器官もほぼ完成し、心臓も脳も動き始めている。先日読んだ本に書いてあったように、もう感覚も意識も、つまり痛みも恐怖も芽生えている可能性がある。

だが、母親の子宮に閉じ込められている胎児に、一体何ができるというのだろう？　いや胎児でなくても、離れたところにある物を壊したり動かしたり、触らずに人間を殺したりすることなど、できるはずがないではないか？

だが、必死に否定すればするほど、私には私の回答が正解であるように思えてきた。そして恐怖のあまり、心臓をきゅうっと鷲掴《わしづか》みにされるような感覚に襲われ、息苦しくなってぜいぜいと喘《あえ》ぎ始めた。眩暈《めまい》がして、思わず私は一歩後ろによろけた。

じゃり、とナースシューズの裏に、私はガラスの感触を感じた。その瞬間だった。

周囲に立ち込めていた白い霧が一気に晴れたかのように、今見えているものは現実なのだという強烈な感覚が私に襲いかかってきた。鼻に血の臭いを感じ、思わず転がっている血塗《ちまみ》れの先生の死体に目を遣《や》った。その途端、私は生まれてこのかた体験したことのない恐怖を感じ始めた。酸味の混じった吐き気が胃を突き上げてきた。私の口から、笛の音のようなか細い悲鳴が漏れ始めた。長く細い悲鳴は徐々に大きくなり、そして喉を突く絶叫になった。

ドアの向こうから、ぱたぱたと走る足音と騒がしい話し声が近づいてきた。ようやく病院にいる人たちが、処置室で異変が起きたことに気が付いたようだ。もしかすると、随分長い間考え事をしていたような気がしたけれど、実際にはこの異常な現象が起きてからまだ一分も経っていないのかもしれなかった。

忘れよう――。

気絶する直前、遠くなる意識の中、私はぼんやりと考えていた。

全てを忘れてしまおう。そう、こんなことが現実にあるはずがない。あるはずのないことなら、起こらなかったことにして何が悪いというのだろうか？　原因不明のアクシデントで設備が壊れ、機材も故障して、人工妊娠中絶手術ができなくなった。先生は、同時に原因不明の奇病を発症して死んだ。それでいい。それだけだ。

私は何も知らない。

私は何も見ていない。
何も不思議なことは起きなかった。
何も起きなかったのだ——。

01　死体

夏——。

しゃわしゃわという蟬の声が、髪の毛を焦がすような陽光とともに、頭の上から降り注いでくる。このあたりは古い住宅地で背の高い樹木が多い。蟬たちはそれらの木々の幹や梢《こずえ》で、ほんのわずかな地上での生を謳歌しているのだ。

その蟬の声が降りしきる中、じりじりと焼けるようなアスファルト道路の上を、尾《お》島到《じまいたる》は歩いていた。

よれよれの、少し大きいサイズの黒いスーツ。白いシャツに黒いネクタイ。靴は普通の黒いウイングチップに見えるが、コールハーンのゼログランド・ウィング・オックスフォード。ソールに長距離ランナー用の機能を持たせた超軽量の革靴だ。髪の毛はソフトモヒカンのように見えるが、短めにと近所の理髪店に任せているだけだ。

尾島は電柱の日陰で立ち止まると、ネクタイの結び目を引っ張って緩め、ふうと息を吐いた。それから手に持っていたハンカチで、頬から顎にかけて無精髭《ぶしょうひげ》が伸びた顔の汗を拭《ぬぐ》い、恨めしそうに真っ青な真夏の空を見上げた。そろそろ七月も終わり、これからが夏本番。時折風も吹くが、涼しいどころか地面の熱気をぶつけてくるだけだ。

尾島は無意識に右手をポケットに突っ込んで中を探った。そして、ガムを発見したところで自分の行為に気が付いた。尾島は舌打ちしてポケットから手を出した。煙草は半年前にやめたのに、今でも気が付くと、つい右手が勝手に探してしまう。

腕時計を見た。午前十一時四十二分。再びふうと息を吐くと、尾島は日陰を出て歩き始めた。いくら猛暑とはいえ、こう暑さが身に応えるとは。自分ももう若くないと感じる。だが、仕事はこれからだ。


住宅地の中にある一軒の民家、そこに尾島はやってきた。コンクリート塀の間にあるステンレスの門扉は、左右に大きく開け放たれている。敷地内では、青い上下を着て共布《ともぎれ》のキャップを被《かぶ》った男女が、一様にマスクをかけて通路にしゃがみ込み、あるいは立ったまま腰をかがめて何かを覗き込み、熱心に作業を行っている。

「よう、尾島。ご苦労さん」

青い制服を着た恰幅《かっぷく》のいい壮年の男が、マスクを外しながら尾島に歩み寄ってきた。

「ご苦労様です、添田《そえだ》さん」

尾島は短く敬礼した。

壮年の男は添田真《まこと》、警視庁刑事部鑑識課・現場鑑識第一係の係長だ。階級は警部、四十六歳。そして尾島もまた、同じく警視庁刑事部の所属だ。捜査第一課・第四強行犯捜査・殺人犯捜査第七係に所属する捜査員。俗に言う刑事だ。階級は警部補、三十八歳。

「今日も葬式帰りか？　尾島」

「は？」

添田係長の言葉に、尾島は怪訝な顔になった。

「いいえ。葬式には行ってません。今日は社から真っ直ぐ臨場《りんじょう》しました」

警察官は署外で会話する時、自分の勤務先を一般企業であるかのように社や我が社と称する。会話から身分がばれないようにだ。

「相変わらず冗談の通じない奴だな」

添田係長は苦笑した。

「お前がいつもカラスみたいに真っ黒い格好だから、ちょっと茶化しただけだ。まさか、黒のスーツだけしか持ってない訳じゃないよな？」

「黒だけです」

当然のように尾島は答えた。

「葬式や結婚式もこのまま行けますんで。ネクタイは白と黒を一本ずつ、社のロッカーに置いてます」

警視庁の刑事には数年に一度、ワイシャツやベルト、靴、靴下と共にパターンメイドのスーツが支給される。冬服と合服の二種類。それに冬用のコートもだ。尾島はいつも黒い生地でスーツを作ってもらい、トレンチコートも黒を選んでいる。

尾島も以前はライトグレーのスーツを作ったこともあるが、汚れや皺が目立つし、葬式や遺族宅での聞き込みの度に喪服に着替えるのも面倒だった。そのため尾島は、黒い生地ばかりを選ぶようになった。帳場が立っている間は署のソファーで寝ることも多いので、スーツの形はなるべくゆったり作ってもらっている。

結婚していれば、服装にもっと気を使えと配偶者に言われるのだろうが、生憎《あいにく》と尾島は三十八歳の現在も独身だ。数年前まで警視庁の単身者用宿舎に住んでいたが、いい加減に若い者に部屋を譲れと言われて追い出された。そのため現在はやむなく、警視庁のある桜田門《さくらだもん》駅と同じ地下鉄有楽町《ゆうらくちょう》線の、月島《つきしま》駅にほど近い1DKのアパートに住んでいる。

「殺人《コロシ》事件じゃないようですね？」

尾島は話題を変えた。添田係長の軽口もそうだが、現場に殺人事件特有の緊張感が感じられない。病死か事故死だろうと尾島は見当を付けていた。

「ああ。折角来てもらったが、突然死だな。事件性はないよ」

そう言いながら添田係長は、眩しそうに民家の二階を見上げた。釣られて尾島も上を見た。二階へは鉄柵の付いた外階段で上がる造りになっていて、その階段の途中にも数名の鑑識課員がしゃがんでいる。

「玄関ドアや窓をいじった様子もないし、外階段にも玄関にも室内にも、怪しい痕跡は何も見当たらない。今、青木《あおき》さんがご遺体を検視してるが、多分心臓だろうと言っていた」

青木さんとは、検視官の資格を持つ鑑識課の部長だ。

「そうですか」

それはよかった——とは、亡くなった人がいる以上言える筈もない。だが、それでも尾島は安堵の表情になった。誰でも人生を終えるに当たっては、誰かに殺される以外の最期《さいご》を迎えたい筈だ。自分は無駄足になってしまったようだが、殺人事件でなければそれに越したことはない。

その死体が発見されたのは、およそ一時間前のことだった。

死体の発見場所は、東京都三鷹市牟礼《みたかしむれ》三丁目×-×にある賃貸住宅。京王井《けいおうい》の頭《かしら》線《せん》三鷹台《みたかだい》駅から徒歩で十分少々の、緑豊かで閑静な住宅地だ。賃貸住宅といってもアパートのような集合住宅ではなく、民家の二階部分を外階段で出入りするように造り、一世帯用の賃貸住宅にしたものだった。

死体は若い女性で、三和土《たたき》に続く廊下の上り口に横向きで転がっていた。三鷹署からの報告によると、死体発見の経緯《けいい》はこうだ。

今朝、七月二十八日火曜日の午前九時――。出勤した営業マン・田山恵介《たやまけいすけ》は、同僚の女性事務員・山崎亜矢香《やまさきあやか》が無断欠勤していることを知った。田山は山崎と密かに恋愛中であったため、心配になってSNSで連絡したが、既読も付かず返事もなかった。メールをしても返信はなく、電話しても留守電になるだけだった。

そこで田山は外回りと称して外出し、何度も来たことのある山崎の部屋にやってきた。それが午前九時三十分頃。

鉄製の外階段で二階に上がり、玄関の呼《よ》び鈴《りん》を押したが返事がなかった。ドアにも鍵が掛かっていた。田山は預かっている合鍵でドアを解錠したが、ドアにはさらにU字型のドアロックが掛けられていた。このことから田山は、山崎亜矢香は中にいて、病気か何かで意識を失っているのではないかと想像した。

田山は山崎亜矢香がこの賃貸住宅を契約する時、物件の下見に同行しており、管理している不動産業者を知っていた。そこで不動産業者に電話して状況を説明し、ドアを開けたいと相談した。

現場に来た不動産業者は、ドアを無理やりこじ開けるしかないという結論に達し、三鷹警察署に電話してドアを壊す際の立ち会いを求めた。三鷹署は機動部隊のパトカーに連絡、同時に救急隊にも出動を要請した。

到着した機動部隊は、車載のバールでU字ロックを壊してドアを開け、玄関に倒れている山崎亜矢香を発見した。救急隊員もほどなく到着し、山崎亜矢香の死亡を確認した。そこで機動部隊は、原因不明死発見時の規定通り警視庁本部に報告した。その結果まず鑑識と検視官、続いて尾島が臨場したという訳だった。


「最近、多いんだよなあ。原因不明死って奴が」

添田係長がこめかみの汗を拭いながら呟いた。

尾島の所属する刑事部捜査第一課は、そもそもは強行犯捜査、つまり殺人事件を中心とした凶悪犯罪を捜査する部署だ。だがここ数年、明らかな殺人事件よりも原因不明死に対して出動することが多くなっていた。

現在この国では、一年間に百二十万人以上が死亡している。そしてその七分の一、実に十七万人以上が死因のわからない原因不明死だ。原因不明死とは、要するに病院以外での死亡であり、この中には「突然死」と呼ばれる病死の他、自死や事故死、それに殺人も当然含まれる。

死因不明の死体が発見されれば、殺人事件の可能性が否定できない以上、必ず刑事が臨場しなければならない。もし殺人でないとしても、事故死か病死か自死かで生命保険金の支払いに大きな差が生じるため、保険金詐欺が絡んでいる可能性もある。よって死体が出れば、どうしても刑事の臨場が必要となるのだ。

「時代って奴かねえ。一人暮らしが増えてるから」

添田係長の感慨のこもった言葉に、尾島も同意した。

「若者の結婚率はどんどん下がっていると聞きます。逆に夫婦の離婚率は上がっていますし、みんな長生きになったのはいいですが、独居老人も増加する一方ですよね。もうすぐ全世帯の過半数が単身世帯になるらしいですよ」

二人の周囲で鑑識課員たちが片付けを始めた。作業が終わったようだ。

「そろそろ現場、入ってもいいですか？」

尾島が添田係長に聞いた。まだ死体発見現場を見ていない。鑑識の作業が終わるまで刑事は現場に入れないのだ。どうやら事件性はないようだが、一応報告書を書かねばならない。

「ああ。もういいよ。お待たせ」

添田係長はにこやかに頷いた。

尾島はもう一度短く敬礼し、二階に続く階段に向かって歩き始めた。

「ああ、尾島」

呼び止められて振り返ると、添田係長が真面目な顔で歩み寄ってくるところだった。

「何でしょう」

添田係長はためらうように唇を舐《な》めたあと、言い難《にく》そうに話し始めた。

「悪いんだけどな、現場にいる坊やに、捜査の作法って奴を教えてやってくれないか。仕事熱心なのはいいが、他人の仕事を邪魔するんじゃないって」

「坊や？」

怪訝な顔になった尾島を見て、添田係長も不思議そうに首を捻《ひね》った。

「捜査第一課《おたく》の若いのじゃないの？」

「いえ。捜一《そういち》からは、とりあえず俺だけです」

「じゃあ、所轄の子かな。どっちにしろお前さんとは刑事《デカ》同士だ、お前さんの口から頼むよ。鑑識がデカに『邪魔するな』なんて言ったら角が立つからな」

どうやら所轄の三鷹警察署から若い署員が先に臨場していたようだ。わかりました、と答えて尾島は踵《きびす》を返し、再び歩き始めた。

手袋を嵌めた手が鉄製の手すりに触れないよう用心しつつ、すれ違う鑑識課員に会釈しながら階段を昇る。途中で見上げると、二階にある玄関ドアは全開になっている。尾島は階段を昇り切ると玄関の前に立ち、開け放たれたドアの中を覗いた。

目に飛び込んできたのは、四《よ》つん這《ば》いになった男の尻だった。

濃紺のスーツを着た若い男が、コンクリートの三和土に這いつくばりながら、玄関の上がり口に転がっている若い女性の死体を熱心に覗き込んでいる。顔の角度を変えては首を捻り、死体が着ているシャツのような服の裾を、白手袋の指でそっとつまんで、中を覗き込んだりしている。

「何をしている？」

尾島が声を掛けると、若い男は四つん這いの姿勢のまま振り向き、邪魔するなと言わんばかりの目で口を尖らせた。

「何って、ご遺体の検分《けんぶん》に決まってるじゃないですか。あなた、どなた？」

「本部捜一の尾島だ。お前こそ誰だ？」

「警視庁本部の？　捜査第一課？」

突然、若い男は跳ね起きると直立不動の姿勢になり、白い歯を見せてにっこりと笑いながら、白手袋を嵌めた手でびしりと敬礼した。

「三鷹署生活安全課の閑谷一大《しずたにかずひろ》です。臨場ご苦労様です！」

「あ、ああ、ご苦労さん」

尾島も反射的に敬礼を返しながら、改めて目の前の青年を観察した。

紺色の細身のスーツ。薄いブルーのシャツに、ピンク地に白いドットのネクタイをきっちりと締めている。顔には黒いフレームの眼鏡。頭には頭髪が落ちるのを防ぐ透明なカバーを被り、足にも靴の上から同様のカバーを履いている。

「本当だ、捜査一課のバッジだ」

　青年が尾島の襟を見て嬉しそうに呟いた。尾島たち警視庁捜査第一課の捜査員は、現場では赤地に金で「S1S　mpd」と浮き彫りされた丸いバッジを付けている。S1Sは「選ばれし捜査第一課《Search 1 Select》」、mpdは「警視庁《Metropolitan Police Department》」の頭文字だ。

「すまないが、君の身分証を見てもいいか？」

　閑谷一大と名乗った青年に、尾島が言った。まさか警察官を騙《かた》って現場に侵入する奴がいるとも思えないが、目の前の男はあまりにも警察官らしくなかった。

「これは失礼しました！」

　閑谷は慌てて胸ポケットから警察バッジを取り出すと、尾島の顔の前にさっと掲げた。次に名刺入れを取り出して一枚を抜き、深々と頭を下げながら両手で差し出した。

「閑谷とは閑静な谷、一大とは数字の一に大きいという字を書きます。我が社の連絡先の他に、自分のケータイ番号とメールも入ってます。どうぞよろしくお願いいたします！」

　尾島は名刺を受け取った。どうやら間違いなく三鷹署の署員らしい。

一応カバーを着用してはいるものの、この閑谷という若者は、鑑識作業中にも拘《かか》わらず現場をずっとウロウロしていたようだ。あとで灸《きゅう》を据《す》えてやらなければ――。そう思いながらも尾島は、とりあえずもらった名刺をポケットに仕舞い、玄関の中に入った。

その途端、身体にひんやりとした冷気を感じた。冷房が入っている。現場は保存されている筈だから、死体発見時にもエアコンが動いていたのだ。お陰で腐敗がほとんど進んでいないことに感謝しつつ、改めて尾島は若い女性の死体に目を落とした。

死体は横向きで、四肢の関節を軽く曲げ、まるで走っているような、あるいは卍《まんじ》という文字を模したかのような姿勢だった。全裸の上に白いシャツだけを着ている。シャツではなくパジャマの上かもしれない。服の裾から生足が太腿の付け根まで見えている。髪の毛はボブカット、乱れはない。閉じた目の睫毛《まつげ》にはマスカラ、化粧もしている。

顔、首、手足など露出している部分に、傷や外傷、内出血は見られない。不自然な死斑も出ておらず、顔に鬱血《うっけつ》もない。綺麗な、眠るような死に顔だ。もっとも安らかに死んだかどうかはわからない。人は死ぬと顔の筋肉が弛緩《しかん》し、そのあと死後硬直が始まるため、苦しんで死んだ死体も穏やかな表情であることが多い。

尾島は部屋の中を見回した。見える範囲はどこも女性の部屋らしく綺麗に整頓されている。誰かと争ったとか、誰かに荒らされたような形跡はない。

やはり、添田係長が言っていたように突然死だな――。尾島は一人頷いた。

「あの」

立っている閑谷に声を掛けられ、尾島は視線を上げた。

「ん？」

「尾島さんの名刺を頂けませんか？」

なぜか嬉しそうに、閑谷が言った。

「あと、ケータイ番号も教えて下さい。チャットアプリの招待を送りますので、ID登録して下さいね。何しろ、これから捜査でコンビを組むことになるんですから」

仕方なく尾島は懐《ふところ》に手を突っ込み、名刺入れを取り出した。

「ケータイ番号は書いてあるが、チャットはやってない。用があれば電話で――」

そこまで喋って、尾島は怪訝な表情になった。

「、、コンビって何のことだ？　さっき鑑識の係長に聞いたが、事件性はないと言っていた。ホトケさんは突然死なんだろう？　俺たちの出る幕じゃない」

すると閑谷は首を横に振った。

「いいえ。殺人《コロシ》事件の可能性が大です」

「コロシだって？」

尾島は閑谷という若い刑事の顔をまじまじと見た。

「そんな話は聞いてない。誰がそんなことを言った？」

するとと尾島の背後から、叱責する声が響いた。

「君、まだいたのか。もう帰れと言っただろう！」

尾島が振り返ると、声の主は鑑識課に所属する検視官・石川庸介《いしかわようすけ》警部だった。その後ろに鑑識課の添田係長も、困惑の表情で立っていた。

02　相棒

「まだいたのかって、まだ捜査の途中なんですよ」

にっこりと笑いながら、閑谷が頭のカバーを取った。

「ようやく鑑識さんの作業が終わって、現場検証を始めたばかりなんです。もうしばらくここにいますので、どうぞお構いなく」

閑谷の頭を見て尾島は目を丸くした。

閑谷の髪の毛は明るい茶色だった。いわゆる茶髪だ。流行《はや》りの色に染めているのだろうか。しかも前髪の中央辺りに太く一筋、金色のメッシュが入っている。

「なんだ、その軽佻《けいちょう》浮薄《ふはく》な髪は。警察官ともあろう者が、みっともない」

石川検視官が閑谷を睨んだ。

「いいか、もうご遺体の検視は終わった。その結果、事件性はないし、事故死でも自死でもないとわかった。つまり病死だ。今、本部にも報告してきたところだ」

石川検視官は不機嫌な顔で、閑谷を睨みながら喋り続けた。

「今はまだ病名の特定はできないが、急性心臓死と考えてほぼ間違いない。このあと医者の検死ではっきりするだろう。とにかく事件性はないんだ。折角来たから何かやりたいのはわかるが、もう帰ったらどうだね？」

　すると閑谷が口を開いた。

「ここは三鷹市です。だから所轄の三鷹署が死体発見の第一報を受け、その生活安全課に所属する私が志願して臨場しました」

「だから何だね？」

　石川検視官が不愉快そうに先を促した。

「三鷹市は東京都下であって、東京二十三区内ではありません。だから監察医制度の運用外となって、このご遺体の検死を行うのは、法医学の知識がない三鷹市内の開業医の先生になります。となると、正確な検死が行われず、検視官のご意見がそのまま通ってしまう可能性があります」

　監察医制度とは、病院以外の場所で死亡した死体は監察医務院に回され、そこで法医学を修めた専門の監察医が「検死」するという制度だ。警察官である検視官が犯罪性を判断するために、検察官の代わりに現場で行うのが代行検視、即ち検視で、監察医が死因を特定するために監察医務院で行うのが検死だ。

　しかしこの制度は、全国で採用されている訳ではない。一九四七年に初めて人口上位都市の七都市に導入されたが、現在では東京二十三区、横浜《よこはま》市、大阪《おおさか》市、名古屋《なごや》市、神戸《こうべ》市の五都市で運用されているだけだ。しかも現実に機能しているのは、東京、大阪、神戸のみだとも言われているし、東京でも都下や島嶼《とうしょ》部では運用されていない。

「ほう。すると君は」

石川検視官の顔に、じわりと怒りが浮かんだ。

「私の検視結果が間違っていると言うのかね？　私のあとにちゃんとした監察医が見ないと、私の出鱈目《でたらめ》な検視がそのまま通ってしまい、大変なことになると？」

「ああ、いえ！　そうじゃありません」

閑谷はにこやかに、両手の掌《てのひら》を立てて見せた。

「検視は現場に出向いてやるんですから、当然医療設備はありませんし、解剖だってできません。だから、検視官が事件性に繋がる重要な何かを見落としたとしても、むしろ当たり前なんです。全然気にされる必要はありません」

尾島は思わず、自分の顔を右手で覆《おお》った。閑谷の言葉は全然フォローになっていない。むしろ石川検視官の怒りの炎にたっぷりと油を注いでいる。

「こ、この小僧――」

閑谷に向かって一歩詰め寄った石川検視官を、背後の添田係長が止めた。

「まあまあ。口の利き方を知らん坊やですが、仕事熱心なのは確かなんで、どうか勘弁してやって下さい。私と尾島とでよく言って聞かせますから。――なあ尾島？」

「は？　ええ、はい」

おそらくこの関谷という所轄の青年は、若い女性のホトケさんに遭遇するのが初めてで、張り切るあまり、殺人事件かもしれないと想像をたくましくしてしまったのだろう。尾島が騒ぎを収めようとしてくれた添田に心の中で感謝し、石川検視官に詫びの言葉を述べようとした、その時だった。

「ご遺体の検視結果だけじゃありません。現場の状況だって、コロシの可能性が否定できません」

関谷が大きな声で発言した。

「鑑識として聞き捨てならんな。どういう意味だね？」

今度は添田係長の目が険しくなった。

「関谷君と言ったか、ドアを壊す時に立ち会った機動部隊の報告を聞いただろう？ドアは施錠され、内側からU字ロックが掛けられていた。窓も全部内側からクレセント錠が掛けられていた。つまり俗な言い方をすれば、現場は完全な密室状態だったんだ。誰も出入りできなかった以上、コロシの訳がないじゃないか」

「密室じゃありません」

関谷は間髪入れずに否定すると、滔々《とうとう》と喋り始めた。

「ドアのU字ロックは外から簡単に外せますし、逆に外から掛けることも可能です。

それは皆さんもご存じの筈です。だからU字ロックが掛けられていても、誰も室内に侵入しなかったという証拠にはなりません」

　尾島も勿論、それは知っていた。ドアのU字ロックとドアチェーンは無いよりはましという程度の防犯装置で、決して万全ではない。ちょっと気の利いたコソ泥なら、紐《ひも》や輪ゴムが一本あれば、ドアの外からあっという間に解除してしまうし、逃げる時には外から掛け直していく。

「いや、それはそうなんだが、他にもいろいろ根拠はあるんだよ」

　添田係長は、早口になって説明を加えた。

「隣人も怪しい声や物音はしなかったと言っているし、不審な足跡もない。室内にも荒らされた様子はない。それに誰かに襲われたのなら、ご遺体の爪にホシの皮膚や衣服の繊維が残っていておかしくないが、それもない。状況から見て自殺や事故死でもない。我々はこれらを総合的に検討した結果、最終的に突然死だと判断したんだ」

「検視官の立場から付け加えれば、だね」

　石川検視官が再び口を開いた。

「ご遺体には、倒れた時に付いたと思われる打撲痕跡以外に外傷が一切ないし、皮下出血も表皮離脱も皮膚変色もない。扼殺《やくさつ》痕もないし、電撃痕もないし、毒物反応もない。だから残る可能性は、内因性急性死しかない。若い女性だから脳卒中は考えにくく、顔に鬱血《うっけつ》もないから喘息《ぜんそく》発作による窒息《ちっそく》死でもない。となると十中八九、急性心臓死だ」

それでも閑谷は不満げな声を出した。

「でも――」

「でも、検視官」

不満そうな閑谷の言葉を遮《さえぎ》り、尾島が割って入った。

「私も検視官のお見立ての通りだと思います。でも厳密には、それは現時点での消去法による推定であって、死因の特定はまだこれからですよね？」

石川検視官が不承不承頷いた。

「それはまあ、そうだ。これから医者に検死を依頼し、そこで最終的に死因が特定される」

「では、一つお願いがあります」

尾島は石川検視官に頭を下げた。

「ご遺体の検死ですが、三鷹署が日頃依頼している開業医の先生ではなく、都の監察医務院に所属する、私の知人の監察医に頼んでもよろしいでしょうか？」

石川検視官が戸惑いの表情で聞いた。

「監察医に？」

「はい。監察医制度は、東京では二十三区内に限って適用されます。ですが、二十三区外のご遺体は監察医が見てはいけない、という決まりもありませんよね？」

石川検視官は不機嫌そうに肩をすくめた。

「無論そんなことはない。必ずしも監察医でなくていいというだけだ」

「ありがとうございます」

尾島は石川検視官に深々と頭を下げると、今度は鑑識の添田係長を見た。

「では、ご遺体は大塚《おおつか》に搬送するよう手配して、我々は関係者に対する事情聴取を行い、事件性はないという証拠を固めたく思います。そういう感じでしばらく動きますが、よろしいでしょうか？」

大塚というのは、監察医が勤務する東京都監察医務院の所在地だ。

「ああ。構わんよ。上に報告だけしておいてくれ」

鑑識課の添田係長が、ほっとしたように頷いた。

「勝手にしたまえ」

相変わらず不機嫌そうに、石川検視官が吐き捨てた。

「申し訳ありませんでした。尾島さん」

救急隊員による死体の搬出が終わると、閑谷が恐縮の体《てい》で深々と頭を下げた。

「僕のせいで、尾島さんまであのお二人に嫌われちゃったみたいですね。でも、人一人が亡くなったっていうのに、最初っから病死という前提で話が進むなんて、絶対おかしいから、だから、僕――」

「いや、いいんだ」

尾島は首を横に振った。

「確かに君の言った通り、現場は完全に密室状態だった訳ではない。それに、何よりまだご遺体の検死が済んでいない。事件性を否定するのは時期尚早だ」

気が緩んでいた――。尾島は深く自省した。

事故死や病死、突然死と判定された事案が、その後殺人事件だと発覚した事例は、尾島もいくつも経験していた。鑑識や検視官の意見がどういうものであろうと、その言葉を鵜呑《うの》みにせず、あらゆる可能性を疑って、自分の目と耳と足で一つ一つ潰していかなければならない。何しろ人一人が亡くなっているのだ。

それなのに、いくら他にも仕事が山積みだからといって、これでは手抜き捜査の誹《そし》りは免れない。俺の心に生じていた隙を、この所轄の青年に見事に突かれてしまった。もう一度、一から捜査をやり直さなければならない――。

「じゃ、行こうか」

尾島が促すと、関谷は不思議そうな顔になった。

「どこへですか？」

「鑑取《かんど》りに決まってるだろう」

　鑑取りとは、事故や事件の関係者に聞き込みすることだ。

「この件に事件性があるのかないのか、君はそれを捜査して確認したいんじゃないのか？」

　尾島の言葉に関谷の目が丸くなった。

「僕も、尾島さんの捜査に同行していいんですか？」

「当たり前だ。聞き込みは二人一組で行うと決まっている」

「はいっ！」

　関谷の顔がぱっと明るくなった。

「じゃあ尾島さん。僕のことはイチって呼んでもらえますか？　一大の一《いち》です」

　尾島が戸惑いの表情になった。

「イチ、か？」

「はい。それに、僕を君って呼ぶのも他人行儀なのでやめて下さい。尾島さんは本部捜一のバリバリで、僕は所轄の人間で、しかもうんと年下なんですから、お前で結構です」

　別に本部の人間が所轄署より偉い訳ではないが、関谷は警視庁本部の捜査第一課に勝手な憧れを持っているらしい。

「そうか。まあ、わかった」

仕方なく尾島が頷くと、閑谷が嬉しそうに言った。

「じゃあトウさん、行きましょうか！」

「トウさん？」

尾島が思わず聞き返すと、閑谷が説明した。

「尾島さんの名前の到って、到達のトウですよね？　だからトウさん。お互い仇名《あだな》で呼んだほうが、コンビって実感が湧きますから」

尾島は露骨に顔をしかめた。

「悪いが、そんな呼び方はやめてくれないか。俺はまだお前の親父って歳じゃないし、そもそも独り者だ」

「独身なんですか？」

驚いたように閑谷は目を丸くした。

尾島にしても、付き合った女性がいない訳ではなかった。だが、刑事の常としていつ呼び出されるかわからない毎日で、食事や映画の約束をしてもドタキャンばかりだった。その度に必ず恨み言を言われ、終《しま》いには愛想《あいそ》を尽かされて別れるのが常だった。そんなことを繰り返すうちに、今ではもう女性と付き合うのが億劫《おっくう》になっていた。

泉谷は不思議そうに首を傾げた。

「なんでだろう？　モテると思うんだけどなあ。ファッションも黒ずくめでクールだし、薄い無精髭も渋いし、髪もツーブロックのアシメが似合ってるし」

「アシメ？」

「知らなくてやってるんですか？」

閑谷が呆れた顔で聞いた。

「アシンメトリー、左右非対称ですよ。美容師さんに頼んでるんでしょう？」

茶髪に金メッシュを入れているだけあって、髪の毛には詳しいようだ。

「近所の床屋に任せてる。左右が揃ってないのは、伸びると自分で切るからだろう」

面倒臭そうに説明したあと、尾島は閑谷に懇願した。

「とにかくトウさんはやめてくれ。仇名で呼びたいなら他のにしろ」

閑谷は一瞬困った顔になったが、すぐに明るい声でこう返した。

「じゃあ、尾島さんだから、オジさん？」

それを聞いて尾島は深々と溜め息をつくと、諦めたように言った。

「トウさんでいい」

03　合鍵

「結婚を、か、考えて、いたんです」

涙と鼻水で顔をぐしゃぐしゃにした男が、嗚咽《おえつ》混じりに言った。

「でも、まだ給料が安いから、せめて主任になったらプロポーズしようと。それで貯金しなきゃって思って、毎日、一所懸命――。それなのに、こんな」

「辛いでしょうね、お気持ちよくわかります」

閑谷も、黒縁の眼鏡を持ち上げてハンカチで目頭を押さえながら、何度も頷いた。

「まことにご愁傷様です」

尾島は静かに悔やみの言葉を述べると、用件に入った。

「すでにパトカーの機動隊員もいろいろ伺っていると思いますが、改めてお話をお聞きしてよろしいでしょうか？　重複する質問もあると思いますが」

「はい。わかりました」

男はハンカチで目頭を押さえ、小さく頷いた。

二人の前にいる男は田山恵介、三十二歳。杉並《すぎなみ》信用金庫の営業部勤務。死んだ山崎亜矢香の交際相手で、死体の第一発見者の一人だ。会社へ戻ろうとしていたのを引き止め、二階に続く外階段の下で簡単な事情聴取に応じてもらうことになった。

尾島は質問を開始した。

「山崎さんがこのお部屋を借りられる時、一緒に不動産屋に行かれたそうですね？」

「はい」

洟《はな》を啜《すす》りながら、田山が頷いた。

「当時彼女は、埼玉の実家から会社へ通っていたんですが、通勤に片道一時間半もかかるものですから、アパートを借りたいと言い出したんです。それで物件をいくつか見て回りたいから、ついてきてくれって」

「それで、こちらの物件に決められた」

「はい。家賃も安いし、条件もすごく良かったんですが、一階が大家さんだと聞いたので、何かあった時に安心だというのもありました」

尾島は横目でちらりと家の一階部分を見た。先に田山に話を聞いた機動隊員も、一階がこの家の持ち主の住まいらしいと言っていた。

尾島は質問を再開した。

「山崎さんに何か持病は？　心臓とか、喘息とか、胃腸関係とか」

もし病死だとすれば、前々から兆候が現れていておかしくない。交際相手なら知っていた可能性がある。

「いえ、病気の話は聞いたことないです。薬も特に飲んでませんでしたし。――あ」

何かを思い出した田山に、尾島が質《ただ》した。

「何か？」

「彼女冷え性で、職場の冷房が寒いっていつも文句を言ってました。夏でも職場ではカーディガンを着て、膝掛けをしていたくらいで」

「冷え性ですか」

頷いたあと、尾島は質問を変えた。

「では、仕事関係でのストレスは？　非常に忙しかったとか、職場でパワハラやセクハラに遭っていたとか」

病気でなくても、強いストレスは身体に異常を引き起こすことがあるというからだ。だが、田山は即座に否定した。

「いいえ。仕事はいつも定時で終わっていましたし、彼女の上司はいい人ですし」

「では、無理なダイエットをされていたとか？」

「それもないです。いつも『あたし、太らない体質なんだ』って自慢して、甘いものも大好きでしたから」

交際相手の田山でも、特に身体の異状は感じていなかったようだ。

尾島は質問を変えた。

「山崎さんと最後にお会いになったのは、いつです？」

「一昨日《おととい》の日曜日です。映画を観て、デパートに買い物に行ったあと食事をして、最後はこの部屋まで送ってきて、その——しばらく過ごしました。そして、次の日が月曜日だったので、夜十一時くらいには帰りました」

尾島は無表情に頷いた。要するに恋人同士の時間を過ごしたということだ。

「昨日は、つまり月曜日の夜はお会いにならなかった？」

鼻を啜りながら田山が頷いた。

「ええ。勿論職場では会いましたけど。日曜日に会った時、『月曜は仕事が終わったら、久しぶりに会う女友達と、晩ご飯に行くんだ』って言ってましたので」

「そうですか、女性のお友達と」

尾島は頷いた。

「その頃、つまり昨夜、あなたは何をしておられましたか？」

「残業です」

田山は即答した。

「終電ギリギリの、十一時半くらいまで職場に残って経費の精算伝票を書いていました。彼女と会えない日に雑用を済ませておこうと思って。帰る時にはＳＮＳで連絡したんですが、返事はありませんでした。その時は、きっと友達と盛り上がっているんだろうから、明日また連絡しようと思ったんです。でも、まさか、死ん――」

田山はまた嗚咽を漏らし始めた。

「最後に確認したいんですが」

田山の感情の昂《たかぶ》りが収まるのを待って、尾島が質問した。

「あなたが今朝ここに駆けつけた時、玄関ドアには鍵が掛けられていた。あなたは山崎さんにもらった合鍵で解錠した。すると中からU字ロックが掛けられていた。そこであなたは不動産屋さんを呼んだ。間違いありませんね？」

「はい。その通りです」

田山はようやく、それだけを答えた。


「仮にコロシだとしても、ホシは田山じゃないな」

田山を解放したあと、階段の下で尾島が呟いた。すると閑谷が責めるような声で聞いた。

「まさかトウさん、田山を疑っていたんですか？　あんなに悲しそうだったのに」

「第一発見者を疑うのは捜査の鉄則だ。特に被害者《ガイシャ》との関係が男と女の場合はな。でも、田山じゃない」

尾島はそう思った理由を閑谷に説明した。

山崎亜矢香が死んだ昨夜、田山は深夜まで職場で残業していたと言った。田山が勤めているのは金融機関だ。夜でも常時守衛がいるだろうし、出入りのチェックも厳重だろう。防犯カメラも至る所に設置してある筈だ。田山が本当に残業していたかどうかはすぐにわかる。すぐにバレる嘘をつく訳がない——。

「そうか。確かにそうですね」

感心する閑谷に、尾島が小声で言った。

「そして田山がシロだとなれば、今の話、いくつか気になることがある」

閑谷は興味津々《しんしん》という顔になった。

「何が気になるんですか？」

「まず、山崎亜矢香が冷え性で悩んでいたという話だ」

「冷え性？」

不思議そうに首を傾げる閑谷に、尾島が説明した。

「彼女の部屋には冷房が入っていた。そして死体は、全裸の上にシャツ一枚だけという格好だった。冷え性の女性なら、下着はよくわからないが、せめて冷えないようにナイトウェアを着るんじゃないだろうか。冷え性の女性が寝る前に、部屋にがんがんエアコンを効かせて、あんな薄着で、自分一人でくつろいでいたとは考えにくい」

「誰かが一緒にいたんですね？　その誰かのためにエアコンを」

目を見開く閑谷に、尾島は頷いた。

「その可能性がある。おそらく、一緒にいた誰かというのは、男だ」

閑谷が、また不思議そうに聞いた。

「どうして男なんです？」

「あのホトケさん、顔に綺麗に化粧をしていた。もし一緒にいたのが家族や仲のいい女友達なら、寝る前は化粧を落としているんじゃないだろうか。だから、親密な関係の男が一緒にいたんじゃないかと思える」

「そうかあ——。言われてみれば、その通りです」

閑谷は感心したように口を開けた。

「次に気になるのは、田山が『ドアに鍵が掛かっていたので、合鍵で開けた』と証言したことだ」

呆然としている閑谷を他所《よそ》に、尾島は話を続けた。

「お前が言った通り、U字ロックやドアチェーンはドアの外から輪ゴムで掛けることができる。だが、鍵だけは別だ。二階の玄関ドアは鍵がプッシュ式じゃなく、内側からサムターンで施錠するタイプだった。だから、外から施錠するには絶対に鍵が必要だ。そして山崎亜矢香の鍵は、玄関内の鍵掛けにぶら下がっていた。誰も持ち出していない」

尾島は考えながら喋り続け、閑谷はじっとそれを聞いていた。

「このことから考えられる可能性は二つだ。まず一つは、山崎亜矢香はやはり一人で突然死した。もう一つは、山崎亜矢香は合鍵を持っている人物に殺された。この二つのうち、どちらかしか考えられない」

「でもトウさん、さっき田山はホシじゃないって」

そこまで言って閑谷は、はっと気が付いた。

「ま、まさか山崎亜矢香には、交際相手の田山以外にも、合鍵を渡していた男がいたって言うんですか？」

呆然と呟いた。

「そう言えば山崎亜矢香は、昨夜は女友達と食事に行くって、田山に――」

「そうだ」

尾島が大きく頷いた。

「昨夜、山崎亜矢香が死ぬ直前に誰と会っていたか、ウラを取る必要がある。ことによると、昨夜食事をしたのは女友達ではなく、合鍵を持つ男かもしれない」

「そうか、合鍵かあ！」

閑谷は悔しそうに、左掌に右拳を叩き込んだ。

「まさか、恋人以外にも合鍵を渡した男がいるなんて考えもしませんでした。でも確かに合鍵を持ってないと、彼女を殺して逃げる時に外から施錠できませんよね。彼女、田山の他にも男がいたんです。うん、間違いありません！」

閑谷は興奮したように喋り続けた。

「やっぱりトウさんも、コロシだと思うんですね？」

「まだわからん。コロシだとしても筋は通るというだけだ」

先走る閑谷に、尾島は慎重に答えた。

すると閑谷は、スーツの内ポケットから白手袋を取り出し、再び両手に嵌め始めた。

「僕、現場に戻って山崎亜矢香のスマホを探してきます。SNSやメールや通話の履歴、それに写真のGPS情報を洗いましょう。本当に女友達と食事に行っていたかがわかります。もしスマホが見つからなかったら、ホシが持って逃げた可能性が大ですから、どっちにせよ突然死じゃありません」

閑谷はあっという間に二階へ続く階段を駆け上がり、程なくピンクゴールドのスマートフォンを持って階段を駆け下りてきた。

「確保しました！　通勤で使ってるらしいショルダーバッグの底に入ってました。これから科捜研に連絡して、パスワードロックを解除してもらいます。昨夜誰と一緒にいたかすぐにわかるでしょう。きっと田山とは別の男と一緒だった筈です」

閑谷の喜びようを見て、尾島は釘を刺した。

「スマホの中を見るなら、ご遺族の許可か裁判所の令状が必要だ。忘れるなよ」

「わかってます！　山崎亜矢香の実家は、勤務先に緊急連絡先として登録がありましたから、電話してご許可を頂きます」

そして閑谷は、忙《せわ》しなく敬礼をした。

「じゃあトウさん、とりあえず社に戻ります。失礼します！」

「ああ、待て！　イチ」

通りに向かって駆け出そうとした閑谷を、尾島が呼び止めた。

「合鍵を持っていると思われる人物だが、もう一人いる。社に戻る前に話を聞いていこうじゃないか」

閑谷が慌てて駆け戻ってきた。

「もう一人？　誰です？　それって」

尾島は家の一階部分をちらりと見ると、小声で答えた。

「大家だ。一階に住んでいる、この家の持ち主だ」

04　階下

玄関には「水田《みずた》」と書かれた表札が掛けてあった。その脇にインターホンが設置してある。音声のみのタイプで、カメラは付いていない。

閑谷はインターホンのボタンを押した。尾島もその後ろで、無言のまま返事を待った。十秒ほど待ったが応答がない。閑谷はまたボタンを押したが、結果は同じだった。

閑谷が咎《とが》めるような顔で尾島を振り返った。

「言ったでしょう？　やっぱり留守ですよ」

閑谷は臨場した時、近所への聞き込みで、一階に住んでいるのが二階の賃貸住宅の大家だと聞いた。住民台帳によると大家の名前は水田茂夫《しげお》、三十五歳。独身で一人暮らしだという。

「僕も、二階で死体が発見されたことと、警察が敷地内に出入りすることをお断りしようと、不動産屋さんと一緒にインターホンを鳴らしたんです。でも、何度鳴らしても反応がありませんでした。外出中なんじゃないでしょうか」

尾島は玄関を離れ、家の右側へと回り込んだ。そこにはエアコンの室外機があった。

尾島は室外機の前にしゃがみ込み、スリットの奥にあるファンを観察した。それからおもむろに立ち上がると、再び玄関ドアの前にやってきて、ドアスコープの周囲を両手で覆いながら、右目で中を覗き込んだ。

「エアコンが動いている。照明も点《つ》いている」

そう呟くと尾島は、いきなり玄関ドアを拳でどんどんと叩き、大声で叫び始めた。

「水田さん、警察です。いらっしゃるんですよね、ちょっとよろしいですか?」

呼びかけながら何度もドアを叩き、ドアノブをがちゃがちゃと引っ張り続ける尾島に、閑谷が慌てた。

「いやあの、トウさん、そんな乱暴な」

するとアルミ製のドアが、かちゃりと小さな音を立てた。内側でサムターン錠が解錠された音だ。尾島はドアを叩くのをやめ、じっと待った。

やがてドアが、すうっと五㎝ほど開いた。尾島と閑谷は、その隙間を注視した。

その細くて暗い隙間に、ぬっと人間の片目が現れた。

その目がぎょろりと動き、尾島の顔を捉《とら》えた。

その片目と目が合った瞬間、尾島は心臓がどきりと動くのを感じた。

一言で言えば、不気味な目だった。黒目が普通の人よりもかなり大きく、しかも何一つ見落とすまいとするかのように大きく見開かれている。そこには感情というものが全く感じられない。まるで死んだ巨大な魚の目のようだ。

その目の下を、金属製の棒が二本横切っている。U字ロックだ。ドアがこれ以上開かないようにしているのだ。

細く開いたドアの隙間から、ひんやりとした冷気が外に向かって流れ出してきた。家の中にはかなり強い冷房が入っているようだ。尾島の足元からひんやりと寒気が伝わってきた。その冷気のせいで、まるでドアの向こうが、どこか禍々《まがまが》しい世界に通じているかのような錯覚すら覚えた。

気を取り直すと、尾島は努めて明るい声で話しかけた。

「お休み中でしたでしょうか？　まことに申し訳ありません。水田茂夫さんですね？」

ドアの中の男は無言だった。尾島は警察バッジを取り出して、こちらを見ている片目の前で広げた。

「警視庁の尾島と関谷と申します。先ほどから勝手に敷地内に出入りしまして、ご迷惑をお掛けしております。ちょっとお話をよろしいでしょうか」

それでも男は無言だった。ドアの向こう側から、片目でじっと尾島を見ているだけだ。だが、おそらくこの男が大家の水田茂夫だ。

「あのう、水田さん。二階の山崎さんが亡くなったことは、ご存じですか？」

閑谷が、尾島の後ろから話しかけた。水田はちらりと閑谷を見たようだが、相変わらず返事は返ってこない。構わず閑谷は話し続けた。

「その山崎さんについて二、三お話を伺いたいんですが、少々お時間を頂いてもよろしいでしょうか？　まだ、お亡くなりになった経緯《いきさつ》がはっきりとわからない状況なので、何か少しでも参考になるお話が聞ければと」

「僕は、何も知らない」

初めて水田が、ぼそりと小さな声を出した。突き放すような喋り方だった。その声は尾島の予想よりもずっと若く感じられた。

「では水田さん、二階の合鍵はお持ちでしょうか？」

尾島がさりげなく本題に入った。

「現場の保全のため、玄関ドアに鍵を掛けておきたいんですが、亡くなった山崎さんの鍵は証拠品ということで使えないんですよ。もし合鍵をお持ちでしたら、しばらくお借りしたいんですが」

勿論これは、水田が合鍵を持っているかどうかを確認するための方便だ。

「合鍵は持ってない」

水田は無感情な声で否定した。

「不動産屋に聞いて」

　突然、ばたんとドアが閉まった。そしてドアの向こう側から、がちゃりとサムターン鍵を掛ける音が聞こえた。

「いや、あの、水田さん？　ちょっと？　もしもし？」

　慌てて閑谷がドアノブをがちゃがちゃと回したが、ドアは既に施錠されており、水田は再びドアを開けようとはしなかった。

　思わず閑谷は小声で毒づいた。

「何だあいつ。自分ちの二階で人が亡くなったっていうのに」

　閑谷の後ろで尾島が肩をすくめた。

「仕方ないな。令状がない以上、今日のところは引き上げるしかない」

　尾島は閑谷を振り返った。

「不動産屋というのは？」

「市山《いちやま》不動産のことだと思います。交際相手だった田山の連絡を受けて、我々と一緒に死体を発見した人が社長です。社長には一通り事実関係を確認したあと、一旦お引き取り頂きました。名刺はもらってます」

「行ってみよう。電話して場所を聞いてくれ。この近くのはずだ」

「えー、でも、一刻も早く山崎亜矢香のスマホの中身を調べたいんですよ。大家はもういいんじゃないですか？」

関谷が焦るのももっともだった。昨夜会っていた相手が、山崎亜矢香を殺害した真犯人《ホンボシ》かもしれないのだ。しかし尾島は、水田が合鍵を持っているかどうか、その可能性をまず潰しておきたかった。

――いや、そうじゃない。尾島は心の中で首を振った。

自分は水田に、何か得体の知れない不気味なものを感じたのだ。三十五歳という年齢でたった一人で一軒家に住み、二階を賃貸住宅にしているという生活状況も気になった。だから水田と取引があるという不動産屋に会って、水田という人物について詳しい話を聞いてみたくなったのだ。

「すぐに切り上げる。水田の合鍵の有無だけ、先にクリアしておきたい」

「わかりました。行きましょう」

関谷は諦めたようにスマートフォンを取り出し、画面を指先で叩き始めた。

「カラコンしてましたね」

スマートフォンを耳に当てながら、関谷が尾島に言った。

「カラコン？」

「カラーコンタクトレンズですよ。黒目が異常に大きかったでしょう？　水田って大家、目に濃い色のコンタクトレンズを入れてたんですよ。珍しいですよね。普通は目を魅力的に見せたい若い女性が使うんですけどね」

　あの黒目の大きい不気味な目は、カラーコンタクトレンズのせいだったのか。尾島は合点すると同時に、なぜそんなものを装着しているのか不思議に思った。

「あ、もしもし？　私《わたくし》、警視庁三鷹警察署の閑谷と申しますが――」

　不動産屋が電話に出たらしく、閑谷が快活に喋り始めた。

　その時、尾島はふと、誰かにじっと見られているような気配を感じた。

　尾島は思わず、視線を感じた方向を見た。

　だがそこには、固く閉ざされた水田の家の玄関ドアがあるだけだった。

05　物件

「水田さんも、お気の毒な方でしてねえ」

黒い合皮ソファーセットに座った男が、向かい側にいる尾島と関谷を交互に見ながら言った。水田茂夫が二階の管理を任せている市山不動産の社長・市山彦太郎《ひこたろう》、六十五歳だ。

市山不動産は、京王井の頭線三鷹台駅から駅前通りを歩いて四、五分。店頭のウインドウに賃貸物件のコピーが並べて貼ってある、典型的な個人経営の不動産屋だった。

「六年前くらいでしたか、深夜に水田さんのお宅が火事になりましてね。お父上の寝煙草が原因らしいんですが。家は全焼して、一階で寝てらしたご両親が逃げ遅れて亡くなったんですよ。水田さんは二階から隣家の屋根に逃げて助かったんですが、一人っ子で親戚もいなかったもので、天涯孤独になってしまわれたんです」

「そうですか――」

火事で両親が焼け死ぬという悼《いた》ましい話に、尾島は眉を寄せた。市山社長も大きく頷いて先を続けた。

「それでも、家に火災保険が掛けられていたのと、ご両親の生命保険金が出たのとで、家を建て直すことができたみたいです。その時水田さん、二階が賃貸物件になるように造られたんですよ」

新しい家が完成する頃、水田から「二階の賃借人を仲介してほしい」という相談の電話があり、以来、市山不動産が斡旋《あっせん》を任せてもらっているのだという。市山社長がそれとなく聞いたところによると、現在水田は、その家賃収入と両親の保険金の残り、それにネットを使った株やＦＸの売買で生活しているらしい。

尾島が聞いた。

「じゃあ水田さんは現在、お勤めはされてない？」

「というか、ご両親が亡くなる前から、お仕事はされてなかったんです」

そう言うと、市山社長は急に小声になった。

「ほら、引きこもりって奴ですよ。中学校を出たあとはずっと家にいて、高校にも行っておられなかったみたいですなあ。確か水田さんは今年で三十五歳だと思いますが、今も滅多に外出されないみたいですよ」

尾島は水田の態度を思い出した。ドアを少し開いただけで顔も見せず、言葉もほとんど発しなかった。かなり警戒心が強いというか、もっと言えば人嫌いという印象だった。生まれつき内向的な人物なのだろうか。両親が火事で亡くなるという悲惨な体験も、性格に影響しているのかもしれない。

市山社長は声の大きさを戻して続けた。

「ただね、頭は抜群にいい人みたいなんです。仲介の打ち合わせの時に水田さんから伺ったんですがね、ご両親が将来を心配して、どうしても大学は出て欲しいと言われたので、高卒認定試験ですか、あれに通ってから慶安《けいあん》大学の経済学部を受験して、なんと合格されたというんですよ」

「へえ、慶安！　すごいですね」

閑谷が目を丸くした。慶安大学と言えば東京の難関私大の一つで、実業界に数々の人材を輩出している名門校だ。

「結局、合格しただけで大学には行かれなかったようですけどね。それほど頭がいい人ですから、高校・大学は出てなくても、ネットを使ってやれる投資で、結構稼いでおられるみたいです」

尾島は納得した。ネットの投資で利益を上げているのなら、家に引きこもっていても生活が可能だ。食料品や日用品、衣料品などの買い物も、今はネット通販や配達サービスで大抵の物を購入することができる。

「あの、こちらも刑事さん？」

閑谷をちらりと見たあと、市山社長が遠慮がちに尾島に聞いた。おそらく茶髪に金メッシュという髪の毛のせいだろう。

「ええ。そうです。何か？」

尾島は気が付かないふりをした。尾島としては、仕事さえちゃんとやってくれれば、茶髪だろうとロン毛だろうと好きにすればいいと思っている。

「いえ、随分とお洒落《しゃれ》な刑事さんですなあ」

「ありがとうございます！」

この手の言葉に慣れているのだろう、閑谷がにっこりと笑って話を終わらせた。

「――ところで」

尾島は本題に入った。

「さっき水田さんに、二階の合鍵をお借りできないかお願いしたんです。そうしたら、自分は合鍵を持っていないから市山不動産さんに聞いてくれ、と仰いましてね」

するとと市山社長はあっさりと頷いた。

「ええ。水田さんは、二階の合鍵は持ってません」

「そうなんですか？　大家さんなのに？」

閑谷が疑わしげに聞くと、市山社長は頷いた。

「あの物件、賃借人が替わる度に壁紙を張り替えて、清掃業者を入れて、さらに防犯のために玄関の鍵を交換しているんですけど、その作業は全部ウチが任されてるんですよ。そして新しい合鍵もウチで管理して、何かあったら対応してくれって言われてるんです。だから水田さんは、二階の合鍵を持ってないんです」

尾島がなおも質問した。

「では、こちらにある合鍵を、過去に誰かが持ち出したことは？」

数時間も持ち出せば、鍵屋で簡単に合鍵を複製することができる。

「それはありません」

市山社長はあっさり否定すると、背後を振り返った。

「山崎さんが入居された時も、玄関の鍵を取り替えましたけれども、合鍵はそこの金庫に入れたっきり誰も触っていません。金庫の開け方は私しか知りませんしね」

そこには小型冷蔵庫ほどの大きさの、重そうな黒いダイヤル式金庫が置いてあった。

尾島が市山社長に聞いた。

「その合鍵、ちょっとお借りしてもいいでしょうか？　現場の調査のために、しばらく警察の者が出入りする必要がありまして」

「ええ。いいですよ」

市山社長はすぐに立ち上がると、ダイヤルを回して金庫を開け、ビニール袋に入った三本の鍵を持ってきて尾島に差し出した。

この市山社長が犯人《ホシ》だということがあるだろうか——？　合鍵を受け取りながら尾

島は考えた。だが、自分しか合鍵に触っていないと明言するからには、その可能性はかなり低いと思えた。

尾島の右側で、関谷が口を開いた。

「社長さん、亡くなった山崎亜矢香さんについて、何か覚えてることってあります？漠然とした印象とかでもいいんですけど」

「いやあ、特にありませんねえ」

首を傾げた市山社長に、関谷がさらに聞いた。

「山崎亜矢香さんって最初、田山さんと二人で来られたんですよね？」

「ええ。表に貼ってある物件情報を見て、お二人で店に入ってこられまして。その物件というのが水田さんの二階でした。早速私が現地にご案内したら、もうひと目で気に入られましてね。その日のうちに手付けを打って仮契約されました」

「あそこ、そんなにいい物件なんですか？」

尾島が聞くと、市山社長は大きく頷いた。

「そうなんですよ。三鷹台駅から十分ちょっと歩きますけど、四十五平米《へいべい》の１ＬＤＫがたったの七万円でしょう？　このあたりの相場を考えると異常な安さですね。普通でしたら十二、三万取ってもいいんじゃないかと思いますけど」

尾島が不思議そうに聞いた。

「なぜ、そんなに安いんです？」

「水田さんが、そう決められたからですよ」

市山社長が肩をすくめた。

「あの物件は、二年契約の更新なしなんです。物件がご自宅の二階でしょう、素行の悪い人に住み着かれたら困るし、そのうち自分が二階を使いたくなるかもしれないから、最長でも二年で契約解除できるようになってるんですね。だから次の人がすぐに入るように家賃は安くしておこう、って考えみたいです」

市山社長の説明は、尾島にも一応の筋は通っているように思えた。生活費はネット投資で賄《まかな》っているから、家賃収入は保険みたいなもので、儲ける必要はないのだろう。

「他に何か、亡くなった山崎亜矢香さんについて覚えておられることは？」

尾島の質問に、市山社長は首を捻った。

「いやあ、契約した時にお会いしたきりですのでねえ。家賃も振り込みですから、普段お会いすることもありませんしね。だから印象も何も、お顔もよく覚えてないくらいなんですよ」

「うーん、そうですかあ」

閑谷が落胆の表情を見せると、市山社長が付け加えた。

「でも、若くてお綺麗で、真面目そうな女性だったことは覚えていますよ。水田さんも写真を見て気に入って、すぐに承諾されましたから」

「写真？」

尾島が眉をひそめた。

「水田さんは、入居希望者を写真で判断されるんですか？」

「いやいや、そんなことはされませんけど、あの物件では契約希望の方に、簡単な履歴書を出してもらってるんです。市販の用紙で構わないし、書けるところだけでいいからって言って」

市山社長がにこやかに説明した。

「水田さんが、自分が住んでいる家の二階を貸すんで、身元の怪しい人や素行の悪い人は困る、簡単でいいから人となりを知っておきたいと。だから山崎さんの時も履歴書を出して頂いて、それを携帯で写真に取って水田さんにメールで送ったんです。そうしたらすぐに『真面目そうな人なので、ＯＫです』って」

単に履歴書に貼った写真を見たということだ。尾島は納得しつつも、さらに聞いた。

「じゃあ、履歴書を見て水田さんがお断りになる場合もあるんですか？」

「ええ。水田さんが、この人は断って下さいって仰る場合もあります。その時は、すみません、一足違いで埋まっちゃいましたって言いますけどね」

「それはどういう時です？」

「いや、特に理由は仰いませんね。あの人の家だから、こっちも詮索しませんし」

尾島がまた質問した。

「山崎さんの前に、あの二階に住まれたのは、全部で何人ですか？」

「確か、山崎さんで四人目です」

「他のお三方は、どういう方でしょう？」

「ええと、確かＯＬさんがお二人、それに女子大の学生さんがお一人でした」

「ということは、全員が若い女性？」

尾島が聞くと、市山社長は今気が付いたという顔になった。

「ああ、言われてみればそうですね。でも、単身者で二階を貸しても安心な人っていうと、自然と若い女性とかになるんじゃないですか？」

「そうかもしれませんね」

頷いたあと、尾島は市山社長に頼んだ。

「よろしければ、あの物件の資料と、山崎さんの賃貸契約書を見せて頂けませんか？」

いいですよ、と言うと市山社長は立ち上がり、背後の書類棚の前で二人に背中を向けて書類を探し始めた。

閑谷が小声で尾島に話しかけた。

「トウさん、どう思います？」

尾島も関谷に囁き返した。

「気になることがある」

「何です？」

「一階に住む大家の水田が、若い独身女性だけに二階を貸してた、ってところだ。しかも履歴書を提出させて、写真をチェックしている」

関谷が顔を近づけながら囁いた。

「水田が山崎亜矢香の死に関係してるっていうんですか？　でも、ホシは合鍵を持ってる奴なんでしょう？　水田は持ってませんよ？」

「確かに、そうなんだが――」

尾島も迷っていた。

「何というか、さっき会って以来、あの水田って男がどうしても気になるんだ」

「それは僕も、イヤな感じの人だなって思いましたけど」

関谷も逡巡《しゅんじゅん》を見せた。

「でも、合鍵を持ってない以上、やっぱり水田ではないんじゃ」

そこに市山社長が、青と黒の二冊のバインダーを持って戻ってきた。青いほうが物件資料、黒いほうが契約書だった。物件資料には「カーサ水田」という物件名と間取り図、それに以下の売り文句が書かれていた。

＊単身者限定！　広々1LDK、フローリング四十五平米（LDK十二畳、洋室八畳）
＊家賃7万円！　管理費なし、礼金なし、敷金1ヵ月
＊二駅利用可、三鷹台駅歩十二分、久我山《くがやま》駅歩十三分
＊戸建2階部分、外階段、四方採光、日当・風通抜群！
＊バス・トイレ別、洗面所独立、WIC付き、インターネット対応
＊エアコン・家具付き。すぐ住めます！

「へえ、家具まで付いてるんですか。至れり尽くせりですね」

閑谷が羨ましそうな声を出した。確かにこの魅力的な売り文句を見せられたのなら、山崎亜矢香が即決したのも無理はない。

「はい。大家の水田さんが、一人暮らしを始める人でも住みやすいようにって」

尾島が尋ねた。

「家具付きの賃貸物件って、最近は増えてるんですか？」

「いや、珍しいですね。多分、水田さんが借りてくれるようにと考えられたんじゃないでしょうか」

さらに尾島は、物件資料を見ながら聞いた。

「このＷＩＣというのは何ですか？　バス・トイレは別にあるようですが」

尾島が聞くと、市山社長は笑いながら答えた。

「ウォークイン・クローゼットの略ですよ。若い女性に人気があるんです」

「はあ、若い女性にね」

そう言うと尾島は、水田と山崎亜矢香が結んだ賃貸契約書を手に取って眺めた。閑谷も横から覗き込んだ。契約書には定型文の条項が並んだあと、最後に住所氏名が書かれ、捺印されていた。

「トウさん、これは？」

閑谷が小声で言いながら賃貸契約書を指差した。それは、条文の最後に付け加えられた「付記」という項目だった。


付記・家具の位置は、絶対に変更しないこと。


「珍しい条件ですね」

尾島が顔を上げると、市山社長は頷いた。

「ええ、お二人目の入居者からでしたか、契約書にこの条件を入れてくれって水田さんに言われてましてね。これは想像ですけど、最初の住人の方が家具を動かす時、フローリングか壁を傷付けたんじゃないですか？」

尾島がさらに聞いた。

「家具って、何が置いてあるんでしょう？」

「ええと、下駄箱は作り付けだから、動かせる家具っていうと」

呟きながら市山社長は、机の上に置いてあった黒いビニール張りの帳面をめくり、ようやく答えた。

「キッチンがテーブルと椅子二脚のセット。居間がテレビボード、ソファー、カフェテーブル。それに寝室がダブルベッド。以上ですね。清掃の時に見たんですが、床に家具を置く位置を塗料でマークしてありました」

「単身者用住宅なのに、ダブルベッドですか」

「大柄な人でも大丈夫なように、じゃないですか？」

尾島は曖昧に頷くと、顔を上げて市山社長を見た。

「この契約書と物件情報の紙なんですが、コピーを頂戴してもいいでしょうか？」

「ええ、構いませんよ」

もらったコピーを尾島が自分の鞄に入れ、腰を上げた。閑谷も立ち上がった。

「どうもありがとうございました。大変参考になりました」

「あの、刑事さん」

帰ろうとする二人を、市山社長が呼び止めた。

「亡くなった山崎さんですけど、まさかその、殺された——とかじゃないですよね？」

尾島はさりげなく答えた。

「現在のところ鑑識も検視官も、病死ではないかという考えです」

「そうですか、病死。それはよかった」

市山社長は安堵の表情で大きく息を吐いた。

「あの、よかったって、どういうことです？」

閑谷が聞きとがめると、市山社長は嬉しそうに答えた。

「殺人や自殺や事故で人死《ひとじに》が出たら、その部屋は『事故物件』になりましてね、契約前にそういう部屋だってことを告知しないといけないんです。そうしないとあとでトラブルになりますからね。あそこは数少ないウチの独占仲介物件ですから、事故物件になっちゃったら痛いんですよ。病死で本当によかったです」

「おかしい」

三鷹台駅前通りを駅に向かって歩きながら、尾島が呟いた。

「何がです？」

「山崎亜矢香が住んでいた物件、引っ掛かる。――というか」

尾島は言葉を探しながら続けた。

「やはり、一階に住む大家の水田が引っ掛かる」

尾島が犯人と推定しているのは田山以外の合鍵を持つ男で、市山不動産へ行ったのは、合鍵を持つ人物を順に消していくという意味しかなかった。だが、大家の水田が賃借人に求めた条件の数々に、強い違和感を抱くようになったのだ。

まず、二階を貸していたのは若い独身女性だけであったこと。そのために家賃も異常なほど格安にしていた。次に、賃借希望者には必ず履歴書を提出させ、写真をチェックしていること。そして賃借人になったら、家具の位置を絶対に変えさせないこと――。これらの条件に、尾島は何か深い意味があるような気がしたのだ。

「勘ですか？」

「え？」

閑谷の言葉に、尾島は思考を中断した。

「それはトウさんの勘ですか？　大家の水田が怪しいってのは」

閑谷は珍しく、真面目な顔をしていた。

「勘、というより――」

尾島は呟いた。ただのヤマ勘という以上に確信めいたものがあった。なぜ自分は、あの水田という男に不穏なものを感じるのか。それは、これまでに逮捕してきた何十人もの容疑者たちと同じ、隠し事をしている者の態度や挙動、喋り方、目の動きなど、数値化できない犯罪者に共通する特徴を、水田に感じたのではないか――？

尾島が無言で考えていると、閑谷が決然と言った。

「ＤＮＡ型を採《と》りましょう」

「ＤＮＡ型？　誰のだ？」

「勿論、水田のですよ」

閑谷は、尾島の右隣を歩きながら力説した。

「山崎亜矢香の死体や部屋の中から水田のＤＮＡが検出されたら、水田が部屋に入ったという証拠になります。つまり、水田が殺《や》った可能性が出てきます」

「いや、そこまでやる必要はないだろう」

冷静にならなければならない――。尾島は自分に言い聞かせた。水田は合鍵を持っていない。だから山崎亜矢香の部屋に入れたとしても、出る時にドアを施錠できない。一方ドアは外から施錠されていた。だから水田は犯人ではないのだ。

そうとも、まずは山崎亜矢香のスマートフォンだ。閑谷の言う通り、亡くなった女性の昨夜の行動と、会っていた相手を洗うのが最優先だ。それに並行して死体の検死だ。信頼できる監察医がいる。あいつに全てを委《ゆだ》ねよう。

「じゃあイチ、スマートフォンの件は頼む。ご遺族には失礼のないようにな」

「わかりました！　じゃあ僕、社に戻ります。何かわかり次第、すぐにトウさんに報告しますから！」

「いや、だからそのトウさんってのは――」

　しかし、尾島の言葉も聞こえない様子で、閑谷はそのまま駅の方向へ走り去った。


「さて、と――」

　呟いたあと、尾島は所在なさげに立ち止まり、腕時計を見た。

　午後三時を少し回ったばかりだった。このまま井の頭線に乗って、渋谷《しぶや》経由で警視庁へ戻ってもいいのだが、三鷹署の閑谷からの報告ももう少し時間がかかるだろうし、死体もまだ東京都監察医務院に着いたばかりだろう。そのへんで、遅めの昼飯でも食ってから戻るか――？

　その時、尾島の脳裏にあの目が甦《よみがえ》った。

　あの目とは勿論、玄関ドアの隙間からじっと尾島を凝視する、水田茂夫の片目だ。

　同時に尾島は、またぞくりと背中が冷えるのを感じた。

　あの目のせいだ――。尾島は一人頷いた。尾島を見るのに、まるで虫でも見ているかのような、感情が全く感じられない目。あるいは死んだ魚のような、それとも枯井戸の底にある暗闇のような、虚《うつ》ろな黒い目。

——現場に戻るんだ。尾島は自分に言い聞かせた。もう一度現場をこの目でじっくりと見るんだ。現場百遍は刑事の鉄則だ。一度見ただけでは気が付かないことも、何度も観察することで発見できることがある。殺人事件ではないかもしれないが、もう少しだけ、水田の周囲を洗ってみよう。

そして尾島は、ゆっくりと踵を返すと、じりじりと照りつける午後の強い日差しの中、今歩いてきた道を再び戻り始めた。

現場、つまり水田の家の前にやってくると、尾島は門の外から二階を見上げた。玄関ドアは閉じられ、警備の警察官はいなくなっていた。その代わり、鉄製の外階段の入り口に黄色いテープが貼られている。尾島と関谷を除いて、三鷹署も本庁も、この案件を突然死として処理することに決めたようだった。

そこに背後から車のエンジン音が近づいていた。尾島が振り返ると、車は軽自動車の商用ワゴンだった。軽ワゴンは水田の家の前で止まった。車体には、大手電器店の名前が大きく書かれている。その中からグレーのつなぎ服を着た男が二人降りてきた。そして一人が門を開けて敷地の中に入り、玄関のインターホンを押した。

「遅くなりました。ハマダ電器です」

男はインターホンに向かって到着を告げると、車に戻ってリアハッチを開き、もう一人と一緒に中から重そうな段ボール箱を取り出した。箱にはエアコンメーカーの名前が書いてあった。その箱を二人で抱えて、男たちは玄関の中に消えた。エアコンの取付工事に来た作業員だ。水田が買い替えたのだろう。

チャンスだ——。尾島は水田の家から少し離れた電柱の陰に移動し、エアコン工事が終わるのを待つことにした。

何でもいいから水田の情報が欲しかった。水田とは、玄関ドアの隙間越しに一言二言話をしたにすぎない。だがエアコン工事の人間なら、部屋の中まで入り込み、水田とも話をしている筈だ。水田という人物に関する話が、何か聞けるのではないだろうか。

エアコン工事の男たちは、さらにもう一台を一階に運び込んだ。そして一時間ほど経った頃、ようやく作業が終わったのだろう、二人が玄関ドアを出てきた。それから車に乗り込むのを待って、尾島は車に歩み寄り、声を掛けた。

「ちょっといいですか、警察です」

尾島が提示した警察バッジを見て、二人は大いに慌てた。

「すみません、お巡《まわ》りさん。すぐ動かしますから」

「あの、このあたりコイン駐車場がないもんで、ちょっとだけならいいかと」

「ああいや、駐車違反の取締《とりしまり》じゃありません。お仕事ご苦労さまです」

そう言われてほっとした様子の二人に、尾島は切り出した。

「実は、最近このあたりで不審な人物が目撃されていましてね。あなた方、何かお心当たりはないでしょうか」

二人は顔を見合わせ、今日はたまたま仕事で来ただけですし、特にそういう人物は見ていませんと答えた。勿論、尾島としても、これは話しかけるための口実にすぎない。

「実は今朝、こちらの水田さん宅の二階に住んでいた方が亡くなりましてね、その死因がよくわからないんですよ」

ここまでは本当の話だ。人死《ひとじに》と聞いて驚く二人に、尾島は続けた。

「ガス漏れや漏電の可能性もありますので、一階の水田さんがご無事かどうか確認するとともに、いろいろお話も聞きたいんですが、人嫌いな方らしくて、インターホンを押しても全然出て下さらないんです。あなた方、今、中に入られたでしょう？　水田さんはどんなご様子でした？」

二人の男は首を捻りつつも、口々に答えた。

「いや、特に何も。なあ？」

「うん。無口で暗い方でしたけど、別に元気そうでしたよ。それに、工事の前に電源をチェックしましたけど異常ありませんでしたし、ガスの臭いもしませんでしたし」

そうですか、と尾島は頷き、さらに聞いた。

「他に何か、水田さんの家に入ってお気づきになったことは?」

「そうですねえ。——ああ、そう言えば」

二人のうち一人が、ちらりと水田の家に目を遣った。

「そう言えば?」

尾島が先を促すと、男は躊躇《ためら》いながらも喋り始めた。

「水田さん家《ち》の一階は広いワンルームなんです。そこにエアコンが二台付いていて、どっちも効きが悪いっていうんで今日交換したんですけど、その部屋というのが、ちょっとヘンなんですよ」

「ヘンって言うと?」

「シングルベッドが三台も置いてあるんです」

尾島は眉をひそめた。

「ベッドが三台も? でも水田さん、確か一人暮らしですよね?」

「そうなんです。あとはパソコンの載った机と冷蔵庫、電子レンジがあるくらいで、なんにも置いてなくてガランとしてるんですけど、ベッドだけが三台も」

尾島はスーツの内ポケットから手帳を取り出すと、白紙のページを開き、ボールペンと一緒に男に差し出した。

「お手数ですが、ここに水田さんの部屋の見取り図を書いてくれませんか？　三台のベッドの位置も入れて」

「部屋の見取り図、ですか？」

戸惑う男に、尾島は当たり前のように頷いた。

「ええ。ベッドがいくつもあるのは、もしかすると二階から水漏れしているせいかもしれません。ベッドの位置を参考にして、二階の水回りを調べてみますので」

エアコン業者の男は迷った様子を見せたが、路上駐車をしていた手前、警察官の依頼を断るのも憚《はばか》られたのだろう。丁寧に水田の部屋の見取り図を書いてくれた。

その見取り図を見て、尾島は首を捻った。八十平米くらいだろうか、確かに広い1LDKの部屋の中に、三台のベッドが描いてある。間隔も頭の向きもバラバラで、位置関係に規則性はないように思える。

この三台のベッドは、一体、何を意味するのだろうか——？

尾島は何も思いつかなかった。一人暮らしにベッドは三つも必要ないだろうし、頻繁に友人や親戚が泊まりにくるほど、水田が社交的な人物だとも思えなかった。

その時、尾島のスマートフォンの呼び出し音が鳴った。尾島は二人のエアコン業者に礼を言って車を離れ、電話に出た。

「あ、トウさん？　やっぱりでしたよ！」

返事をする間もなく、興奮した声が耳に飛び込んできた。三鷹署の閑谷一大だった。

「ご両親に許可を得て、山崎亜矢香のスマホのロックを解除したんですが、案の定彼女、昨夜は女友達なんかじゃなくて、他の男と会ってました！　そいつと待ち合わせの連絡をしたSNSと電話の履歴が残ってたんです」

やはり、男と――。閑谷の粘りで、どうやら隠れていた本命が姿を現したようだ。

「電話したらあっさり出ました。都内にいますので、これから急行して任意同行を求めます。トウさんも急いで我が社へ来て下さい、こいつがホンボシに違いありませんよ！」

電話を切ると、尾島はエアコン業者の二人に礼を言い、その場を辞した。

再び三鷹台駅に向かって歩き出した時、水田の家の向かい側に建っているマンションのエントランスに、二台の防犯カメラが設置してあることに気が付いた。尾島はそのマンション名を手帳に書き留めた。水田の家の様子が録画されているかもしれない。管理会社に連絡すれば、防犯カメラの映像を見せてもらえるだろう。

その時、またもや尾島は、誰かにじっと見られているような視線を感じた。キョロキョロと周囲を見回したが、通行人は誰もいない。車も、エアコン業者の軽ワゴンが止まっているだけだ。中の二人は、何かのファイルを見ながら話をしている。次の作業先の確認でもしているのだろう。

気のせいかと思い、駅に向かって歩き出そうとすると、エアコン業者の車がエンジンを掛けてゆっくりと動き出し、そのまま走り去った。その、車が停《と》まっていた道路の先に、水田の家の玄関ドアが見えた。

尾島はしばらくそのドアをじっと凝視した。

まさか、な——。

疑念を振り払うように首を左右に振ると、尾島は駅に向かって歩き出した。

06　不貞

夜十時――。

狭くて暗い部屋の中央に、グレーの事務机が置いてある。その両側に椅子が一脚ずつ配置され、向かい合わせに二人の男が座っている。机の脇に、もう一人男が立っている。

中央の机の上には点灯中の電気スタンドとファイル、ノート、それに筆記用具。壁際にもう一つ同じ机が置いてあり、その上にはノートPCと小型プリンター。部屋のドアは開放されているが、その前に白いパーティションが立てられている。部屋の中にいる者を監禁してはいないが、顔が見えないように配慮しているという意思表示だ。

なぜなら、ここは三鷹署内にある取調室だからだ。

椅子に座る二人の男の一人は、三鷹署生活安全課の閑谷一大。机の脇に立っているのが、警視庁捜査第一課の尾島到。そして、閑谷の向かいに座っているのが、死んだ山崎亜矢香が昨夜会っていた相手だ。

およそ三時間前――。

三鷹署に戻った閑谷は山崎亜矢香の両親に電話し、遺《のこ》されたスマートフォンの履歴を見る許可を得た。その結果、山崎亜矢香は昨夜、河谷絵乃子《かわたにえのこ》という女性と電話やチャットアプリで連絡を取っていたことがわかった。閑谷は電話番号を通信事業者に照会した。すると持ち主は女性ではなく、福岡《ふくおか》県福岡市に住所がある男性だと判明した。

河谷健三《けんぞう》、四十四歳。健康食品やサプリを製造販売する会社の経営者だ。一昨日より出張で東京に来ており、閑谷からの電話に出たのは、宿泊している新宿《しんじゅく》のビジネスホテルに戻った時だった。閑谷はそこへ急行し、三鷹署への任意同行を求めたのだった。

「だから、私は関係ないんですよ」

河谷は悲鳴混じりの声を上げた。電気スタンドの光に浮かび上がった顔には、脂《あぶら》汗《あせ》と疲労が滲《にじ》んでいる。

「彼女が亡くなったことは知らなかったし、私は何もしてないって何度も言ってるじゃありませんか。一体どうすれば信じてもらえるんですか？」

「じゃあ、今日あなたが仰ったことを、もう一度繰り返しますよ？　もし間違いがあったら指摘して下さいね？」

閑谷が慇懃《いんぎん》な口調で喋り始めた。

「福岡で会社経営をしているあなたは、およそ半年前、仕事で東京に出張した時、東京での夜の遊び相手が欲しくて出会い系サイトにアクセスし、都内在住の若い女性と知り合った。それが山崎亜矢香さん。そうですね？」

河谷は仏頂面で無言のままだ。閑谷は構わず先を続けた。

「以来あなたは、ほぼ月に一度のペースで東京に出張し、その度に山崎さんとデートを重ねていた。そして昨夜も山崎さんと会い、青山《あおやま》のステーキレストランで食事をし、その後付近のバーへ行き、それからタクシーで山崎さんの部屋に来て、いつものように上がり込み、体の関係を持った。そうですね？」

不貞腐れて頷きもしない河谷を、尾島は嫌悪とともに眺めた。

家庭を持ちながら、小金があるのをいいことに、娘のような年齢の若い女と遊んでいる下衆な男。そして、結婚を前提に交際している男性がいるのに、贅沢《ぜいたく》をさせてくれる中年男とも体の関係を持っていた若い女性――。

「それからあなたたちはシャワーを浴び、あなたは翌日朝から取引先を訪問する予定だったので、投宿中のビジネスホテルに帰ることにした。それが二十三時頃。そうですね？」

ようやく河谷は面倒臭そうに頷いた。

「そうです。その後は、前の道路でタクシーを拾って、まっすぐホテルに戻りました」

「そうじゃないでしょう？」

関谷は両手を机に置き、電気スタンドに照らされている河谷の顔を覗き込んだ。

「あなたが帰ろうとした時、山崎さんが何か困ったことを言い出した。奥さんと別れて結婚してほしいという話かもしれないし、あなたとの関係をネタにした金の無心かもしれない。そしてあなたたちは口論になった。そうじゃありませんか？」

「だから、違うって言ってるでしょう！」

ばん、という大きな音が取調室に響いた。河谷が机に両手を振り下ろしたのだ。

「彼女には、結婚してくれとも金をくれとも言われてませんよ。お互い割り切って、楽しくやってたんですから」

関谷が静かに聞いた。

「河谷さん、山崎さんの部屋の合鍵を持っていますね？」

「え？　――ああ」

河谷はスラックスのポケットから鍵束を取り出すと、一本を外して差し出した。

「これです。彼女が寝たあと帰ることもあるんで、もらったんです。妻が疑り深い性格なもんで、ホテルはシングルにしか泊まれないんですよ」

関谷は鍵を受け取ると、河谷の目をじっと見た。

「山崎さんのご遺体が見つかった時、玄関ドアには鍵が掛けられていたんですよ。誰かが外から鍵を掛けていったんです。つまり山崎さんは、合鍵を持っている人物に殺されたということになります」

そして閑谷は、鍵を顔の横で左右に振りながら言った。

「帰る時、玄関に鍵を掛けましたよね？　いつも鍵を掛けて帰ってたんで、無意識にやっちゃったのかなあ？」

「馬鹿な！」

河谷の顔からさっと血の気が引いた。

「昨夜は彼女が玄関で見送ってくれたから、合鍵は使っていませんよ。鍵が掛かっていたんなら、僕が帰ったあと彼女が自分で掛けたんです。もし彼女が殺されたと言うんなら、私が帰ったあと、私じゃない誰かに殺されたんですよ」

そして河谷は、閑谷に懇願を始めた。

「ねえ、これは任意の事情聴取でしょう？　もう帰らせてくれませんか。明日は昼の飛行機で福岡に帰る予定で、航空券も買ってあるんです。もし帰らないと、家内に浮気がバレてしまいます。捜査には何でも協力しますから、なんとか内密に――」

「わかりました」

尾島が閑谷に代わって答えた。

「どうぞお引き取り下さい」

「で、でも――」

不服そうな閑谷を目で制して、尾島は続けた。

「しかし今後の捜査によっては、またご出頭をお願いすることがあるかもしれません。その時はどうぞよろしくお願いいたします」


長引くかもしれない――。

尾島はそう考えた。もし山崎亜矢香の死が他殺であれば、この河谷健三という男が犯人である可能性は限りなく高い。いや、河谷以外に犯人たりうる人物はいないと言ってもいい。殺害の動機は不倫関係のトラブルだと考えれば説明がつく。世の中にいくらでもある話だ。

ただ、唯一にして最大の問題があった。

それは、殺害方法がわからないということだ。

山崎亜矢香の死体には外傷も内外出血もなく、扼殺痕も電撃痕もなかった。毒殺の痕跡もない。河谷がホシだとして、一体どうやって殺したというのだろうか？　百戦錬磨の検視官でも急性心臓死と錯覚するような殺害方法など、この世の中に存在するのだろうか？

——それとも。

尾島は急に背筋が冷えるのを感じた。

他殺などではなかったのではないか？

検視官が言った通り、山崎亜矢香は本当に急性心臓死だったのではないか——？

その考えを振り払うように、尾島は慌てて首を左右に振った。

そんな筈はない。山崎亜矢香には突然死に繋がるような持病は一切なかったし、強いストレスに晒《さら》されていた事実もなかった。健康そのものの若い女性が、ある日突然病気になって一瞬で死ぬ、そんなことが起こる可能性は極めて低い筈だ。それに、現場の状況や死体の状態も、疑問だらけだった。これまでの刑事としての経験から、こういう場合は殺人事件である可能性が極めて高いのだ。

しかし、唯一の被疑者である河谷が殺した確証が、どうしても摑めない——。

——検死結果を待つしかない。

尾島は焦燥を無理矢理押さえ付けた。

そうとも。あいつが死体を視《み》てくれるのであれば、そして山崎亜矢香の死因が本当に他殺ならば、あいつは必ず、死体に何かを発見してくれる筈だ。

07　病院

尾島到のスマートフォンにメッセージが届いたのは、午前一時を回った頃だった。その時尾島は、地下鉄丸ノ内《まるのうち》線の新大塚《しんおおつか》駅近く、春日《かすが》通り沿いにある深夜営業のファミリーレストランで、遅い晩飯のカツカレーを食べながらそれを待っていた。

終わった。来ていい。

メッセージを受け取ると、尾島はぬるくなったコーヒーを飲み干し、すぐに伝票を持って立ち上がった。ここから目的地までは、徒歩でほんの五分ほどだ。

尾島が向かおうとしているのは、東京都監察医務院。医務院と言っても、ここで普通の人が診療を受けることはできない。

なぜならそこは、「死人専門の病院」だからだ。

昭和二十三年、即ち一九四八年に開設されたこの施設は、死体解剖法第八条に基づき、東京二十三区内で発生した全ての不自然死死体の検死と解剖を、三百六十五日無休態勢で行っている。

平成二十九年の年間検案数は一万三千百十八体、解剖数は二千九十九体。一日平均三十六体を検死し、六体を解剖している。ちなみにこの検案数は、東京二十三区内の全死亡者数の十六・八％に相当する。所属する監察医は十三人、臨床検査技師が十四人。約五十人の非常勤医師の補佐を得て、これだけの検死と解剖をこなしている。

これほど多忙を極める東京都監察医務院に、二十三区外の三鷹市で発生した山崎亜矢香の死体を、尾島は無理やりねじ込んだのだ。

尾島到が守衛室で教えてもらった部屋に入った時、その男は立ったまま背中を丸め、机の上に置いてある双眼鏡のような覗き口の付いた白い器械を、じっと覗き込んでいた。病理検査用の高性能実体顕微鏡だ。外の気温はまだ三十度を超えているだろうが、部屋の中はひんやりと冷房が入っている。

「悪かったな、無常《むじょう》」

尾島はその背中に、すまなそうに声を掛けた。

「ただでさえ目が回るほど忙しいってのに、仕事を増やしちまって」

監察医、大谷《おおたに》無常――。

白いカットソーの上に白衣、白いスラックス。足にはドクターシューズと呼ばれる踵《かかと》のない白い靴。ひょろりとした痩身。椅子に座っていても、手足の長さからかなり背が高い男だとわかる。すれ違う女性が皆振り返るほどの美形だが、頭は見事なスキンヘッド。検死中の死体に髪の毛が落ちるのを完全に防止するためだという。その整った顔に、フレームレスの眼鏡を掛けている。

「俺たちが多忙な件については、今日も同僚の監察医と相談した」

大谷が顕微鏡から顔を上げ、尾島を見た。

「これ以上お互いの仕事を増やさないよう、生きているうちに自分の死体検案書を書いておいたほうがいいんじゃないかってな。死因はもうわかっている。過労死だ」

そう言うと大谷は口の右端を少しだけ上げた。これは大谷が冗談を言う時の顔だ。

「後悔してるんじゃないか？　刑事でいたほうが楽だったって」

尾島の言葉に、大谷はわずかに首を傾げた。

「確かに、今のほうが忙しくはある。――が」

大谷は少し考えたあとで、言葉を続けた。

「刑事時代、俺はお前と違って被疑者の取り調べが苦手でな。連中の嘘を見破ることがなかなかできなかった。だから、俺にとっては今のほうが断然楽だ」

「死体は喋らないから、口を割らせるのは難しいんじゃないのか？」

尾島が混ぜ返すと、大谷はまた口の端を持ち上げた。

「そんなことはない。死体はいろんなことを語る。そして死体は絶対に嘘をつかない。生きてる奴と違ってな」

大谷無常は尾島と同い年の三十六歳。高校を卒業した十八年前に尾島と同期入庁した警察官だった。二人揃って警視庁本部の刑事部捜査第一課に配属になったが、入庁六年目の二十四歳になった年、突然、大谷が辞職願を提出した。「監察医になるため、大学の医学部を受験する」という理由だった。

絶対に無理だからやめたほうがいいと皆が忠告したが、それでも大谷は警察を辞め、たった一年間の勉強で都内の国立医科大学にあっさり合格してしまった。そして三十一歳の時に医師免許を取得、卒業と同時に東京都監察医務院に所属する監察医となった。大谷は刑事とは違う肩書で、再び犯罪捜査の現場に帰ってきたのだ。

大谷が監察医になった理由を、尾島は知っていた。刑事時代、東京都練馬《ねりま》区で発生した原因不明死に臨場した大谷は、検視官の言葉を信用して自殺として処理しようとした。だが監察医の検死によって、実は保険金目当ての殺人だったことが判明したのだ。自分が犯罪を見逃してしまったという事実に、大谷は強いショックを受けた。

世の中には、事故や自殺のふりをした、誰も気づかない殺人事件がある——。

大谷はこの痛い体験によって警察官であることの限界を感じ、たった一つの犯罪も見逃すことがないよう、監察医になることを志《こころざ》したのだ。

「鑑識は、事件性はないという判断なんだ」

検案のチェックシートだろうか、クリップボードに挟んだ書類を眺める大谷の隣で、尾島は丸椅子に陣取り、大谷に検死を依頼した理由を話し始めた。

「臨場した検視官も事件性を否定した。間違いなく急性心臓死だと言うんだ。だが、俺たちが調べたところ、ホトケさんは亡くなった夜、交際相手に内緒で――」

「鑑識の話も、検視官の話も必要ない。お前の見解も聞きたくない」

大谷は書類から顔を上げると、ぴしりと言葉を遮った。

「俺たち監察医は、死体から得られた情報だけで死因を判定する。予断や先入観を完全に排除するため、鑑識の報告も、検視官の所見も、捜査員の感触も、私立探偵の名推理も一切参考にしない。死んだ本人の話さえ聞ければ、他の者の話は聞く必要がないんだ。繰り返すが、死体は絶対に」

「嘘をつかない、だろう？　わかったよ」

取り付く島もない大谷の態度に、尾島は両手を宙に浮かせて降参を表した。そして内心では、そんな大谷を誰よりも頼もしく思った。

「じゃあ大谷、お前がホトケさんから聞いた話を聞かせてくれないか。昨夜、あの女性が死んだ時、そこで何が起きたのかを」

大谷は頷くと、机の上のキーボードとマウスを操作した。すると、大谷の正面に設置された二台の４K液晶モニターの左側に、モノクロ反転された人間の頭部のデジタルX線画像が表示された。

「まず、当院に搬入された女性の死体をＡｉセンターに移し、死後ＣＴと死後ＭＲＩによるオートプシー・イメージング、つまり死後画像診断を実行した。その後解剖室へ移し、バイオハザード型解剖台で検案と行政解剖を行った」

大谷はX線画像を見ながら喋り続けた。

「死体に刺傷や裂傷はなく、確認された外傷は一つだけ、右側頭部の軽い打撲痕だ。これは位置と形状から見ても死因に繋がるものではなく、玄関の床に転倒した時に生じたものと判定する」

つまり、物理的な原因で死んだのではないということだ。

「次に薬化学検査の結果だが、血液、尿、胃内容物などからは、フグ毒のテトロドトキシンやトリカブト毒のアコニチンを始めとする毒物類、あるいは危険な薬物類は検出されなかった。病原となる細菌やウイルス類も、８K顕微鏡による組織検査では発見されなかった。よって俺は死因を内因性急死、即ち何らかの病理による突然死に絞り込んだ」

大谷はちゃんと話についてきているか確認するように、ちらりと尾島を見た。慌てて尾島は何度も頷いた。

「突然死の場合、死因は以下のいずれかだと考えていい。一、クモ膜下出血や乖離性《かいりせい》大動脈瘤《だいどうみゃくりゅう》などの脳内出血。二、気管支喘息の発作による窒息死。三、消化管や泌《ひ》尿器《にょうき》からの出血。四、虚血性心疾患《きょけつせいしんしっかん》による急性心臓死。この四つだ」

大谷はモニターに映るデジタルX線画像を次々と切り替えながら、検死結果について滔々と喋り続けた。尾島は、大谷の理路整然とした説明に圧倒されながら、黙って聞いているしかなかった。

「第一の脳内出血。高齢者に多いことは勿論だが、若年者でも過労やストレスによる脳血管出血の可能性はある。そこで後頭下穿刺《こうとうかせんし》と腰椎穿刺《ようついせんし》による脳脊髄液《のうせきずいえき》検査を行ったが、脳内出血による血液は混入していなかった。よって脳内出血ではない」

「第二の、気管支喘息の発作による窒息死。この死因に特有の、肺が吸気で膨満する現象が見られず、また顔面の鬱血やタルジュー斑点、肺胸膜《はいきょうまく》の溢血《いっけつ》点も見られない。よって気管支喘息ではない」

「第三の、脳を除く血管、小腸を主とする消化管、それに泌尿器からの出血死。死後CTとMRIを行ったが、血管からの出血は一切見られなかったため、この可能性も否定する」

「そして第四の、つまり最後に残る可能性は急性心臓死。そもそも突然死の約七割が急性心臓死であり、その大半は虚血性心疾患、即ち心筋梗塞《しんきんこうそく》と狭心症《きょうしんしょう》だ」

この言葉に尾島は緊張した。石川検視官が「ほぼ間違いない」と言っていた死因こそ、この「急性心臓死」だったからだ。

「この死体には脳虚血によると思われる舌の喉への低落が見られ、また急性左心不全による肺水腫《はいすいしゅ》も見られた。このことから急性心臓死の可能性が高いと推定し、心筋壊《え》死《し》マーカーである心筋トロポニン二種の血中濃度を検査した」

モニターに、何かの数値が書き込まれた表が表示された。

「心筋トロポニンIと心筋トロポニンTは心筋細胞の蛋白《たんぱく》だが、正常であれば血中濃度は非常に低く、検知不能か辛うじて検知できるほどの微量しか存在しない。だが心筋細胞が損傷すると、血中濃度が通常の三十から三百倍に上昇する。そして、あの死体も心筋トロポニンの血中濃度が二百倍を超えていた」

そして大谷は尾島のほうに向き直ると、宣言するように言った。

「よって、死因は間違いなく虚血性心疾患、即ち急性心臓死だ」

尾島は思わず聞き返した。

「本当か？　あんな、健康な若い女性が」

大谷は躊躇《ちゅうちょ》なく頷いた。

「心筋梗塞も狭心症も、加齢による動脈硬化による血管の狭窄《きょうさく》が原因であることが多い。だが、希少な例として血管攣縮《れんしゅく》性狭心症というものがある。いつもは正常に働いている心臓が、突然、冠動脈に攣縮を起こし、狭心症の症状を来《きた》す。夜寝る前に胸痛に襲われ、そのまま死に至ることもある。特に若い女性に多い」

やはり病死なのか――。尾島はショックのあまり、しばらく口が利けなかった。自分の警察官としての能力を全否定されたような、暗澹たる気分に突き落とされていた。

鑑識と検視官の判断が突然死であるにも拘わらず、三鷹署の閑谷一大という若い刑事の指摘によって、尾島は死体の服装や死亡時の状況に不審な点を見出した。そして、思わぬ不倫相手の出現によって、尾島は山崎亜矢香が他殺であるという考えに大きく傾いた。

しかし、尾島が最も信頼する監察医の大谷無常が、検視官と同じく、死因は急性心臓死だと断定したのだ。

「質問はあるか？」

大谷が聞いた。尾島は気を取り直して大谷の顔を見た。

「人為的に心臓を停止させるような薬はないだろうか？　そいつを飲ませて殺すと、急性心臓死に見えるような」

少しだけ首を傾げたあと、大谷は答えた。

「ないことはない。例えば塩化カリウムという薬品がそうだ。食塩代替、殺菌、肥料など用途が多く、毒物及び劇物取締法の適用も受けないが、これを人間に一定量以上投与すると、急激なカリウム濃度の上昇により心停止に至る。実験動物の安楽死や、アメリカでは薬殺刑にも使用される」

「じゃあ、誰かがその薬を、飲食物に混ぜて——」

先走る尾島に対し、大谷は首を左右に振った。

「言っただろう、薬化学検査の結果、薬物類は一切検出されていない」

「その薬以外に、人間の心臓を停止させる方法はないか？」

大谷は即答した。

「外部からの強い衝撃で心臓震盪《しんとう》が起きれば、心臓は停止する。スポーツ時に多く見られる現象で、衝撃で心臓が揺れると心室細動《しんしつさいどう》という不整脈が起こる。柔道の当身《あてみ》もその一つだ。だがこの場合は、皮膚と臓器に打撃による組織損傷や内出血が残る」

大谷は尾島を制するように、さらに続けた。

「もう一つ挙げれば感電死だ。だが、この場合も皮膚に電撃傷という火傷《やけど》に似た損傷が残る。今回の死体には損傷が存在しないから、どちらの可能性も否定される」

「あのホトケさんが突然死じゃないという可能性は、本当にないのか？」

尾島が執拗に問い質すと、大谷がうんざりした顔で聞いた。

「例えば？」

「例えば、ええと」

尾島は必死に考え、ようやく頷いた。

「そう、誰かが後ろでわっと大声を出したので、驚いて心臓が止まったとか」

するとと大谷は、顔に驚きの表情を浮かべた。

「なるほど。その手があったか」

感心する大谷を見て、尾島は身を乗り出した。

「じゃ、じゃあ――」

「冗談だ」

真面目な顔に戻ると、大谷はあっさりと掌を返した。

「驚かすことで健康な人を殺害できれば完全犯罪だろうが、そんなことが可能なら、全国のお化け屋敷は全て営業停止になる」

やはり、どう考えても突然死なのか――。尾島は再び消沈した。

それを見て大谷が声を掛けた。

「尾島。お前はどうしても、あの死体は誰かに殺されたと思いたいようだな?」

「確証はないんだ」

尾島は俯き、力なく答えた。

「だが、上手《うま》く言えないんだが、きなくさいものを感じるんだ。ホトケさんはどう見ても突然死なのかもしれないが、それでも俺は何か引っ掛かるんだよ。喉に小骨が刺さったようなって表現があるが、まさにそんな感じなんだ。そして俺はこの自分の感覚を信じている。もし、この感覚が狂うようになったら、俺は――」

――刑事を辞めるしかない。その言葉を尾島はかろうじて呑み込んだ。

すると大谷がこう言った。

「今までの話は、監察医としての公式見解だ」

「え？」

尾島が怪訝そうに顔を上げた。それに構わず大谷は続けた。

「今回の死体、奇妙な所見が一つだけあった」

「奇妙な所見？」

尾島は大谷に詰め寄った。

「何だそれは？」

「心臓の表面に二十mm前後の組織損傷が見られた。ほぼ四cm間隔に、五ヵ所だ」

つまり、心臓に五つの傷が付いていたということだ。

「じゃあ、やっぱり心臓震盪じゃないのか？　誰かに心臓のあたりを殴られて――」

「いや。そうではない」

尾島の言葉を、大谷はきっぱりと否定した。

「例えば、クッション越しに胴体が強く殴打《おうだ》された場合、外傷はなくて内臓だけが損傷することもある。しかし、その場合の損傷はもっと広範囲で深い。このように小さな損傷が、臓器の表面五ヵ所に点在する結果とはならない」

尾島が聞いた。

「もしかして、その損傷のせいで心臓が止まったのか？」

大谷は首を横に振った。

「いや。心臓の動きに影響を与えるほど深い損傷ではない。それに、ほぼ一定の間隔を置いて五ヵ所に残っているこの損傷は、強《し》いて言えば――」

大谷は珍しく言い淀んだ。内面の苦悩を表すように、眉間《みけん》に深い皺が生じている。

「強いて言えば、何だ？」

尾島に促され、ようやく大谷はその先を続けた。

「まるで心臓を、片手で鷲摑みにした痕《あと》のようだ」


心臓を、片手で鷲摑みに――？

尾島は信じられないという顔で大谷を見た。この男は何を言っているのだろうか。そんなことができる訳がないではないか。だが一方で、尾島は自分でも奇妙なことに、大谷の言ったことがすんなりと腑《ふ》に落ちていくのを感じた。

――そうとも、そう考えれば全てに説明が付く。誰かがあの女性の心臓を、ぎゅうっと鷲掴みにして止めたのだとすれば。

尾島は確認した。

「動いている心臓を手で鷲掴みにすれば、心臓を止められる。そうだな？」

大谷も仕方なく頷いた。

「もし、サーカスの壁抜け男のように、皮膚も大胸筋も肋骨《ろっこつ》もすり抜けて手を伸ばし、心臓を鷲掴みにすることができたら、心臓は数分で停止し、表面の組織にこのような五つの損傷が付くだろう。だが——」

「わかってる」

尾島は頷いた。

「サーカスの壁抜け男は、あくまでも手品でありトリックだ。本当に人間が壁をすり抜けている訳じゃない。そんな人間がいる筈はない」

大谷も苦悩の表情で頷いた。

「そうだ。人間の手が、皮膚や骨を通過して、心臓だけを鷲掴みにするなどありよう筈がない。かと言って、ＨＩＶやエボラ出血熱のようなウイルス性疾患による臓器損傷でもない。臓器の表面に、指で押さえたような損傷を生む、未確認の奇病——。そう解釈するしかない」

苦しそうに大谷は喋り続けた。

「死体検案書でも、心臓表面の五ヵ所の損傷に言及はする。だが、死亡への影響が不明である以上、監察医の公式見解としては急性心臓死だと言うしかない」

そうか、と言って尾島は丸椅子から立ち上がった。

「忙しいのに仕事を増やしてしまい、すまなかった。ありがとう」

そして尾島は踵を返すと、ドアに向かって歩き始めた。

大谷の検死結果に従う、そう決めてここにやってきた尾島だった。そして大谷は突然死だと断定したが、それはあくまでも公式見解だった。まだ山崎亜矢香の死には、謎が残っているのだ。これからどうしたらいいのか、尾島にもわからなかった。

その時、大谷が尾島の背中に声を掛けた。

「心当たりがあるのか?」

尾島は足を止め、振り返った。

「何がだ?」

「犯人だ。あの女性が他殺だというのなら、殺害した人物が誰か、もう目星を付けているのか?」

尾島は迷った。状況的に犯人たり得るのは、山崎亜矢香が死亡する直前に会っていた合鍵を持つ男、福岡の会社社長、河谷健三だけだった。

「――いや」

尾島は自虐的な笑みを浮かべながら、首を横に振った。

「特にいない。当たり前だよな、病死だったんだから」

尾島はそう答えた。その理由は、尾島自身、河谷健三が殺人犯であるという確信がどうしても持てないからだった。もし他殺だとしても、犯人は川谷ではなくて他にいる。尾島にはそう思えてならなかった。

だが一体、誰が犯人だと言うのだろうか？

皮膚や大胸筋や肋骨をすり抜けて、心臓だけを鷲掴みにできる、そんなサーカスの壁抜け男のような人間がいるとでも——。

その時、尾島の脳裏をある映像がちらりとよぎった。

暗いドアの隙間から、じっと尾島を見ている黒い片方の目。何の感情も感じられない、まるで虫か何かを見ているような目——。

死体が発見された賃貸住宅の下に住む大家、水田茂夫の目だった。

08　収束

「監察医の先生も、病死って仰ったんですか？」

スマートフォンの向こうで、関谷が驚きを顕《あら》わにした。

「ああ。俺が検死を頼んだ監察医は、元刑事のとびきり優秀な男だ。あいつが言うんだから信じるしかない。他殺の線は、どうやら俺たちの思い過ごしだったようだ」

尾島は自分に言い聞かせるように言った。

監察医の大谷無常が最後に言った、心臓の表面にあった五ヵ所の謎の損傷については、関谷には言わなかった。余計な期待を持たせることになるし、何より自分の中に未練を残しそうだったからだ。

「そうですか――」

関谷も大きく息を吐きながら、残念そうに言った。


七月二十九日、午前九時丁度。東京都三鷹市で、山崎亜矢香という若い女性の原因不明死体が発見された翌朝――。

尾島到が出庁するのを待ちかねたように、三鷹署の閑谷一大から電話が入った。監察医による検死で他殺の証拠が見つかることを、閑谷もかなり期待していたのだ。しかし、尾島の答えは閑谷を落胆させただけだった。

続けて閑谷は、済まなそうに尾島に報告した。

「実は、こっちも駄目でした」

尾島が監察医・大谷無常の検死結果を待っている間、閑谷は現場の向かいに建つマンションの、防犯カメラの記録映像を確認していた。だが、結果は期待を裏切るものだった。

その防犯カメラは、水田の家の一階玄関と、二階へ続く外階段の降り口が、しっかりと映る位置に設置されていた。そして映像には、山崎亜矢香と河谷健三が外階段を上がるところと、その約二時間後、河谷が外階段を降りてきて、道端でタクシーを拾って乗るまでが、はっきりと映っていたのだ。

「河谷には、怪しい素振りは一つもありませんでした」

無念そうに閑谷が説明した。

「河谷は帰る時、鼻歌でも歌っているような軽い足取りで外階段を降りてきて、現場のすぐ前の道路に立つと、五分くらい悠然とタクシー待ちをしていたんです。とてもじゃありませんが、人を殺して逃げるところだとは思えず――」

「二階は？」

尾島が聞くと、閑谷が怪訝な声を出した。

「二階？」

「大家の水田だ。外に出たとか、何か不審な行動はなかったか？」

「水田は一度も外出しませんでした。一階のドアは、ずっと閉まったままです」

尾島は唇を噛《か》んだ。やはり大家の水田は、山崎亜矢香の死とは無関係なのか。

閑谷が続けた。

「水田のＤＮＡ型の判定を科捜研にお願いしました。終わり次第、東京都監察医務院に判定結果が送付されます。トウさんから、お知り合いの監察医の先生に伝えて頂けませんか？　ご遺体に水田のＤＮＡが付着してなかったかどうか、念のために確認して頂ければ」

閑谷の勝手な行動に尾島は呆れた。

「水田は昨日の夜、家を一歩も出ていないんだろう？　じゃあ、水田が二階に侵入した訳がないじゃないか。ＤＮＡ型の判定費用も馬鹿にならないんだぞ？　俺たちが使う金は全て尊い税金なんだ」

「そうなんですけど、あの、もしもっていうか、万が一っていうか――」

口ごもった跡、閑谷は大声で謝った。

「すみませんでした！」

多分関谷は、電話の向こうでも深々と頭を下げているのだろう。ふう、と尾島は諦めの息を吐き、関谷に聞いた。

「イチ、お前、どうやって水田のＤＮＡサンプルを手に入れた？」

「今朝の五時から、現場の前のゴミ置き場で水田がゴミを出すのを待って、袋の中身をひっくり返したんです。毛髪と爪、それにストローを発見しました。残りのゴミはちゃんと袋に戻して、ゴミ置き場に返しておきましたから！」

まあいいか——。嬉しそうに喋る関谷に、尾島も力が抜けて思わず苦笑した。

最近の若い刑事は、二言目には効率だの合理性だのと口にして、無駄になるかもしれない地道な作業を嫌がる。そんな中で関谷のような、早朝から無駄になるのを承知で、しかも汚れ仕事も厭《いと》わず行動する男は貴重だと思えた。ひょっとすると、いい刑事になるかもしれない——。そう尾島は思った。

「ところでトウさん、まだ始める気ないんですか？」

急に関谷が話題を変えた。

「始めるって、何をだ？」

「チャットアプリですよ。連絡する時に便利だと思うんだけどなあ。僕、使い方教えますから、次に会った時に一緒に設定を——」

「そのうちな」

冷たく言って、尾島は電話を切った。


——しかし。

尾島は強い虚無感に襲われていた。全てが空振りに終わったからだ。

全ての物証が、山崎亜矢香の死は他殺ではないことを示していた。死体の薄着の服装、入れっぱなしのエアコンなど、尾島が現場で感じたいくつかの違和感は、全て死んだ山崎亜矢香が、死ぬ直前に遊び相手の男を部屋に連れ込んだ痕跡だった。そしてその男は犯人ではないと、あらゆる事象が示唆していた。

俺は刑事失格だ——。尾島は敗北感に自嘲した。殺人ではない死亡事案を殺人事件だと信じて、時間も労力も費用も無駄にしてしまった。まさに刑事にあるまじき失態というしかなかった。

そしてさらに困ったことがあった。現在に至っても、これは殺人事件ではないのかという疑いが、尾島の心の奥底で燻《くすぶ》り続けているのだ。

理由はわかっている。監察医の大谷が言っていた、死体の心臓の表面に残されていたという五つの不思議な損傷だ。まるで、何者かが片手で心臓を鷲摑みにした痕《あと》のようだと大谷は言った。

この心臓の傷は、本当に殺人の痕跡ではないのだろうか？

もし殺人だとしたら、犯人はどうやってあの女性を殺害したのだろうか？

尾島はあれ以来ずっと考えていた。しかし、答えは欠片《かけら》も見つからなかった。どうやったら人間の皮膚や筋肉や骨をすり抜けて、心臓だけを鷲摑みにできるというのか。そんな方法など、あろう筈がないのだ。


その夜、尾島は所属する刑事部捜査第一課宛に、報告用の捜査書類を提出した。実況見分調書、鑑定嘱託《しょくたく》書、捜査報告書、参考人供述調書、捜査関係事項照会書、それに総括報告書――。刑事部の捜査員が出動した場合、膨大な書類の提出が義務付けられているが、今回の報告内容は、煎じ詰めれば一つだけだった。

三鷹で発生した若い女性の原因不明死は、突然死であった――。

そして、この三鷹での原因不明死騒ぎは、完全に収束したかに見えた。

09　尾行

八月二十七日木曜日、午後二時――。

三鷹で起きた若い女性の突然死騒ぎからおよそひと月。警視庁刑事部捜査第一課の尾島到は、新宿駅西口にある電気街の雑踏を歩いていた。八月も終わろうとしているが、太陽はまだ頭の真上からじりじりと照りつけ、猛暑は一向に去ろうとはしない。

尾島は、西新宿六丁目にある新宿署から警視庁本部へ戻る途中だった。三ヵ月前から歌舞伎町《かぶきちょう》で起きた殺人事件の帳場、つまり捜査本部が新宿署に開かれていたのだが、犯人の暴力団構成員が逮捕されたため捜査本部は解散、新宿署に来たのはその事務手続きのためだった。

新宿署は地下鉄丸ノ内線の西新宿《にししんじゅく》駅に直結しているので、丸ノ内線に乗って赤坂《あかさか》見附《みつけ》で有楽町線に乗り換えれば、三十分もかからず桜田門の警視庁本部に着く。しかし尾島は、あえて新宿駅まで歩くことにした。都内でも有数の犯罪多発地帯である新宿駅周辺を歩いて、肌で空気を感じておきたかったからだ。

平日にも拘わらず、新宿西口の商店街は大変な人混みだった。その多くはアジアを中心とする外国からの観光客だ。炊飯器や水洗便座など日本の電化製品は、今もアジア諸国で絶大な人気を誇る。またこのあたりには、やはりアジアで人気の薬品や化粧品、それに食品を並べた大型ドラッグストアも軒《のき》を連ねている。

さり気なく周囲を見回しながら、尾島は人混みの中をゆっくりと歩いていた。一時期の中国人観光客による「爆買い」は収まりつつあるようだが、まるで外国の繁華街に来たかのような雰囲気だ。見た目では日本人と区別が付かない者もいるが、アジアからの観光客は一様に、大きなトロリーバッグをごろごろと引っ張っている。

店も海外観光客に対応して、店の入り口に大型のコインロッカーを設置し、中国語やハングル、英語で書いた案内のボードを貼っている。駅のコインロッカーは交通系ICカードを使うものが主流になったが、店が設置するロッカーは、硬貨を使用する古いタイプのものばかりだ。故障が少なく、交通系ICカードを持たない海外観光客でも使えるからだ。

ふと、尾島は立ち止まった。

二十歳《はたち》くらいだろうか、若い男が電器店の大型コインロッカーの前に立って、整然と並んだ扉を眺めている。すらりとした痩せ型の長身、肩まで届きそうな長い髪。足には白いスニーカー、ダメージ加工のデニムパンツの上に、白いコットンのシャツを袖まくりして着ている。服装から見て、海外観光客ではなく日本人のようだ。

尾島はその後ろ姿に、何か違和感を覚えた。なぜ自分は、この若い男が気になるのだろうか――？　尾島は自問し、やがてその理由にたどり着いた。

空いたボックスを探しているのかと思ったが、その若い男はボディーバッグを斜めに掛けているだけで、特に大きな荷物は持っていなかった。コインロッカーに入れた荷物を取り出しに来たのでもない。パンツのポケットに両手を突っ込んだままだからだ。普通は鍵の番号を見ながら自分のロッカーを確認するだろう。

若い男はコインロッカーの前にしゃがみ込むと、一番下の列にあるロッカーの一つに向かって、まるで温度を感じ取ろうとするかのように右の掌をかざした。そして、そのロッカーの扉に手を掛け、すいと開けた。

中には合皮製と思われる黒いボストンバッグが入っていた。男はそのバッグを手前に半分ほど引き出すと、迷ったように周囲をきょろきょろと見回していたが、扉をバッグで半開きになった状態にして立ち上がり、そのまま立ち去ろうとした。

コインロッカー荒らしか？　しかし、バッグは置いていったようだが――？

尾島は若い男に背後から近づき、声を掛けた。

「何をしていたんです？」

若い男は驚いたように尾島を振り返ったが、すぐににっこりと笑顔になった。

「ロッカーの鍵が壊れて、扉が開いてたんです」

「鍵が、壊れてた？」

尾島が確認すると、若い男は嬉しそうに頷いた。

「ええ。それでほら、中に大きなボストンバッグが入ってるでしょう？　このままじゃ不用心だし、どうしようかと悩んでたんですけど、ずっと見張ってる訳にもいかないし、しょうがないから帰ろうとしていたところです」

尾島が振り返ってコインロッカーを見ると、鍵が刺さっていなかった。つまり使用中なのだ。それなのにこの男は扉を開けた。ということは鍵が壊れていたのだろう。

しかし問題は、なぜこの若い男がコインロッカーの鍵の故障に気が付いたかだ。コインロッカーの扉は、空いていようと使用中だろうと常に閉まっている。歩きながらちらりと見ただけでは、壊れていることはわからないのではないか？

「どうして、鍵が壊れているとわかったんです？」

するとその男はにっこりと笑った。

「何となく」

「何となく、ですって？」

尾島が疑わしげに聞くと、若い男は悪びれた様子もなく続けた。

「ええ、そうなんです。何となく鍵が壊れているような気がして、扉を開けてみたら開いたから、ああやっぱり壊れてたんだなって」

　どうにも言っていることが釈然としない。

「今日は、新宿には何をしに？」

「レコードを探しに」

「レコード？」

「音楽のアナログレコードですよ。LP盤とかEP盤とか。このへんには中古レコード店が何軒かあるので。――あの、失礼ですが、お巡りさんですか？」

「そうです」

　尾島は内ポケットから警察バッジを取り出し、開いて見せた。若い男は安心したように笑った。

「じゃあ、あとはよろしくお願いします。失礼します」

　ぺこりと頭を下げて、若い男は立ち去ろうとした。その肩に、尾島は後ろからぽんと手を置いた。

「すみませんが、もうちょっと詳しい話を聞かせてくれませんか」

　長髪の若い男は高山宙《たかやまひろし》と名乗った。年齢は二十一歳。地方の高校を卒業したあと、東京に出てきてアルバイト生活をしているという。いわゆるフリーターだ。

尾島は高山に任意同行を求め、一緒に徒歩で新宿署に引き返すと、取調室を借りて高山に話を聞いた。コインロッカーでの高山の行動を見たのは尾島だけなので、自分で取り調べしたほうが早いと思ったのだ。

新宿署の刑事課は、高山の行動を確認するため、コインロッカーの前に設置してあった防犯カメラの映像を取り寄せるとともに、ロッカーに入っていた黒いボストンバッグを開けて内容物をチェックした。すると中から、透明なビニール袋と食品用ラップフィルムで幾重にも包まれた白い粉末が出てきた。

「あの鞄、覚醒剤《かくせいざい》が入っていた」

尾島は目の前に座っている高山を厳しい目で睨んだ。喋り方も、これまでの丁寧な口調から一変している。

「それも約一キロも。末端価格にして七千万円相当だ」

「へえ、覚醒剤。びっくりしたなあ」

高山は目を丸くした。そのわざとらしい反応は、尾島にはどう見ても演技だとしか思えなかった。

「もう一度聞く。あの鞄は、誰の鞄だ?」

「だから何度も言ってますけど、本当に知らないんですよ」

苦笑する高山を見ながら、尾島は厳しい顔で質問を続けた。

「お前がたまたまあのコインロッカーの前を通りかかったら、何となく鍵が壊れているような気がした。そこで開けてみたら、覚醒剤の入った鞄が入っていた。そう言うのか？」

「そうです。何となく、そんな気がして」

無邪気な顔で頷いたあと、高山は付け足した。

「覚醒剤が入っていたことは知りませんでしたけどね」

「ふざけるな！」

尾島は、ばん、と右手で机を叩いた。

「閉まっているロッカーの鍵が壊れているかどうか、見ただけでわかる筈がないだろう。たまたまあのあたりを通りかかって、たまたま壊れたロッカーを発見して、たまたま開けてみたら、たまたま覚醒剤入りの鞄が入っていただと？　そんなにいくつも偶然が重なってたまるか！」

するると、高山が不服そうに聞いた。

「じゃあ刑事さん、僕がどんな罪を犯したって仰るんです？」

尾島は言葉に詰まった。高山は、尾島が呼び止めなければ、覚醒剤の入ったボストンバッグを置いたまま立ち去ろうとしていた。しかも、ボストンバッグを半分ほど手前に引き出して、扉が開いてボストンバッグが見える状態にして、だ。

高山が覚醒剤を誰かに渡そうとしたのなら、きちんと扉を閉めて鍵を掛けていく筈だ。逆に高山が覚醒剤を受け取る側だったら、当然ボストンバッグを持ち去っただろう。高山の取った行動はどう考えても理屈に合わない。

そこへ新宿署の刑事がやってきて、開きっぱなしのドアの向こうから尾島を呼んだ。尾島が立ち上がって取調室の外に出ると、その刑事が耳打ちした。

「防犯カメラの映像を見ましたが、被疑者《マルヒ》が鍵を使って開けた様子も、鍵を壊してこじ開けた様子もありません。ロッカーには全く触れずに、いきなり、ひょいと開けているんです。本当に鍵が掛かっていなかったとしか考えられません」

尾島は振り返って、椅子に座っている高山を見た。高山は退屈そうに、大あくびをしているところだった。

それから三時間、尾島は新宿署で高山の取り調べを行った。だが高山の答えは、全く変わることがなかった。ロッカーの鍵が壊れている気がして、開けてみたらボストンバッグが入っていた。迷った末に、そのまま置いて帰ろうとしていた――。

「鞄を手前に引き出して、ロッカーの扉を半開きにしていったのはなぜだ?」

辛抱強く尾島が聞いた。

「鞄が見えていれば、そのうち誰かが気が付くかなって」

高山は、わかったようなわからないような答えを返した。

「コインロッカーを設置している電器店に届けようとは思わなかったのか」

「ええ。僕が鍵を壊したって疑われたら嫌なので。今、疑われてるみたいに」

皮肉を交えて答えたあと、高山は悲しそうな顔になった。

「刑事さん、もう夕方の六時ですよ。お腹が減ったんですけど、カツ丼とか出ないんですか？」

高山を睨みながら、尾島は首を横に振った。

「食事は提供できない。有利な自白を引き出すための利益供与と見做《みな》されるからな。食べたければ、蕎麦屋の出前メニューを見せるから、勝手に出前を頼め」

高山は不服そうに唇を尖らせた。

「えー？　自腹なんですかあ？」

そうこうするうちに、また新宿署の刑事がやってきて、尾島を取調室の外に呼んだ。

「ロッカーを開けに来た男を、任意で連行しました。中公会《ちゅうこうかい》の若頭《わかがしら》です」

新宿署の刑事が、覚醒剤入りのボストンバッグが発見されたコインロッカーの前で張っていると、アロハシャツにサングラス姿の男が現れ、キーを取り出してロッカーを開けようとした。そして鍵が掛かっておらず中も空っぽなのに気が付くと、男は慌てて逃げようとした。そこを新宿署の刑事が取り押さえて連行したのだ。

尾島はその男の取り調べを、隣室からマジックミラー越しに覗かせてもらうことにした。覚醒剤の現物を押さえられたヤクザは、不貞腐れながらも全てを白状した。

――あれは日本海のセドリで入手した覚醒剤で、上部組織から流してもらったものだ。受け渡しにはいつも、あの新宿駅西口の私設コインロッカーを利用していた。ロッカーのどれかに入れてもらい、キーはバイク便などで別途に受け取るという方法だ。入手した覚醒剤は、小分けして売人にさばく予定だった。

私設コインロッカーを使用していたのは、今でも旧《ふる》いコイン式だからだ。駅に設置してある、交通系ICカードを使用する最新の電子式ロッカーは、不具合で開かなくなることが多く、その時は駅員を呼ぶしかない。その時、万が一にも鞄の中身を検《あらた》められたら困るからだ――。

「よりによって、鍵がぶっ壊れたロッカーに当たっちまうとはな。ついてねえ」

忌々しげに愚痴るヤクザに、新宿署の刑事が聞いた。

「シャブを入れた奴が、鍵を掛け忘れたってことはないんだな？」

ヤクザは薄笑いを浮かべて鼻を鳴らした。

「ウン千万のシャブ入れといて、鍵掛けねえバカがいるかよ。第一、コインを入れて鍵を掛けねえとキーは抜けねえ。俺にキーを送ってきたってことは、シャブを入れた奴が鍵を掛けたってことだ。そうだろ？」

確かに、そのヤクザはバイク便でコインロッカーのキーを受け取っているのだ。覚醒剤を入れた取引相手は、間違いなく鍵を掛け、キーを抜いた。しかし、いつの間にか鍵が壊れて扉が開いていた。そう考えるしかなかった。

ともあれ、これで末端価格七千万円もの覚醒剤取引を未然に防ぎ、犯人の一人を逮捕することができた。この先の捜査は、新宿署の組織犯罪対策課と本部の組織犯罪対策部に引き継ぐことになる。


「すると僕は、晴れて釈放ということですね？」

夕食に出された生姜焼き弁当を頬張りながら、高山宙が嬉しそうに言った。

高山への嫌疑が濡れ衣だと判明した時点で、尾島は任意取り調べの終了を高山に告げ、改めて夕食の提供を申し出た。麻薬犯罪摘発への協力に対する謝礼という訳だ。

「そういうことだ」

溜め息をつきながら、尾島が頷いた。

挙動不審だったことは間違いないが、高山がやったのは、鍵が壊れているコインロッカーを開けて中のボストンバッグに触っただけだ。器物損壊にも窃盗にも当たらない。それどころか、結果的には覚醒剤売買の犯人を逮捕できたのだから、麻薬犯罪撲滅に一役買ったとも言える。これ以上拘束しておく理由もない。

尾島は高山に向き直ると、膝に手を載せて深々と頭を下げた。

「君を疑い、長時間引き止めて申し訳なかった。どうか許してくれ」

高山は目を丸くすると、慌てて弁当と箸を机の上に置き、腰を浮かせた。

「そんな、やめて下さいよ！　僕も紛らわしいことしたのは事実ですから。それに」

高山はにっこりと笑った。

「晩御飯までご馳走になっちゃったし。一食浮いたんでとても助かりました。何しろ貧乏フリーターなもので、今日も朝から何も食べてなくって」

「いつもそんな生活をしているのか？」

尾島が驚いた顔で高山を見た。高山は肩をすくめながら答えた。

「ええ。サラリーマンになって上司や得意先にペコペコするのも大変そうだし、特にやりたいことも今のところないし。お金がなくなったらバイトでもして、楽しく生きていければいいかなって」

また旨そうに弁当を食べ始めた高山に、尾島は話しかけた。

「大きなお世話かもしれないが」

「はい？」

高山が顔を上げ、尾島を見た。

「何か、人生を懸けて打ち込める仕事を探したらどうだろう？」

高山は箸を止め、無言でじっと尾島を見た。尾島は続けた。

「仕事っていうのは、金を得る手段だけじゃない。長い時間を掛けて一つの技術を磨いていく道のりでもあるし、社会の中に自分の居場所を見つけるって意味もある」

「自分の、居場所――」

鸚鵡返《おうむがえ》しに呟いた高山に、尾島は頷いた。

「そうだ。自分が誰かに必要とされている実感、とでもいうかな。自分の働きや腕を磨いてきた技術で、誰かが喜んでくれる。その対価として金がもらえる。金を払ったほうももらったほうもどちらも幸せ。そうなったら、毎日が充実していると思わないか？」

尾島はさらに言葉を続けた。

「人生は短い。気ままなその日暮らしも楽しいかもしれないが、年を取ったあとに気が付いたら、ああ俺は今まで何もやってこなかった、って後悔することになる。だから何か打ち込める仕事をしたほうがいい。どうしても見つからないなら、俺が一緒に探してやる。いつでも相談に来てくれ」

尾島は高山に名刺を渡した。高山はそれを受け取ると、しばらく無言のまま名刺を眺めていたが、やがて口を開いた。

「刑事って、人生を懸けて打ち込める仕事ですか？」

そう聞かれて尾島は大きく頷いた。

「ああ。人生を懸ける価値がある仕事だと思っている」

「そうですか」

高山はぽつりと言うと、また無言で弁当を掻き込み始めた。

本当は、こんな偉そうなことを言えた義理じゃないんだが――。尾島は内心で苦笑した。逆に自分は仕事に打ち込みすぎて、犯人は捕まえても女を摑まえることはできず、未だに独り者だ。こんな人生があってもいいんじゃないかと思っているが、それはただ、開き直っているだけなのかもしれない――。


夜九時――。

書類鞄を持ち、高山を連れて新宿署の一階に降りると、外は雨だった。そう言えば天気予報でも、今夜は深夜にかけて激しい雨になると言っていたような気がした。

尾島は若い警察官に頼んで透明なビニール傘を二つもらい、一つを高山に渡した。高山は恐縮して何度も頭を下げたあと、そのビニール傘を広げて雨の中へと出ていった。高山が新宿署前の通りを右へ出て姿が見えなくなると、尾島も傘を差して雨の中に出た。

高山宙というフリーターは、話してみればなかなかの好青年で、いわゆる犯罪者の臭いというものは一切感じられなかった。逮捕したヤクザも高山のことは知らなかったようだし、覚醒剤取引とは無関係だろう。

しかし、尾島は高山に対し、何か釈然としないものを感じていた。それは、今も高山の行動に疑問が残っているせいだった。

コインロッカーの鍵が壊れていたから、教えるために扉を開いておいた——この高山の言葉が本当だとして、コインロッカーの前を通っただけなのに、あるロッカーの鍵が壊れていることがどうしてわかったのだろうか？　そして高山は、ロッカーの中身が覚醒剤入りのボストンバッグであることを、本当に知らなかったのだろうか？

この二つの疑問を、尾島はどうしても消すことができなかった。

もうどうでもいいじゃないか、と自分でも思わないでもない。しかし、こういう些《さ》細《さい》で一見どうでもいい疑問こそが、期せずして難事件の突破口になったということを、尾島はこれまでに何度も経験していた。犯罪捜査では、ほんのわずかな疑問であろうとも放っておいてはならないのだ。

このあと高山は、誰かと会うのかもしれない。もし誰にも会わなくても、高山が調書に書いた住所が虚偽ではないか確認しておいたほうがいい。そう思って、尾島はあとを尾《つ》けることにしたのだ。

高山はビニール傘を差したまま新宿警察署裏の信号を左折し、雨の中を新宿駅方面へと歩いていく。その十メートルほど後ろを、間に何人かを挟んで尾島も歩く。傘のお陰で尾行がバレにくいのは有り難い。高山は調書に住所を杉並区の西荻南《にしおぎみなみ》と書いた。最寄り駅はＪＲ西荻窪《にしおぎくぼ》駅、新宿駅から総武線《そうぶせん》か中央線で十数分だ。

途中、高山は飲料の自動販売機の前で立ち止まった。尾島も立ち止まり、電柱の陰から高山を観察した。

高山はしばらく並んでいる見本を眺めていたが、自販機に向かって右掌をかざした。そして取り出し口に右手を突っ込むと、中から透明なミネラルウォーターのペットボトルを取り出した。高山はそのキャップを回して開封し、ごくごくと旨そうに飲み始めた。

硬貨を入れた様子はなかったが――？　尾島は首を捻った。それとも気が付かないうちに、電子マネーのカードなどをタッチしたのだろうか。高山は飲み干したペットボトルを回収箱に入れ、再び歩き出した。尾島も尾行を再開した。

新宿センタービルの脇まで来ると、高山はビニール傘を畳み、中央通りの地下に続く階段を降り始めた。新宿駅西口に連絡する地下道を通るつもりだ。気づかれないよう、尾島はさらに距離を広げてあとを追った。

新宿駅にはＪＲの各線の他、私鉄の小田急《おだきゅう》線と京王線、地下鉄の丸ノ内線と都営新宿線、大江戸線が乗り入れている。高山はＪＲの西口改札を通って中に入った。尾島もあとに続いた。

少しコンコースを歩いたあと、高山は十六番線ホームに続くエスカレーターを登っていく。尾島も距離を置いて続く。十六番線は、総武線の三鷹行きと中央線各駅停車が停まるホームだ。西荻窪は三鷹の二つ手前。高山が家に帰ろうとしていることは、どうやら間違いない。

雨は徐々に激しくなってきた。時折、稲光《いなびかり》が走り、空からごろごろと岩が転がるような音が聞こえてくる。尾島は腕時計を見た。午後九時二十五分。いつもは家路を急ぐ勤め人でホームは寿司詰めなのだが、天気予報を見て皆早めに帰宅しているのだろう、意外なほどに空《す》いている。

雨が降り込むため、尾島と高山はホームに架かった長い屋根の下に立っている。二人の距離は二十メートルほど。二人の間には何人かのサラリーマンと、ベビーカーを押している若い母親と、その赤ん坊の兄なのだろう、手に小さなボールを持った二歳くらいの男児がいる。

突然、その男児がぽろりとボールを取り落とした。ボールは雨の降るホームの上をぽんぽんと弾み、そのまま線路に落ちていった。それを見た男児は、ボールを追ってよちよちと歩き出した。

母親は雨で濡れた服をハンカチで拭いたり、ベビーカーを覗き込んで赤ん坊をあやしたりしていて、まだ男児の行動に気が付いてない。そして、このホームにはまだホームドアが設置されていない。ホームの端は切り立ったコンクリート、その下は線路だ。

電車の接近する轟音《ごうおん》が響いてきた。十六番線に黄色い車体の総武線三鷹行きが入ってきたのだ。電車は徐々にスピードを落としながら接近し、前面に付いた二つのライトからホームに黄色い光を投げた。その眩《まばゆ》い光の中に、ホームの縁で線路を覗き込む男児の姿が、黒く浮かび上がった。

電車が男児に気が付き、耳をつんざくようなけたたましい警笛を鳴らした。

その音で、尾島は初めて男児がホームの端にいることに気が付いた。若い母親も、自分の息子が危険な状況にいることを知った。だが母親は、恐怖で足がすくんだのか一歩も動けない。周囲のサラリーマンたちもようやく気付いたが、為《な》す術《すべ》もなくおろおろするばかりだ。

「くそ！」

尾島は叫ぶと同時に鞄を放り投げ、男児に向かって脱兎のごとく駆け出した。ほぼ同時に、男児の身体はぐらりと前に傾き、尾島の視界からふっと消えた。線路に頭から転落したのだ。それでも尾島はそのまま全力で走り続けた。

走りながら尾島は考えた。男児は線路に落ちたが、ホームの高さは百二十㎝ほどだ。

おそらく生きているだろう。自分が線路に飛び降り、男児をホーム上に放り投げれば、自分は電車に轢《ひ》かれて死んでも男児の命は助かる。他に方法はない。

電車が轟音とともに接近してきた。母親の甲高《かんだか》い悲鳴がホームに響き渡る。間に合うか？　間に合わなくてもやるしかない。このまま見殺しにはできない。頼む、俺はどうなってもいい、間に合ってくれ――。

そう考えながら、尾島が線路に飛び降りようとした、その時だった。

尾島に向かって、何かが闇の中からふわりと飛んできた。

尾島は慌てて急ブレーキをかけ、反射的にその「何か」を両手で受け止めた。

腕と胸に、雨を吸った布の柔らかい感触と、ずっしりとした重みを覚えた。

それは、線路に落ちたはずの男児だった。

え――？

尾島は激しく混乱しながらも、男児をしっかりと抱いたまま、線路から離れるため背中から後ろへ倒れ込んだ。ほぼ同時に、尾島の前を電車が轟《ごう》と通過した。

そして電車は、徐々にスピードを落とし、停止した。

仰向けに倒れた尾島の腕の中で、男児が大声で泣き出した。尾島は急いで上半身を起こすと、男児の顔や身体を観察した。膝や肘《ひじ》を擦《す》りむいてはいるが、ざっと見た限りでは大した怪我はないようだ。

よかった——。尾島は心底ほっとしながら男児をしっかりと抱き締めた。

そこへ若い母親が泣きながら駆け寄ってきた。尾島は立ち上がると、抱えていた男児を母親に渡した。母親は男児をしっかりと両手で抱き止めると、尾島に向かって何度も何度も頭を下げた。その後ろでスーツ姿の中年女性が、赤ん坊を乗せたベビーカーのハンドルをしっかりと握っていた。

周囲から大きな拍手が沸き起こった。尾島の果敢な行動を讃える拍手だった。

「違うんだ、俺じゃなくて——」

そう言いかけたが、そのあとに続く言葉が尾島には見つからなかった。

若いサラリーマンが、尾島の鞄を拾って持ってきてくれた。礼を言って受け取りながら、尾島はたった今起きた不思議な出来事を思い返していた。

確かに俺は、あの男の子が線路に落ちるのを見た。

なのにあの子は、俺に向かって、ふわりと空中を飛んできた。

まるで、誰かがあの子を、俺に向かって放り投げたかのように——。

幼児が空中を飛んだことは、尾島以外に誰も気が付いていないようだった。おそらく激しい雨が降る夜の闇の中、電車が放った強烈なヘッドライトの中に入って見えなかったのだ。夜間、道路を横断する歩行者の姿が、対向車のヘッドライトの中で消えてしまうことがある。蒸発現象《グレア》と呼ばれているが、それと同じことが起きたのだろう。

そうだ、高山は――？　尾島は慌てて周囲を見回した。

高山は十メートルほど向こうの、渡り廊下に続く上り階段の途中に立って、こちらをじっと見ていた。尾島と視線が合うと、高山はにっこりと微笑み、踵を返して階段を上り始めた。尾島は人混みを掻き分けながら、小走りに高山のあとを追った。

そして、ここに至って尾島は、ある、一、つ、の、可能性を検討せざるを得なくなった。

10　秘密

JR中央線、西荻窪駅から徒歩で十分ほど。どこにでもあるような木造二階建てのアパートの、二階の一番奥が高山宙の住まいだった。

尾島がドアの呼び鈴を押すと、高山はまるで尾島が来ることを予想していたかのように、微笑みとともにドアを開け、中へと招き入れた。

玄関を上がってすぐがキッチン。高山はそこに置かれた二人掛けのテーブルに尾島を着席させた。そして、白い小型冷蔵庫を開け、ミネラルウォーターのボトルと、ガラスのコップを二つ持ってきた。

「すみませんね、ウチってお茶やコーヒーは無いんですよ。僕、いつも水しか飲まないので」

二つのコップに冷えた水を注ぎながら、向かい側に座った高山が謝った。

「ビールはないのか？」

尾島が聞いた。全く、ビールでも飲まないとやっていられない気分だった。

「水だけです」

　高山はにっこりと笑うと、コップの一つを尾島の前に置いた。その途端、尾島は自分の喉がカラカラに渇《かわ》いていることに気が付いた。高山はまたペットボトルを持ち上げ、空のコップに水を満たした。尾島はコップを右手で掴むと、尾島は一気に飲み干した。

　尾島が来た時から、部屋には小さい音でジャズが流れていた。尾島がさり気なく部屋の中を見回すと、部屋の隅に木製のオーディオラックがあった。一番上にLPレコードのプレーヤーが載っていて、ターンテーブルが回っている。そう言えば西新宿で高山と会った時も、アナログレコードを買いに来たと言っていた。

「お手柄だったな。警視総監賞ものだ」

　尾島が切り出すと、高山は不思議そうに小首を傾げた。

「何のことです？」

「とぼけるのはやめろ」

　尾島は高山を睨んだ。

「子供が助かってよかった。礼を言う。だがお前、あの時何をした？」

「何をって？」

「あの子は確かに、ホームから線路に落ちたんだ。それなのになぜ、俺に向かって空中を飛んできた？　お前がやったんだろう、何が起きたのか説明しろ」

　無言で微笑む高山に、尾島は続けた。

「じゃあ別の質問だ。どうやって自動販売機から、金を入れずに水を取り出した？」

「やっぱりずっと尾行してたんですね。同じホームにいたから、おかしいと思った」

溜め息混じりに呟く高山に、尾島は畳み掛けた。

「そもそもの始まりは、あのシャブの入っていたコインロッカーだ。お前、どうして鍵が壊れていることがわかった？——いや、違うな。そうじゃない」

尾島は高山を睨んだまま首を横に振った。

「あのロッカーは壊れてなんかいなかった。鍵はちゃんと掛かっていた。その鍵を、お前が開けたんだ。キーを使わず、何らかの方法を使ってな」

高山は相変わらず無言で微笑んでいる。

「お前がそうしたのは、あのコインロッカーの中の鞄に、シャブが入っていることに気が付いたからだ。だからお前はシャブが発見され、警察に通報されることを期待して、ロッカーの扉を開け、鞄を途中まで引っ張り出し、扉を半開きにして立ち去ろうとした。違うか？」

「コインと言えば、刑事さん」

尾島の問いには答えず、高山は微笑みながら逆に聞いた。

「百円玉、持ってます？」

「百円玉？」

尾島は毒気を抜かれたように呟いたが、それでもスラックスのポケットから小銭入れを取り出し、中から百円玉をつまみ上げて高山に渡した。

「造幣局の呼び方に倣《なら》って、桜の花が表、数字を裏としましょう」

高山は両手で百円玉を包み込むと、上下に振った。

「表、つまり桜の花が出たら何でも喋りますよ。でも裏側の100という数字が出たら、何も聞かずに帰って下さい」

高山が両手を広げ、百円玉をテーブルに落とした。百円玉は音をたてながらしばらくくるくると回る。高山はその百円玉に向かって、暖を取るかのように両手をかざしていた。やがて百円玉は徐々に回転を落とすと、天板の上で静止した。

100という数字が上。裏――。

「残念ですね、裏でした」

高山が楽しそうに言った。

尾島は急いで百円玉を拾い上げ、しげしげと眺めた。何の変哲もないコインだった。さっきまで自分が持っていたものだから当たり前だ。

「俺に投げさせろ」

尾島が百円玉を振った。出たのは裏だった。もう一度尾島が投げた。今度も裏――。

それから尾島は、さらに合計十回以上コインを投げた。だが、出たのは全て裏だった。

高山が退屈したように、あくび混じりの声を出した。

「気が済みましたか？　じゃあ、お帰りはあちら」

「帰る訳がないだろう」

尾島は百円玉の横に、ばん、と広げた右手を置いた。

「何回投げても裏になるなんて、一体どういうトリックだ？　説明しろ」

すると高山は百円玉を指でつまみ、水の入った尾島のコップにぽとんと落とした。

「百円玉、綺麗に洗ってお返ししますよ」

そして高山は、右掌をコップに向けた。

突然、コップの底に沈んでいたコインがすうっと浮き上がり、水中で横に回り始めた。それに伴って、コップの中に小さな洗濯機のような渦巻きが生じた。尾島は呆気に取られて、その百円玉を無言でじっと見た。

しばらくぐるぐると水の中を踊ったあと、百円玉は徐々に浮上を始めた。高山はそのあとを追うように右掌を上げていった。そして百円玉はそのまま水面を出ると、さらに上昇し、コップの上十cmくらいの空中でゆっくりと横回転を続けた。

「どうぞ？」

高山が笑った。

尾島は啞然《あぜん》として、空中に浮かんだコインを凝視した。それからおそるおそる右手を前に伸ばし、コインの上下の空間で掌を左右に動かしてみた。糸などは付いていない。混乱しながら、尾島は夢遊病者のようにゆっくりとコインを摑んだ。水に濡れた金属のひんやりとした感触が、尾島の掌に伝わってきた。

「わかりましたか？　刑事さん」

呆然としていた尾島が、高山の言葉でようやく我に返った。

「こうやってあの男児を持ち上げ、俺に放り投げたのか？」

尾島が聞くと、顔に笑みを浮かべたまま高山は肩をすくめた。

「小さい子でよかった。僕、見ておわかりのように非力なんですよ。だから、能力を使っても、実際に手で持ち上がる重さの物しか浮かせられないんですよね。もし、線路に落ちたのがあの男の子じゃなくて刑事さんだったら、持ち上げられなくて死んじゃったでしょうね」

能力——。その奇妙な力のことを、高山はそう呼んだ。

能力という呼称は、その理不尽さに比べてあまりにも普通すぎる言葉だった。かと言って、その力を他に何と呼べばいいのか、尾島にはわからなかった。昔の漫画やテレビ番組で使われた「念力」や「超能力」「ＥＳＰ」「サイキック」などという言葉は、実際に自分で生々しく体験した今となっては、あまりにも子供っぽく、インチキ臭く思えた。

「コインロッカーも、自動販売機も、その能力でやったのか？」

高山は微笑むだけで返事をしなかった。だが否定もしなかった。

こいつは本当に、手を使わずに物を動かすことができるのだ――。尾島はただ呆然とするばかりだった。まだその事実を信じることができなかった。

気が付くと音楽が消えていた。アナログレコードの再生が終わり、プレーヤーのアームが自動的に元の位置へと戻ったのだ。

そのオーディオセットに目を遣りながら、高山が口を開いた。

「最近は音楽って言うと、ＣＤどころかファイルやストリーミングで聞くのが普通になっちゃいましたけど、僕はアナログレコードの音が好きなんですよ。――それに、ほら」

高山は停止しているプレーヤーに右掌を向けた。すると、アームがすうっと持ち上がり、同時にターンテーブルが回り始めた。アームはすいと左に移動し、回転するレコードの端にゆっくりと降りた。そして部屋の中に、再びジャズが流れ始めた。

「僕の場合、レコードをかけるのも特に面倒じゃありませんしね」

高山がにっこりと笑った。

「お前、どうして俺に自分の能力を見せた？」

尾島が疑わしげに高山を見た。

「お前は今まで、そんな力を持っていることを隠して生きてきたんじゃないのか？誰かに知られたら、大変な騒ぎになることは間違いないからな。それなのに、今日会ったばかりの赤の他人に、しかも刑事の俺に簡単に見せてもいいのか？　まさか能力を自慢したかった訳じゃあるまい？」

「だって刑事さん、もう知ってますよね？　僕の能力に気付いたからこそ、ここまで追いかけてきたんでしょう？」

高山は苦笑しながら、両手を小さく広げて見せた。

「正直言って、駅のホームであの男の子が線路に落ちた時には、一瞬助けるかどうか迷いましたよ。助けたら僕の能力が、刑事さんやその場の皆さんにバレちゃいますからね。でも、僕が迷っていたら、いきなり刑事さんが駆け出して、ホームから線路に飛び降りようとするじゃないですか。あれはずるいですよ」

「ずるい？」

「ええ。ずるいっていうか、ちょっと感動したっていうか」

高山は微笑みながら喋り続けた。

「ああ、この刑事さん、子供を助けて自分は死ぬ気なんだってわかりましたからね。目の前でそんなことされたら、僕だって何もしない訳にはいかないじゃないですか。能力がバレる危険はあっても、死ぬのに比べたら些細な問題ですからね」

俺の行動のせいでか――。尾島は面映《おもは》ゆさを覚えながらも納得した。ただ、自分としては線路に落ちた幼児を助けたいということしか考えていなかった。その結果、自分が死ぬ可能性が大きいことはわかっていたが、そんなことを考えるよりも先に、身体が勝手に動いてしまったというのが正直なところだ。

「しかし――」

首を振りながら、尾島が息を吐いた。

「目の前でお前の能力を見せられた今でも、まだ信じられない。まるで悪い夢を見ているようだ」

「能力はおそらく、科学的に説明可能な現象です。僕は科学者ではないので、理論の証明はできませんけどね」

高山は肩をすくめた。

「多分、僕が人間だから、能力がオカルティックな超常現象に見えるんですよ。もし僕がロボットだったら、壁越しに向こう側をX線で透視しても、磁力や静電気で物体を宙に浮かせても、あるいは遠距離から無線通信で会話しても、きっと不思議だとは思わないでしょうね」

そう言われると、尾島も確かにそんな気がした。

「でもね、人間も――いえ全ての生物もまた、ロボットと同じなんですよ。筋肉と腱《けん》と骨でできたパーツを、電気信号で動かしている訳ですからね。生物だって機械なんです。生物の思考も行動も、全て電気信号なんですよ。ならば、思考の伝達も物体の操作も、機械と同じようにワイヤレス化することが可能なはずです。それが能力なんです」

「ワイヤレス化――」

何とか理解しようと努めながら、尾島が呟いた。

「そうです。現に、発電する生物やX線が見える生物もいますからね。機械にできることは生物にもできる。単純にそういうことです。――あ！　そうだ」

何かを思い出して、高山はにっこりと笑った。

「『筋電義手《きんでんぎしゅ》』ってご存じですか？　筋肉が発する微弱な電気信号をセンサーで感知し、モーターなどのメカニズムで動く義手です。事故で腕を失った人や、生まれながらに腕が欠損している人でも、これを装着すると、自分の意志で義手の手首や指を動かすことができるんです。僕たちの思念でものを動かす能力は、この筋電義手と同じなんですよ」

確かに筋電義手は、人体のどの部分とも電線やケーブルで繋がってはいない。ただ腕に装着しているだけだ。だが、装着者が義手を「動かそう」と思えば、その思念だけで義手は動き、ものを摑んだり持ち上げたりできる。高山が幼児やコインを持ち上げたのも、同じ理屈だというのか――。

尾島は観念したように聞いた。

「お前、一体、何者なんだ？」

高山は微笑みながら答えた。

「あなた方にとってはストレンジャーでしょうね。でも、確かに存在する者です、僕らは」

見知らぬ人《ストレンジャー》――。いや、奇妙な人間、驚くべき人間と訳するべきか。確かに高山は、奇妙で驚くべきと言うしかない人種だった。

「ちょっと待て」

尾島は高山の言葉を聞き咎《とが》めた。

「今、お前、僕らって言ったか？」

「ええ。言いましたよ」

「ということは、お前以外にも、お前みたいな奴がいるのか？」

「勿論」

「本当か」

尾島は、ざわりと背中に鳥肌が立つのを感じた。

「ええ。道を歩いてる時でもたまにすれ違いますよ。僕だけかもしれませんけど、なんとなくわかるんですよね、ああ、こいつも同類だって。前にユージってゲイの友達が言ってたんですけど、彼もわかるって言ってましたね。ああ、この人も同類だって。きっと僕とユージには、共通の特殊な感覚があるんでしょう」

そして高山は、能力にはいくつかの種類があるのだと言った。手を触れずに物を動かす力。壁の向こうを透視する力。他人の頭の中を覗く力。無言で自分の考えを相手に伝える力――。他にもまだいくつもの能力があり、どれくらいの種類があるのかは、高山にもわからないという。

「確かに、お前の能力も一つだけじゃないようだ」

尾島が納得した様子で頷いた。

「お前はコインロッカーに覚醒剤が入っていることに気が付き、それを誰かに知らせようと思って、鍵を解錠し、中の鞄を引っ張り出した。つまり、お前には手を触れずに物を動かすだけじゃなく、扉の向こうにあるものを見ることもできる。そうだな？」

「ええ。でも、いつもできる訳じゃないんですよ」

迷いながら高山は答えた。

「あの時は、あのコインロッカーの前を通ったら、何となくいけないものが入っている気がしたんです。それで注意してじっと見たら、ボストンバッグの中に白い粉の包みが見えてきたんです」

やはり高山は、いやこいつらは、一人で複数の能力を持っているのだ。

「どういう気分だ？　他の人が持ってない力があるってのは。普通の人間に対して優越感を感じるんじゃないのか？」

尾島が聞くと、高山は苦笑した。

「能力って、本来はそんなに役に立つものじゃないんですよ。物を持ち上げたければ手を使えばいいいし、壁の向こうが見たければ、ドアを開けて壁の向こう側に行けばいい。誰かと意思を疎通したければ、その相手と話せばいい。わざわざ能力を使うなんて、面倒臭いし疲れるだけです」

高山は苦笑したあと、急に真面目な顔になった。

「でもね、あることに限っては、絶大な効果があるんです」

「何だ？　その、あることって」

「犯罪ですよ」

当前のように高山は言い切った。

「泥棒に入ろうと思ったら、家のドアに鍵が掛かっていても、内側のレバーを回せば簡単に開けられます。一番有効なのはギャンブルで、サイコロやルーレットのボールを好きに動かせば、いくらでも金を騙し取ることができます。トランプのカードを透視できれば相手の手も丸見えですしね。そして、イカサマであることは誰にもわかりません」

尾島は愕然とした。確かにそうだ。たった今高山は、水中の百円玉を自由に動かして見せた。あれがサイコロだったら、何の目を出すのも自由自在だ。そして次の瞬間、尾島はもっと重大な問題に気が付いた。

「俺たち警察は、お前たちを逮捕できるんだろうか——？」

尾島は思わず、声に出して呟いた。

そうとも、こいつらが能力を使って犯罪を行ったら、犯行を立証できないではないか。そして証拠がなければ、逮捕しても裁判で有罪に持ち込むことができない。現に高山にしても、どうやってコインロッカーを開けたのかがわからなかったため、高山が鍵を開けたことを証明できず、釈放せざるを得なかったではないか？

「刑事さん、それは無理ですよ」

他人事《ひとごと》のように高山は笑った。

「法律は、僕らみたいな人間がいることを想定してませんからね。つまり僕らは、法律の外側に生きているんです。文字通りのアウトローなんですよ」

高山は、楽しそうにも虚《むな》しそうにも見える顔で喋り続けた。

「それよりも、僕らが能力を使って犯罪を行ったら、誰も犯罪だと気が付かないんじゃないですか？　刑事さんも、過去に関わったトラブルの中に、事故や自殺として処理されたものが沢山あると思いますけど、その中のいくつかは、僕の同類による犯罪かも知れませんよ？」

その時ふいに、尾島の脳裏にある出来事が蘇った。

それはひと月ほど前、三鷹市にある民家の二階で起きた、若い女性の原因不明死だった。持病もなく健康な若い女性が、何の前触れもなく死んだ。監察医の大谷無常も急性心臓死という検死結果を下したが、心臓に正体不明の損傷が五つ残っていたとも言った。まるで誰かが、心臓を片手で鷲摑みにしたかのような損傷。

もしかしたら——。

尾島の鼓動が速くなった。あの事件も、こいつの同類の仕業なんじゃないのか？

だとしたら、犯人は誰だ——？

「お前の能力を見込んで頼みがある」

高山は訝《いぶか》しげな顔になった。

「頼み？」

「そうだ」

尾島は頷くと、高山を真正面から見据えた。

「ひと月ほど前に起きたある事件について、警察の捜査に協力してほしい」

11　同類

高山は目を丸くした。

「僕が？　警察に協力を？」

そして次の瞬間、高山は心底嫌そうな顔になった。

「冗談でしょう。僕、目立ちたくないんですよ。下手なことをやって、自分の能力のことを他人に知られたくありませんからね」

尾島は首を横に振った。

「今さら格好つける必要はない。お前はコインロッカーの中にシャブを発見し、それを誰かに教えたくてロッカーを開けっ放しで立ち去ろうとした。それは義憤を感じたからじゃないのか？　犯罪をそのままにしておけないと」

「全っ然、違いますから！」

高山は懸命に否定した。

「僕は正義の味方なんかじゃないし、そんなものになりたいとも思いません。ヤクザがあんなクスリで楽して大儲けするのが妬《ねた》ましかったから、取引を台無しにしてやろうと思っただけです。義憤なんか、これっぽっちも感じていません」

興奮を鎮めるためか、高山は水の入ったコップに手を伸ばした。

「じゃあ、仕方ない」

尾島は切り札を出すことにした。

「お前さっき、自動販売機からミネラルウォーターを盗んで飲んだな？」

コップの水を飲もうとしていた高山がむせた。尾島は続けた。

「れっきとした窃盗罪だ。あんなことをして人として恥ずかしくないのか？　能力を使えば証拠は残らないから、他人は簡単に騙せるだろうさ。でもな、自分は絶対に騙せない。自分は自分が罪を犯したことをいつまでも忘れない。お前は今、良心の咎めを受けているはずだ。違うか？」

「いや、最初っから盗もうとしたんじゃなくてですね」

高山はくどくどと言い訳を始めた。

「電子マネーの使える自販機だったら払いましたけど、あの自販機は古いヤツで使えなくて、でもあの時現金を持ってなくて。それにいつだったか、自販機にお金を入れたのに飲み物が出なかったことがあったから、一回くらいタダ飲みしても行って来いだよなっていう気持ちもあり――」

そこで高山は諦めたように、ふう、と大きく溜め息をついた。

「何をさせたいんです？」

「ある死亡事案について、お前の感想を聞きたい。検視官にも監察医にも突然死だと判断されたが、俺はどうしても殺人事件だという考えが拭い去れないんだ」

尾島は高山に、ひと月ほど前に三鷹市で起きた若い女性の不審死について説明した。健康で持病もない女性だったこと。死体の心臓に片手で掴んだような損傷があったこと。一階に住む大家が変わった男であること。女性の住んでいた賃貸住宅は家賃が格安で、代わりにいくつかの奇妙な条件がついていること。一階の大家の部屋には、シングルベッドが三台も置いてあること――。

高山はしばらく無言で何事かを考えていたが、ふいに尾島に聞いた。

「亡くなった女性の部屋は二階で、一階が大家の住まいなんですね？」

「そうだ」

「一階と二階の間取りってわかりますか？」

「間取り？」

その言葉で尾島は、不動産屋にもらった死体発見現場の物件資料が、今も鞄に入れっぱなしになっていることを思い出した。しかし、現場の間取り図など高山は一体何に使うのだろうか。戸惑いながらも尾島は二階の物件資料を取り出し、エアコン業者に一階の間取り図を描いてもらった手帳を広げ、両方を高山に提示した。

高山はテーブルに置かれた二つの図面を交互に眺めていたが、やがて大きく頷きながら尾島に視線を戻し、はっきりと断言した。

「これは殺人ですね。一階に住む大家が、二階に住む女性を殺したんです」

さらに高山は、こう付け加えた。

「そして、一階に住む大家は、僕と同じ能力者です」


やっぱりか――。

尾島は驚くこともなく、冷静に高山の言葉を受け入れた。

高山の能力を何度も目《ま》の当たりにした今となっては、それは尾島にとって最も腑に落ちる結論だった。勿論、まだ証拠も根拠もないのだが、もしあれが殺人事件だとしたら、犯人は大家の水田以外の犯人は考えられない。尾島はいつの間にかそう確信していた。

「しかし、お前はどうしてそう思った？」

尾島が聞くと高山は立ち上がり、部屋の隅にあるプリンターからＡ４の白紙を一枚抜き取ると、さらに机の引き出しからボールペンを取り出し、両方を携えてテーブルに戻ってきた。

何をするつもりだ――？　尾島が無言で見つめる中、高山は白紙を不動産屋の物件資料にきっちりと重ね、下の間取り図をボールペンで丁寧になぞった。この白紙に描いた図面の中に、エアコン業者が描いた図面と同じ位置になるよう、三台のベッドを四角く描き入れた。そして高山は、二枚の紙を重ねたまま上に持ち上げ、天井の照明にかざした。

「一階にある三台のベッドの位置、二階ではどこにあたりますか？」

尾島も高山に身体を近づけ、二枚重ねの図面を見上げた。照明のおかげで下の物件資料が透けて見え、重ねた二枚の紙はまるで一枚のように見えた。そして三台のベッドの位置は、二階では。

「バスルーム、トイレ、それに寝室──」

尾島は呆然としながら呟いた。

「そうです」

高山が真剣な表情で頷いた。

「おそらく一階の大家は、一階の自宅に置いた三台のベッドに寝そべり、今僕たちがやっているのと同じように、二階に住む女性を天井越しに覗いていたんじゃないでしょうか。その女性がバスルームと、トイレと、寝室にいる時、それぞれの様子をね」

何ということだ──。

尾島はあまりのおぞましさに、強い怒りと吐き気を覚えるとともに、その一方で、これまで引っ掛かっていた数々の疑問が、次々と氷解して行くのを感じていた。

なぜ水田は、二階の賃貸物件を「単身者限定」にして「格安」の家賃にしたのか？

それは若い女性を誘い込むことを目的としたからに他ならない。

家具を動かしてはならないという奇妙な条件はなぜか？ それは寝室のダブルベッドの位置を変えさせないためだ。自分がベッドを置けない場所の真上に、二階のベッドを移動されたら困るからだ。

水田が入居希望者に履歴書を書かせていた理由は？ それは入居希望者を事前にチェックして男性を除外するためであり、また写真を見て、自分の好みではない女性は入居を断るためではなかったのか。

「やはり大家は、お前らと同類だった——」

思わず尾島が漏らすと、高山も頷いた。

「ええ。普通なら同類の正体をバラすことはしないんですけど、犯罪者、それも殺人犯となれば話は別です。一階の大家は、僕と同類の能力者です」

でも、なぜ水田は山崎亜矢香を殺したのか——？

殺した方法については想像がついた。死体の心臓に残っていた、まるで片手で心臓を鷲摑みにしたかのような五つの損傷。水田は、目に見えない手で山崎亜矢香の心臓を握りしめて、停止させたのだ。つまり水田も高山と同じく、壁の向こうを透視する能力と、手を使わずにものを動かす能力の両方を持っているのだ。

だが、動機がわからない。なぜ水田は昨夜になって、覗きの対象にしていた若い女性を殺害したのだろうか？　思い当たることと言えば、会社社長・河谷健三の存在しかなかった。河谷が山崎亜矢香の部屋にやってきて、数時間後に帰った直後、水田は彼女を殺害したのだ。

いずれにせよ、捜査は一からやり直しだ。改めて水田茂夫という男を隅々まで洗ってみるしかない。

尾島は立ち上がった。

「大変参考になった。礼を言う」

軽く頭を下げて立ち上がると、尾島は玄関に向かって歩き出した。その背中に高山が声をかけた。

「やめたほうがいいと思いますよ？」

尾島は立ち止まり、振り返った。高山は椅子に座ったまま、真面目な顔で尾島をじっと見ていた。

「僕らを逮捕しようったって無駄です。さっきも言いましたけど、もし無理矢理逮捕して裁判にかけたとしても、絶対に有罪にはできません。そうでしょう？」

山崎亜矢香の死が水田による殺人だということを、証明することなどできない。そう高山は言っているのだ。

尾島にもそれはわかっていた。「水田は日頃から、天井越しに二階に住む女性を覗いていた」とか「一階にいながら、二階にいる女性の心臓を握って止めた」などと言っても、信じてくれる人間がいるとは思えなかった。馬鹿馬鹿しいと笑われるのが落ちだ。

仮に水田が「その通りです」と自白したとしても、そんな非常識な話を誰が信じるだろうか。皆、水田は頭がどうかしていると思うだろう。そして、水田が犯人だと主張する尾島もまた、正気を疑われるだろう。

——だが。

「いくら逮捕が困難だからといって、殺人という犯罪を見逃すことなどできない」

尾島は立ったまま、高山を見下ろしながら言った。

「逮捕できるか、そして裁判で有罪にできるかという問題は、この際後回しだ。まずは、あの女性を殺したのが一階の大家だってことをはっきりさせる。でないと、病死したことにされているホトケさんの無念は晴らせない。そのあとのことは、そのあとだ」

高山はじっと尾島の言葉を聞いていた。尾島は続けた。

「でも、俺は必ずあいつを裁判に引っ張り出し、有罪にする」

尾島を見上げながら、高山が口を開いた。

「どうやって？」

尾島も高山をじっと見下ろした。

「考えるさ」

踵を返し、玄関ドアに向かう途中で、尾島は急に振り返って高山を見た。

「どうしてだ？」

高山は不思議そうに聞き返した。

「え？　何がです？」

「お前、どうして俺にここまで協力してくれた？　お前の協力がなかったら、一階に住む大家が能力を使って殺人を犯したことは、俺にはきっとわからなかっただろう。警察に協力する気はないと言いながら、どうして教えてくれたんだ？」

「それは、刑事さんに自販機荒らしだって脅されたから」

「それにしたって、さあわかりませんと言えば、それで済んだ筈だ」

高山は大きく溜め息をついた。

「そうなんですよねえ。どうしてこんなにペラペラ喋っちゃったのかなあ」

そして何かを思い出したように、高山はふっと笑った。

「刑事さんに、叱《しか》られたからかな」

尾島が訝しんだ。

「俺が何と言った？」

「自分の居場所を見つけろ、見つからなきゃ俺が一緒に探してやる、って」

微笑みながら高山は尾島を見上げた。

尾島も思い出した。確かに尾島は、高山に自分の考えていることを伝えた。

──仕事とは、金を得る手段だというだけではなく、長い時間を掛けて一つの技術を磨いていく道のりでもあり、社会の中に自分の居場所を見つける意味もある。自分の働きや腕を磨いてきた技術で、誰かが喜んでくれる。その対価として金がもらえる。金を払ったほうももらったほうもどちらも幸せ。そうなったら、毎日が充実していると思わないか──？

「その時僕、わかったんです。僕も、心のどこかでずっと、自分の居場所が欲しい、存在している実感が欲しい、誰かのためになりたい、誰かを喜ばせたい、そう思ってたんじゃないかって。だから、刑事さんに捜査に協力してほしいって言われた時、それもいいかなって思ったんじゃないでしょうか」

少し間を置いて、高山がぽつりと言った。

「きっと僕、妖精になりたかったんです」

尾島は、その少女趣味な言葉に目を丸くした。

「妖精か？」

「少女趣味で可笑《おか》しいですよね。でも、他に適当な言葉が見つからないんです」

そう言いながら高山は含羞《はにか》んだ。

「妖精って言っても、英語ではフェアリーじゃなくて、エルフやピクシー、ホビットのほうがイメージ近いですかね。小鬼《こおに》と言ったほうがいいのかな。もしかすると、彼ら妖精や小鬼のイメージを生んだのが、大昔に存在した僕たちの仲間かもしれませんけどね」

考えをまとめるように、高山は喋り続けた。

「他人にはない力があることに気が付いて以来、どう使うのが正しいんだろうってずっと考え続けてきたんですよ。そして今日、わかったんです。御伽噺《おとぎばなし》の妖精みたいに、誰にも気付かれずに、そっと良いことをするのがいいんじゃないかって。僕がいることも、僕がやったことも誰も知らないけど、でも誰かが幸せになったらそれでいい――」

尾島の中に、不思議な共感が湧き上がった。自分もまた警察官として同じことを考えながら生きてきたことに、改めて気付かされたからだった。俺が存在していることも、俺が何かをしたことも、誰も知らなくていい。誰かが幸せになってくれるのであれば――。

高山が微笑みながら言った。

「ちょっとは誰かの役に立てましたか？」

尾島も表情を緩め、頷いた。

「ああ。とても助かった」

すると高山は、いかにも嬉しそうな笑みを浮かべた。

「また、力を貸してくれるか？」

尾島が聞くと、高山は小鬼のように悪戯《いたずら》っぽい表情になった。

「気が向いたら」

高山は微笑んだ。

「それでいい」

そして尾島は高山のアパートのドアを開け、夜の雨の中に出ていった。

この事実を、信じてもらえるだろうか——？
激しく降りしきる雨の中、頼りない透明なビニール傘を差して夜の街を歩きながら、
尾島は必死に考えていた。
水田茂夫が、能力を使って二階に住む女性を殺害したことは、最早《もはや》間違いあるまい。
二階の賃貸住宅に付けられた条件の数々。一階の水田の部屋に置かれた三台のベッド。

そして、死体の心臓に付いていた五ヵ所の損傷。これらの全てがそれを示唆している。しかし、果たしてこの社会は、この世に能力というものが存在することを、理解してくれるだろうか？　この世には壁の向こう側を透視したり、離れた場所から人の心臓を止めて殺したりする人間がいる。そんな馬鹿げた非常識な話を信じてくれるだろうか？

高山宙という青年の能力を目の前で見た自分でさえ、まだどこか信じられないでいるというのに。

特に警察や司法というところは、ただでさえ頭の固い人種ばかりが揃った組織だ。でもこれから水田を逮捕し、立件し、送検するためには、刑事部の上司をはじめ警察内に能力の存在を信じてくれる者が必要だ。さらに検察官もまた信じてくれないことには起訴に持ち込めないし、最終的には裁判官が水田の能力を信じてくれなければ、有罪判決は下りない。全ての努力が水の泡となるのだ。

まずは、一人ずつだ――。尾島は自分に言い聞かせた。

一人ずつ、信じてくれる仲間を増やしていくんだ。まずは監察医の大谷無常に話をしてみよう。心臓に遺された五つの損傷は、能力による殺人の唯一の物的証拠だと言える。大谷なら、きっと信じてくれるのではないか。

こうやって信じてくれる者を一人ずつ増やし、一人ずつ仲間に引き入れ、裁判への道を積み上げていくしかない。

そして、大谷の他に信じてくれそうな人物と言えば――。

激しい雨の中、ビニール傘の柄を握りしめながら左手でスマートフォンを取り出すと、尾島はもどかしげに操作し始めた。

「閑谷です！　トウさんご無沙汰《ぶさた》です！」

電話が繋がった途端、嬉しそうな声が尾島の耳に飛び込んできた。

「イチ、夜分にすまん」

尾島が呼び出した相手は、三鷹署生活安全課の閑谷一大だった。

「山崎亜矢香が突然死した、あの二階の賃貸住宅だが、彼女の前に住んでいた入居者を全員洗ってくれないか」

「ええと、トウさんが言ってるのは、もしかしてひと月前の、三鷹の？」

閑谷の当惑した声が聞こえてきた。

「他の入居者を全員洗えって、今頃一体何をしようっていうんですか？　あの一件は病死ってことで決着したんじゃ？」

「もしかすると、過去の入居者の中にも死人がいるかもしれん」

「他にも死人が？」

電話の向こうで閑谷が驚きの声を上げた。

「どういうことです？　あの賃貸住宅、呪われてるとでもいうんですか？」

「そうだ。あの家には、死霊が棲《す》んでいる」

絶句した閑谷に向かって、尾島は続けた。

「その死霊を逮捕する。イチ、お前に手伝って欲しい」

12　再開

「社長さん。こんな大事なことを、どうして隠していたんですか？」

ソファーセットの向かい側に座る男を、関谷一大が詰問した。相変わらず警察官としては珍しい、茶髪に金メッシュというヘアスタイルだ。

「いや、隠していた訳じゃないんですよ。その、つい言いそびれたといいますか」

男は手に持ったタオルで額の汗を拭いた。

「その四年前の件も、事故や殺人事件じゃなくて病気で亡くなった訳ですし、それに二回も人死が出たっていうんじゃ、あの物件、借り手がいなくなっちゃうと思って、それであの、つい――」

年配の男、つまり市山不動産の社長・市山彦太郎は、しどろもどろに弁解した挙げ句、観念したように深々と頭を下げた。

「まことに申し訳ありませんでした。確かにあの物件、山崎さんの前にも亡くなった女性がいました」

尾島到は、市山社長の薄くなった頭頂部を見ながら、己《おのれ》の迂闊《うかつ》さに唇を嚙んだ。

ひと月前、山崎亜矢香という女性が突然死した時、尾島と閑谷は最後まで殺人事件である可能性を疑っていた。もし、四年前にも同じ部屋で、同じ若い女性が亡くなっていたことを突き止めていたら、もっと違う対応ができたのではないかと思ったのだ。

八月二十八日金曜日、午後四時――。尾島到は三鷹署の閑谷一大と市山不動産に来ていた。

昨夜、尾島からの協力を依頼された閑谷は、午前九時の始業を待って三鷹市役所の市民課・戸籍記録係に連絡、過去十年間に提出された死亡届書を閲覧した。死亡届書とはA3横サイズの書類で、右側に医者が記入する死亡診断書または死体検案書、左側に遺族や葬儀業者が記入する死亡届のフォームが印刷されている。

そして閑谷は、四年前に提出された一通の死亡届書を発見した。

氏名　佐々木真由《ささきまゆ》・女
死亡したところ　東京都三鷹市牟礼三丁目×-×　カーサ水田二〇一

殺人と事故死は警察のデータベースに記録されるが、病死案件は警察の管理下に入らない。そのため、ひと月前に起きた突然死案件の時も、四年前に同一場所で発生した死亡案件が紐付《ひもづ》けされて出てくることがなかったのだ。

閑谷はその四年前の死亡案件に出動した先輩警察官を捉まえ、死体発見時の状況を聞き取りすると、すぐに尾島に報告、三鷹台駅で待ち合わせて市山不動産へ説明を求めにやってきたという訳だった。

死亡届書に葬儀業者が記入した生年月日によると、佐々木真由という女性は死亡当時二十一歳。山梨《やまなし》県から上京して吉祥寺《きちじょうじ》の成華《せいか》大学に通う大学三年生だった。

死体検案書の「死亡の原因」欄には、血管攣縮性狭心症と記入されていた。監察医の大谷無常も若い女性に多いと言った病名だ。だが、これは病名ではなく、「何らかの原因で突然心臓が止まった」という意味の言葉でしかない。

「死体発見時の状況について、何か覚えてますか？」

閑谷が市山社長に聞いた。

「さすがに人が亡くなった騒ぎについては、よく覚えています。そう言えばあの時の発見者も、交際相手の男性でしたなあ」

市山社長に三鷹署から電話が入ったのは、午前十時を回った頃だったという。

お宅が管理している賃貸住宅の住人と連絡が取れない、玄関ドアを知人が合鍵で開けたら、中からU字ロックが掛かっている。一階に住んでいる大家に聞いたら、全て市山不動産に任せてあると言われた。すぐに現場に来てほしい——。

市山社長が現場に駆け付け、立ち合ってドアを壊してもらうと、中から住人の女性が死体で発見された。その時に臨場していた警察官が、発見者は同じ大学に通う交際相手の青年で、朝から連絡が途絶えていたため、心配なので訪ねてきたと説明したという。

「まるっきり、ひと月前と同じですね」

　閑谷が眉を寄せた。

「ええ、そうですね。どちらの女性も、恋人に合鍵を渡しておられたんで」

　市山社長は頷くと、小さく溜め息をついた。

「しかし、年頃の娘を持つ親御さんは心配ですなあ。若い女性に一人暮らしをさせると、すぐにこうやって男を連れ込みますからなあ。別のお客さんでは、男性関係から刃傷沙汰《にんじょうざた》に発展した人もいますのでねえ」

　今の話を、閑谷が聞き咎めた。

「社長さん、今のはセクハラ発言ですよ。女の人が恋愛しちゃいけないみたいじゃないですか。恋人を部屋に招き入れたっていいでしょう？　別に法律に触れることじゃないですし、賃貸契約にも違反していないし」

「いや、そうですな。申し訳ありません」

　薄くなった頭を掻きながら、市山社長はまた深々と頭を下げた。

　確かに、よく似ている――。

二人の会話を聞きながら、尾島は頭の中で、四年前とひと月前に起きた二つの突然死を比較していた。どちらも若い女性であること。交際相手の男性に合鍵を渡していたこと。夜中に心停止で死亡していたこと。玄関ドアには内側からU字ロックが掛けられていたこと。そして——。

死亡した場所はどちらも、一階に水田茂夫が住む、同じ賃貸住宅だ。

もし、どちらも水田による殺人であるならば、殺害の動機は一体何なのか。もし水田が能力を使って二階に住む女性を窃視《せっし》していたのであれば、なぜ覗きの対象だった女性を殺害するに至ったのか。

——いや。尾島は頭の中で首を横に振った。

それよりも何よりも、まずは閑谷に自分の考えていることを伝え、信じてもらう必要があった。この世の中に奇妙な能力を持った者たちが存在すること。警察が事故死や自殺、病死だと判断した事案の中に、彼らの犯罪が含まれているかもしれないこと。そして、ひと月前と四年前にあの物件で起きた若い女性の突然死は、どちらも水田という能力者の犯行かもしれないことだ。

三鷹台駅で待ち合わせし、市山不動産にやってくる途中も、閑谷は尾島がなぜあんな捜査を閑谷に依頼したかについては、何も聞こうとしなかった。おそらく今も、尾島のほうから話を切り出すのを待っているのだろう。

「偶然とは思えませんね」

市山不動産を出ると、関谷が小声で尾島に話しかけてきた。

「四年前とひと月前、同じ部屋で、同じ年頃の若い女性が、同じように急性心臓死したなんて怪しすぎます。絶対に、一階に住んでいる水田が関係していますよ」

そして関谷は、尾島を問い質した。

「トウさんは、水田が怪しいって証拠を摑んだんですよね？　だからあの部屋の、過去の入居者のことを僕に調べさせたんでしょう？　そして予想通り、四年前にもあの部屋で亡くなった若い女性がいました。トウさんが何を摑んだのか、教えてくれませんか？」

尾島はようやく口を開いた。

「昨日も言った通り、あの家には死霊が棲んでいるんだ」

関谷が焦れったそうに言った。

「今更そんな喩《たと》え話は要らないんじゃないですか？　死霊って、要するに水田のことなんでしょう？　死霊のように恐ろしい殺人鬼だって」

「そうじゃない」

尾島は首を横に振った。

「水田は文字通り、人間じゃないんだ」

「人間じゃ、ない？」

「そうだ。お前や俺が、これまで人間だと思っていたものが人間だっていうんなら、水田は人間なんかじゃない」

閑谷はしばらく呆気に取られていたが、やがて苦笑を顔に浮かべた。

「トウさん、申し訳ありませんが、何が言いたいのかさっぱりわかりません。水田はどこからどう見ても人間ですよ。トウさんだって見たでしょう？」

「馬鹿馬鹿しいのは承知だ」

尾島はじっと閑谷の顔を見た。

「だが、水田は人間じゃない。そして二人の女性を殺した殺人犯だ。つまり俺たちは、人間じゃない奴を逮捕しなきゃならないんだ」

口を開けて呆然とする閑谷に、尾島が頷いた。

「信じられないと思うが、俺の話を聞いてくれないか。このとんでもない事件《ヤマ》、どうしてもお前に手伝ってほしい」

「わかりました」

閑谷は真剣な表情で頷いた。

「聞かせて下さい。水田が人間じゃなくて、死霊だっていう話を」

「よし」

尾島は大きく頷くと、急に声を潜《ひそ》めて言った。

「イチ、どこか、絶対に立ち聞きされない場所を知らないか？」


アクリル製のドアや薄い壁を通して、流行りのＪ－ＰＯＰが大音量で聞こえてくる。部屋の隅にある大画面液晶モニターでは、十数人の少女たちがずらりと並んで、同じ振り付けで踊っている。その音楽に合わせるように、部屋の天井照明が赤から青、黄色と転じ、また点滅を繰り返す。

「ここなら誰にも聞かれなくて安心でしょう？　飲み物や食べ物も頼めますし」

閑谷が笑顔を浮かべながら、ピザの一片にかぶりついた。

「そうだな。盗聴器が仕掛けてあっても、うるさくて何も聞き取れないだろう」

尾島も苦笑しながら、ジョッキの烏龍茶《ウーロンちゃ》を飲んだ。

夜七時――。

尾島と閑谷がいるのは、三鷹台駅から京王井の頭線で五分ほど、若者に人気の街・吉祥寺の駅近くにあるカラオケボックスだった。他人には聞かせられない話になるのを察した閑谷は、丁度夕ご飯時だしと言って、尾島をここへ連れてきたのだ。確かにけたたましく音楽が鳴り響くここは、密談にはもってこいの場所だった。

店に入ると関谷は「どの階でもいいから、一番奥の部屋を」と指定し、時間は二時間と伝えて、自分には糖質ゼロのコーラ、尾島には烏龍茶を頼んだ。そしてボックスに入るとメニューを見て壁の受話器を取り上げ、「ミックスピザ、オムライス、唐揚げ、ポテトフライ、それにハニトー」と注文した。

「何だ？　ハニトーって」

最後の注文に尾島は首を捻った。

「ハニートーストの略ですよ。食パンまるごと一斤《いっきん》にたっぷり蜂蜜がかかっていて、上に生クリームやバニラアイスが載ってるんです。すごく美味しいですよ？」

聞いているだけで胃もたれしそうなその食べ物を、関谷はどうやら非常に気に入っているようだった。

注文した食べ物はすぐにやってきた。関谷はまずオムライスを半分、取り皿に取ってあっという間に平らげると、唐揚げとポテトフライを旨そうにつまんだ。尾島はピザを二切ればかり食べて、残りは関谷に任せることにした。関谷は恐縮しながらも、残りのピザを旨そうに食べ始めた。

子供が喜びそうな食い物ばかりだな――。テーブルの上を眺めながら、尾島は関谷の注文を微笑ましく思った。それに、店に入るなり部屋とドリンクを指定し、食べ物を注文するまでの淀みのない流れ。余程カラオケボックスに慣れているのだろう。

「結構、通ってるみたいだな」

尾島が言うと、閑谷は首を傾げた。

「どこにですか？」

「カラオケボックスにだ」

すると閑谷は首を捻った。

「いやあ。ボックスなんて何年ぶりですかね、覚えてないです」

「それにしては、手慣れた入店と注文だった」

ああ、と閑谷はようやく尾島の言葉を理解し、恥ずかしそうに笑った。

「子供の頃、母親と二人でよく来てたんですよ。それで覚えてたんでしょう。つい懐かしくて、その頃食べてたものばっかり頼んじゃいましたけど」

そのせいで子供っぽい食べ物か、と尾島は納得した。もっとも二十代前半の閑谷にとっては、子供の頃と言っても、たった十年ほど前でしかない筈だ。

ふと尾島は、「母親と二人でよく来た」という言葉が気になった。閑谷の母親は随分とカラオケが好きだったようだが、父親は一緒ではなかったらしい。父親はカラオケが嫌いだったのだろうか。離婚した、あるいは父親を亡くした母子家庭だったのだろうか。しかし尾島は、まだ閑谷に立ち入ったことを聞ける関係にはなっていない。

「ご馳走様でした」

両手を合わせて呟いたあと、閑谷は姿勢を正して座り直した。

「トウさん。そろそろ聞かせて下さい。何かあの件についてわかったんですよね？　もしかして、水田茂夫が真犯人だって証拠が摑めたんですか？　それに水田は人間じゃないって、どういう意味なんですか？」

尾島は全てを閑谷に話した。

昨日出会った、高山宙という青年の奇妙な行動。

夜の新宿駅での、摩訶《まか》不思議な体験。

高山のアパートで目の当たりにした、彼の信じられない能力。

そして、もし水田茂夫もその能力を持っているとすれば、四年前とひと月前に起きた若い女性の突然死二件は、どちらも水田の殺人である可能性が高いことを――。

聞き終わった閑谷は、唇をわずかに開いたまま無言だった。

あまりにも荒唐無稽な話で、どう反応していいのかわからないのだろう、そう尾島は想像した。その閑谷の気持ちもよく理解できた。尾島自身、壁や天井の向こう側を透視し、手を使わずに人の心臓を止める人間が存在するなど、今になっても悪い冗談のようで、全く現実感を欠いていた。

だが――。

「だが、これは誰が何と言おうと事実なんだ。確かにあいつらは、いるんだよ」

尾島はじっと閑谷の目を見た。

「そして何者であれ、犯罪を行った者は逮捕され、法で裁かれなければならない。もし二人の女性の死が殺人事件で、その犯人が水田だとしたら、水田が何者であろうと逮捕して法廷に送り、犯行を証明し、法で裁かねばならない。それが俺たちに課せられた使命だ。そうだろう？」

それでも閑谷は無言だった。その視線は不安定に揺れていた。

「信じてくれないか？　イチ」

尾島は閑谷に迫った。

「警察という組織は、誰か一人の考えで動かせるようなもんじゃない。まして今回はこんな嘘みたいな話だ。俺が水田について正直に報告しても、警察という組織が俺の話を信じて捜査してくれるとは思えない」

閑谷は相変わらず黙って考え込んでいた。

「だが、お前はどうだ？　女性を二人も殺して隠れている犯人がいるとしたら、誰が何と言おうと絶対に挙げたいだろう？　もしそうなら、俺に力を貸してくれないか？　この理不尽な犯罪と、俺と二人で戦ってくれないか？」

しばらく無言の時間が流れた。いつの間にかカラオケボックスに設置された大型モニターでは、巨大ロボットアニメのテーマソングが流れていた。

閑谷はちらりと画面を見ると、ようやく口を開いた。

「そんな話、アニメや漫画の中だけだと思っていました」

ぽつりと言ったあと、閑谷は尾島と目を合わせた。

「でも、信じます」

閑谷はしっかりと頷いた。

「そもそも、山崎亜矢香の死が殺人じゃないかと疑ったのは僕自身です。一階に住む水田が能力を使って殺害したと考えれば、全ての疑問が解消されます。——それに」

そして閑谷は笑みを浮かべた。

「ひと月前、山崎亜矢香の突然死を事件じゃないかって言った時、トウさんは僕の言葉を信じて一緒に捜査してくれましたから。だから僕も、トウさんの言うことを信じます」

「本当か」

尾島が聞くと、閑谷は再び真顔になって頷いた。

「水田茂夫が犯人であるのなら、何者であろうと僕たちで逮捕しましょう。そして何としても法廷に引っ張り出して、法によって裁き、相応《ふさわ》しい罰を与え、犯した罪を償わせましょう」

「よし！」

尾島は閑谷に向かって、アームレスリングを誘うように右手を伸ばした。閑谷もにっこり笑ってそれに応え、二人はがっちりと握手した。

また一人、心強い味方ができた。それも自分と同じ警察の内部にだ。警視庁本部と三鷹署という所属の違いはあるが、何より山崎亜矢香の死について最初から捜査していた刑事だ。上層部を説得するにあたり、この上ない味方だと言えた。

「でも、トウさん」

閑谷は急に不安そうな顔になった。

「警視庁の偉い人たちには、一体どう説明すればいいんでしょうね？　僕でさえ、今も悪い夢の中にいるような気持ちがするんですから、そう簡単に信じてもらえるとは――」

「証拠を突きつけるしかない」

覚悟を決めたように尾島が言った。

「この世に能力というものが存在する証拠を見せるんだ。能力の存在さえ信じてもらえたら、あとは水田が能力を持っていて、それを使って人を殺したことを証明するだけだ」

「するだけだ、って――」

閑谷は呆れたように溜め息をついた。

「それって簡単じゃありませんよ？　世の中には能力という非常識な力があって、水田がそれを持っているってことを、どうやって証明するんです？」

「俺に考えがある」

尾島は自分の計画を説明した。すると閑谷の顔色が変わった。

「トウさん、それは危険です。下手したらトウさんの命が」

「危険でもやるしかないんだ。俺たち以外の人間に、水田が能力者であることを信じさせるには、それしかない。他に方法はないんだ」

尾島はきっぱりと言い切った。

「いずれにしても、能力などというものの存在が発覚したら、世の中は大混乱に陥るだろう。それを抑えるために、水田の能力と犯行を打ち明けるのは、裁判を構成できるだけの必要最小限の人数に絞るつもりだ。具体的には、捜査第一課長、検察部長と担当検事、東京地裁の裁判官、それに弁護士だ」

弁護士――。尾島は思わず眉を寄せた。

民事事件では弁護士を依頼せずに裁判に臨む当事者もいる。しかし刑事事件、特に今回のような殺人事件では、必ず弁護士が容疑者の側に立ち、あわよくば無罪を勝ち得ようと理論武装して裁判に乗り込んでくる。

おそらく、裁判における最大の関門は弁護士になる筈だ。弁護士に能力の存在を信じさせることができるか否か。全てはそこにかかってくる。

ただし、弁護士法と弁護士職務基本規程に、弁護士は依頼者について職務上知り得た秘密を他言してはならない旨が明記されている。水田の能力は、まさにその職務上知り得る秘密にあたる。少なくとも、弁護士の口から能力者の存在が公《おおやけ》になることはないだろう、尾島はそう考えた。

「全ては明後日だ。三鷹署の一室を借りることになるが、手配をよろしく頼む」

尾島の言葉に、閑谷も勇んで頷いた。

「わかりました。よろしくお願いします」


「ところで、トウさん」

立ち上がろうとした尾島に、閑谷が声を掛けた。

「トウさんが新宿で出会ったという、高山って人ですけど」

「ああ。彼がどうした？」

尾島が座り直すと、閑谷が言葉を続けた。

「その人、コインロッカーを透視して、中のバッグに覚醒剤が入っていることを見抜き、鍵を使わずにロッカーを開けたんですよね？」

「ああ、そうだ」

「さらにトウさんの尾行中、目の前でお金を使わずに自販機から水のペットボトルを盗み、さらに新宿駅のホームでは、線路に転落した幼児を空中に浮かせて助けた」

「そうだ」

「そして自宅のアパートでは、トウさんの百円玉を空中に浮かせてみせ、レコードプレーヤーのアームを離れた場所から動かしてみせた――そうですよね？」

「その通りだ。だから俺も、能力って奴の存在を信じるしかなくなったんだ。何しろ目の前で、実際に見せられたんだからな」

　すると閑谷がこう言った。

「その男、信用できるんでしょうか？」

　尾島は戸惑った。

「どういう意味だ？」

「その男、それだけのすごい能力を持っているんですから、やろうと思えば犯罪だってやりたい放題ですよね？　水田みたいに」

「あいつは信用できる。――と思う」

　迷いながらも、尾島は言い切った。

　あの男がいなければ、おそらく自分は電車に轢かれて死んでいた。それに、妖精みたいな存在になりたいと言った高山の言葉を、尾島は信じたかった。自分が存在することも、自分が何かをしたことも、誰も知らなくてもいい。ただ、自分のせいで誰かが幸せになってくれれば――。そう言った高山を信じたかったのだ。

「そうですか。トウさんがそう仰るんなら」

頷いたあと、閑谷が聞いた。

「その、高山って人、下の名前は何て言いましたっけ？」

「高山宙だ。高い山に宇宙の宙――おおぞらという字でひろしだ」

「おおぞら――」

閑谷が呟いた。

「どうかしたか？」

尾島が不思議そうに聞いた。

「いえ、何でもありません。珍しい名前だなあと思っただけです」

そう言うと閑谷は、にっこりと笑った。

13 死霊

八月三十日日曜日、午前八時――。

尾島と関谷は、東京都三鷹市牟礼にある水田茂夫の自宅前に来ていた。

水田は現在三十五歳だが、中学校卒業以来、およそ二十年も引きこもり生活を続けているという。いつ訪問しても外出中の可能性は低いと思われたが、念の為、まず間違いなく家にいると思われる休日の朝を選んだのだ。

八月も終わろうとしているのに、厳しい残暑は一向に収まろうとしない。この早い時間でも、気温はすでに三十度に迫っており、アブラゼミの鳴き声が頭上から降り注いでくる。

「まず、水田が本当に能力を持つのかどうか、それを確かめる。もし能力を持っているとしたら、水田が二階に住む女性二人を覗いており、さらに何かの理由で殺害した可能性が高い。どちらもその能力を使ってだ」

昨夜、尾島は関谷に、水田の能力を証明する方法について説明した。

「そのために、これから水田を三鷹署に任意同行させる。そして警察の取調室で水田に能力を使用させ、取調室に設置されたカメラで録画する。この映像が、水田は能力を使って人を殺せるという証拠となる」

閑谷が不安そうに聞いた。

「録画するのって、三鷹署《うち》の取調室でないといけないんですか？　引きこもり状態の水田を外に連れ出すのは、かなりハードルが高いと思うんですけど」

「取調室でないとダメなんだ」

尾島は首を横に振った。

「俺たちの目的は、まず自分たちが所属する警察という組織を味方にすることだ。でないと水田の逮捕も送検もできる訳がない。そのためには、警察内部で証拠の捏造《ねつぞう》を疑われないように、警察署の取調室で、警察の機材を使って録画することが必要だ。他の場所や方法で録画しても、映像に細工をして証拠をでっち上げたと思われかねないからな」

「どうやって水田に能力を使わせるんです？」

「わからん。取り調べ中の会話の中から方法を見つける」

「わかりました。――でも」

閑谷は遠慮がちに聞いた。

「録画して証拠を得たあとは、どうやって逮捕して、送検して、起訴するんです?」

「まだ考えていない。全ては証拠を手に入れてからだ」

今の段階では、尾島はそう答えるしかなかった。

尾島もずっと悩んでいた。水田が能力を持っているという絶対的な証拠が手に入れば、上や周囲を説得し、二人の女性の死を刑事事件として立件し、水田を被疑者として起訴できるかもしれない。

だが裁判では、水田には弁護士が付く。そんな荒唐無稽な殺害方法があるものかと、嵩《かさ》にかかって無罪を主張してくるだろう。その時我々は、裁判官が有罪判決を下すだけの説得材料を用意できるだろうか――?

――今、悩んでもしょうがない。尾島は覚悟を決めた。

まずは水田をあの家から引っ張り出し、三鷹署に任意同行させる。そして水田に能力を使わせて撮影し、能力を持つことを証明する。そしてその能力とは、殺人が可能なものであることも証拠として記録する。そして――。

そこからあとのことは、そのあとだ。

尾島は、玄関ドアの脇にあるインターホンのボタンを押した。部屋の中から微かに、チャイムが鳴る音が聞こえてきた。だが反応はなかった。さらに数回、尾島はインターホンのボタンを押したが、水田は応じなかった。

「水田さん、おはようございます」

大声を上げながら、尾島が水田の玄関ドアを力一杯叩いた。インターホンは、どうせ出ないと思い使わなかった。

「朝早くから申し訳ありません。警察の者です。ひと月ほど前の、二階の女性が亡くなった件につきまして、ちょっとお話をお伺いできませんか」

何の反応もなかった。だが、おそらく水田は家の中にいる。そしてこれだけ玄関で騒いだ以上、眠っているということもないだろう。普通はこうやって、ドアを叩きながら警察ですと連呼していれば、世間体を考えて静かにさせようと外に出てくるものだ。しかし、水田は一向にドアを開けようとしない。

「電話してみます」

閑谷はスマートフォンを取り出すと、市山不動産の社長に聞いた水田の携帯電話番号を表示し、発信して左耳に当てた。電話は繋がり、呼び出し音が鳴り続けたが、水田は一向に出ようとはしなかった。

「どうします？」

不安そうに閑谷が囁いた。

「奴は間違いなく中にいる。おそらくそのドアの向こう側に立って、じっと俺たちを観察しているに違いない」

尾島は小声で、だがきっぱりと言った。

「だから、俺たちが奴の正体を知っていることを伝えれば、奴も何かのアクションを起こすかもしれない」

関谷は困惑の表情になった。

「でも、どうやって伝えるんですか？　電話にもインターホンにも出ないのに」

尾島は鞄から一枚の紙を取り出した。Ａ４サイズのコピー用紙のように見えるその紙には、部屋の間取り図が手描きで描かれていた。

「トウさん、それは？」

尾島は紙を広げると、玄関ドアに間取り図の描かれた面を向け、ドアスコープの真下のあたりに貼り付けるように両手で固定し、関谷に囁いた。

「この図面こそ、俺たちが水田の正体を知っているというメッセージだ」

その紙は、水田の住む一階の間取り図だった。

一人暮らしなのに、なぜか三台のベッドが置いてある水田の部屋。そのベッドの位置が描き込まれた間取り図。水田の家に入ったエアコン業者が描いたものを、高山宙が二階の間取り図と重ね合わせるために描き写したものだ。

――水田、見ているか？

尾島は玄関ドアに紙を押し当てながら、ドアの向こう側に立っている筈の水田を想像し、その目をじっと睨みつけた。

――お前は今、玄関ドア越しにこの間取り図を見ているはずだ。お前が自宅に三台のベッドを置き、その上に寝そべって何をしていたかを、俺は知っている。そしてお前が、決して許されない罪を犯したことも――。

突然、がちゃりとドアのサムターンを回す音が聞こえた。

尾島が間取り図を持って一歩下がると、玄関ドアがこちらに向かってゆっくりと開き、五cmほどの隙間を作ったところで止まった。

そして、その暗い闇のような隙間に、人間の片目が現れた。

大きな黒目の、ぎょろりとした目。おそらく閑谷が言ったように、カラーコンタクトレンズを装着しているのだろう。まるで死んだ魚の目のように見える。その目を大きく見開いて、ドアの隙間からじっと尾島を凝視している。その目の下を、前回と同じようにドアのU字ロックが横切っている。

この目を尾島はひと月前にも見た。若い女性の突然死で臨場して、一階の大家に合鍵の話を聞こうとドアをノックした時、今と同じようにドアの隙間からこっちを覗いた目。

間違いなく、水田茂夫の目だ。

「どうしてわかったの？」

ドアの隙間から水田が不思議そうに聞いた。

尾島は努めて平静を装って応じた。

「わかったって、何がです？」

「僕が二階の女を覗いてたことだよ。だから、僕にその図面を見せたんだろ？」

やはりこいつは、ドアや天井の向こうを見ることができるのだ――。

そう思った瞬間、尾島は背中にぞくりと寒気を感じた。水田が能力者であることは尾島も確信していた。しかし、その事実を本人の口から聞かされ、尾島は改めて大きな衝撃を受けた。背後にいる閑谷からも、息を呑む気配が伝わってきた。

――だが、どうして簡単に認めるんだ？　尾島は訝しんだ。まるでつまみ食いが見つかったくらいの気軽さだった。こいつは自分の能力を隠す気がないのだろうか。

水田が重ねて尾島に聞いた。

「ねえ、どうしてわかったの？　僕、誰にも言わなかったのに」

水田の言葉遣いには、一流大学に合格したという知性とは裏腹に、まるで子供が喋っているかのような幼児性が感じられた。中学卒業以来、ずっと自宅に引きこもっているというから、語彙《ごい》がそこで止まっているのだろうか。

ともあれ、こういう相手に対して堅苦しい敬語を使っていては逆に警戒される。これまでの経験から尾島はそう判断した。

「まあ、いろいろ捜査したからね」

尾島は努めて軽い口調で言葉を返した。高山宙の存在については、喋る訳にはいかなかった。

すると水田はさらに質問してきた。

「あんたたち、ひと月前にも来た刑事さんだよね？　今日は何しに来たの？　まさか、僕を覗きの罪で逮捕しに来たんじゃないよね？」

「いや、そうじゃないんだ」

尾島は首を横に振った。

「先月、この家の二階で女性が心臓病で亡くなったのを知っているね？　それで警察が捜査したら、四年前にも、この家の二階に住んでいた女性が死んでいたことがわかった。俺たち二人は、この二人の死について調べているんだ」

勿論、覗き行為も立派な犯罪だ。だが、今回はそんな微罪で逮捕しても仕方がない。この男はおそらく、女性二人を殺害しているのだ。

「あんな女ども、死んで当たり前だよ」

ドアの向こうの水田は、急に不機嫌な声を出した。

「ほう、どうして？」

「あの女たち、どっちも悪い女だったんだ。だからさ」

悪い女——？

水田が何を言っているのかはわからなかったが。おそらくこれが殺害の動機だ。覗き行為の結果、水田は二階に住んでいるのが悪い女だと判断した。だから殺したのだ。

尾島は慎重に質問を続けた。

「もしかして君は、二人の女性の死について、何か知ってるのか？」

「ううん、なんにも知らない」

そう答えたあと、水田は黙り込んだ。覗きについてはあっさりと認めたものの、さすがに殺人については水田も簡単に喋る気はないようだ。

——だが。尾島は水田と会話しながら考えていた。

もしかすると水田は、ずっと能力を隠してきた一方で、心のどこかでは能力を誰かに自慢したいと思っていたのではないだろうか——？

尾島はこれまで数々の犯罪者を逮捕してきたが、犯罪者の中には一定数、そんな自己顕示欲の強いタイプがいた。自分がいかに巧妙に犯罪を行ったか、そこにはどんな苦労があり、どんな達成感があったかを、誰かに滔々と自慢するのだ。たとえ相手が、自分を逮捕した刑事であっても。

ましてや、普通の人間は持っていない特殊な能力を持つ水田だ。自分の能力の素晴らしさや、その能力で成し遂げた成果を、誰かに誇示したくなったとしても不思議ではない。さらに、水田の言葉遣いに表れる幼児性を考えれば、これはかなり蓋然性《がいぜんせい》の高い推測のように思えた。

もしそうであるなら——。尾島は心の中で頷いた。

水田の自尊心を上手くくすぐれば、水田を三鷹署に同行させ、カメラの前で能力を使わせることも可能かもしれない。

尾島は、努めて明るい声で水田に話しかけた。

「よかったら、警察に協力してくれないか。君の力を借りたいんだ」

「協力？」

水田の目に猜疑《さいぎ》の色が浮かんだ。

「ああ。君は、死んだ二人の女性がどっちも悪い女だったと言った。ということは、君は君が持っている能力で、二人の女性が悪事を働くところを見たんじゃないのか？天井の向こう側が見えるなんて、実に素晴らしい能力だ。俺にそんなことができたら、捜査も随分と楽だろう。刑事として本当に羨ましいよ」

「そう？」

水田の表情がわずかに緩んだような気がした。

「ああ。あの女性二人が一体どんな悪いことをしてたか、それを教えて欲しいんだ」

尾島は大きく頷き、なおも言葉を続けた。

「どうだろう、立ち話もなんだし、よかったら家の中に入れてくれないか？」

この言葉を聞いて、背後の閑谷が慌てた。閑谷は尾島の上着の裾を引っ張り、必死に小声で囁いた。

「トウさん、ダメですよ！　ここじゃ、その、用意が」

尾島は右手の人差し指を立てて、後ろへ伸ばした。黙っていろという合図だ。

するとと水田が言った。

「どこか、他の所に行きたい」

「え？」

閑谷が思わず驚きの声を上げた。まさか引きこもり生活をしている水田が、自分から部屋を出たいと言うとは思わなかったのだ。

しかし尾島は驚いた様子もなく、自然に会話を続けた。

「それは、外出したいってことかな？」

「今朝、新しいエアコンが二つ、同時に壊れたんだ」

水田が忌々しげに言った。

「ひと月前に買い替えたばっかりなのに、きっとどっちも不良品だったんだ。文句言おうと店に電話したけど、まだ営業時間前で誰も出ない。暑くて我慢できないから、どこか涼しい所に行きたい」

閑谷は、水田が額にうっすらと汗を滲ませていることに気が付いた。また、前回はドアの隙間から内部の冷気が流れ出してきたが、今日はそれがなかった。

「あと、Ｗｉ‐Ｆｉ《ワイファイ》も繋がらなくなった。これじゃネットゲームもできないし、ネット動画も見れない。スマホは繋がるけど、通信費がすごいことになるから使えない。どこか冷房が効いていて、無料Ｗｉ‐Ｆｉのあるところに行きたい」

尾島がちらりと後ろを振り返り、閑谷に向かって意味ありげに頷いた。

「まさか、トウさん――」

閑谷は全てを悟り、呆れた声を出した。

おそらく今日の明け方、尾島は一人でここにやってきていた。そして家の外に設置してあるエアコンの室外機と、インターネット用光回線の中継機を壊したのだ。

れっきとした不法侵入及び器物損壊罪だが、引きこもりの水田を家から追い出すには、おそらく最も効果的な方法だ。このところの厳しい残暑で、室内の温度は朝でも三十度台後半になっているだろう。ネットゲームもネット動画視聴もできない状態で、ただじっと蒸し風呂のような部屋にいるのは、水田にとってはまさに拷問でしかない。

「じゃあ、近くの喫茶店にでも行こうか？」

尾島が何食わぬ顔で言うと、水田は難色を示した。

「関係ない人に、話を聞かれたくない」

「じゃあ、俺たちの職場に来るってのはどうだ？」

いかにも今思いついたかのように、尾島が提案した。

「Ｗｉ‐Ｆｉは無料で自由に使えるし、冷房はガンガン効いている。個室を用意させるから、そこなら俺たち以外には誰も入ってこない。ここからほんの二十分ほどだ。移動も、エアコンの効いた車で案内しよう」

水田は無言のまま、じっと尾島の話を聞いている。

「もし君が警察に協力してくれるなら、警察に出入りしている電機店に連絡して、ネット回線とエアコンを急いで修理してくれるように頼んでみよう。おそらく一、二時間で終わらせてくれる筈だ。それとも、自分で販売店に電話して頼むか？　今日中に来てくれるとは限らないぞ？」

ドアの隙間から覗く水田の目がわずかに揺れた。迷っているようだ。尾島はなおも畳み掛けた。

「そうそう、出前も取れるから、昼飯でも食いながら話をしようじゃないか。何でも好きなものを頼んでいい」

しばらく黙り込んだのちに、水田が再び口を開いた。

「ハンバーガーは？」

尾島は笑みを浮かべた。

「ああ。勿論出前してもらえる。安心してくれ」

「ケーキも？」

「ケーキもだ」

少しだけ間を置いて、水田がぼそりと言った。

「着替えてくる」

玄関ドアが静かに閉まった。


再びドアが開いたのは、およそ十五分後だった。

玄関から出てきた水田茂夫は、外界の強い日差しを嫌がって顔を歪めた。

小太り体型、身長は百六十㎝台前半といったところか。普段は陽に当たっていないことがわかる生白い肌。縮れ毛の頭髪は、自分で切ったのか不揃いで、寝癖が付いている。顔全体に無精髭。目には黒縁のメガネ。アニメのキャラクターの入った黒いTシャツを着て、膝丈の迷彩柄のパンツを穿《は》いている。足は裸足にビーチサンダル。

家の前には、すでに白いセダンが横付けしてあった。閑谷に頼んで三鷹署に出してもらった覆面パトロールカーだ。閑谷は、身体の弱い住人が生活安全課に相談があるらしいと説明して、パトカーの使用許可を取った。回転灯は外し、運転者にも私服で来てもらっている。どれも水田を警戒させないためだ。

尾島に促され、水田が覆面パトカーの後部座席に乗り込んだ。尾島も続いて乗り込みドアを閉めた。閑谷は助手席に乗り込んだ。

そして覆面パトカーは三鷹署に向かって、三鷹台駅前通りを静かに走り始めた。

14　殺意

ビッグバーガー、テリヤキバーガー、フィッシュバーガー、チキンナゲット、フライドポテトの大、生クリーム付きパンケーキ、それにコーラのＬ――。

近くのハンバーガー店にデリバリーしてもらった食べ物が届くと、水田茂夫は一心不乱に食べ始めた。特に運動などしていないだろうに、食欲は旺盛だ。右手で食べ物を口に運びながら、左手では親指を使ってスマートフォンを操作し、画面を食い入るように覗き込んでいる。両耳から短く白い棒のようなものが出ている。ワイヤレスのイヤホンだ。

八月三十日、午前十時。三鷹署の三階にある取調室――。

ひと月前にも尾島到はここに来た。死んだ山崎亜矢香と不倫関係にあった福岡の会社社長・河谷健三の事情聴取だ。

尾島はさり気なく天井に目を走らせた。天井には四台のマイク付きドーム型カメラが装備されていて、すでにＳＳＤに録画を開始している。このカメラは「取り調べの可視化」のために設置された機材で、自白の強要が行われていないか、取り調べ中の警察官を観察するのが目的だ。だが今回は、取り調べする尾島にとって大きな武器となる。

水田に能力を使用させ、その様子を証拠として録画する——。これこそが尾島と閑谷の目的だった。

三鷹署の取調室を借りてはいるが、これは取り調べではない。そして現在水田は、被疑者でも参考人でもない。だから食事などの利益供与だって行う。いかなる手段を使っても、水田に能力を使用させ、録画する。そう尾島は決めていた。

水田を殺人罪で逮捕し、起訴し、裁判にかけるためには、どうしても能力を持っているという前提が必要だった。能力を持つ人間が確かにこの世に存在することと、そしてその能力を使って人間を殺すことができることを、映像の形で証拠として記録しなければならないのだ。

水田は壁の向こう側を見ることができる。どれくらいの距離を透視できるかはわからないが、とりあえず取調室の両側は空室にしてもらっている。閑谷は二階の小会議室にノートPCを持ち込んで、この部屋のカメラをモニターしている。ドーム型のせいだろうか、今のところ水田は天井のカメラを気にしている様子はない。

——しかし。

指を舐めつつ三個目のハンバーガーにかぶりつく水田を見ながら、尾島は焦燥を抑えられずにいた。

水田が天井や壁の向こう側を透視できることは、水田の家で確認できたし、水田自身もそれをあっさりと認めた。だがこの男は、もっと重大な能力を持っていて、もっと重大な犯罪を行った筈なのだ。

本当にこの男は、手を使わずに人を殺す能力を持っているのだろうか？

そして俺は、カメラの前でその能力を使わせることができるだろうか――？


七月二十八日と今日、水田との二度の会話から、尾島は水田が非常に複雑でエキセントリックな人物であることに気が付いていた。特に、他者とのコミュニケーションが極めて不得意なようだ。およそ二十年も自宅に引きこもっているのが一番の証拠で、そのせいかどうかはわからないが、会話の端々《はしばし》に幼児性が感じられた。

一方で一流大学の入試に合格し、ネットを使用した株やＦＸで利益を出しているというから、頭脳は非常に明晰のようだ。

これらの両面が合わさって、現在の性格が形成されたのだろう。水田は非常にプライドが高く、また我が強く、自己を否定されると急に不機嫌になり、逆に自慢できる話は黙っていることができず、ぺらぺらと喋ってしまう。

このような水田の性格が能力を持つことに由来するのかどうか、尾島にはわからなかった。だが、さっき自宅で二階を透視していたことを認めたように、上手く誘導すればもう一つの能力――離れた場所から人間を殺す能力についても喋るかもしれない。尾島はその可能性を感じていた。


「食べ終わったか？」

食べ物があらかた無くなった頃を見計らって、尾島が声をかけた。

「うん」

水田は手に持ったスマートフォンから目を離さず、右手に持ったコーラをストローで飲みながら生返事をした。

「――それで」

尾島はさり気なく話を切り出した。

「死んだ女性二人が、悪いことをしていたと言ったね。どんな悪いことをしたんだ？」

すると水田はスマートフォンから目を上げ、尾島をじろりと見た。黒目の大きな、ぎょろりとした目。黒いカラーコンタクトレンズをした目だ。

「あの女たち二人とも、付き合ってる男がいるくせに、別の男をこっそり部屋に連れ込んで、やりまくっていたんだ。いやらしい女どもだよ。死んで当然だろ？」

話し終わると水田は、また左手のスマートフォンに目を落とした。

浮気をした、だから死んで当然——。水田はそう言った。二人の女性が、交際している男以外に別の男と肉体関係を持ったから殺したというのだ。

確かに山崎亜矢香は、交際中の同僚がいながらも、出会い系サイトで知り合った男を部屋に連れ込んでいた。一時は尾島たちも犯人ではないかと疑った、福岡から上京していた会社社長だ。おそらく、四年前に死んだ佐々木真由も同じように、交際相手以外の男を部屋に連れ込んでいたのだろう。

しかし、自分が付き合っている訳でもない女性を、なぜ浮気をしたからという理由で殺さなければならなかったのか。それが尾島にはわからなかった。水田は、異常に潔癖な性格なのだろうか。

「浮気って、死んでも当然なくらいに悪いことなのか？」

尾島はストレートに聞いてみた。すると水田は面倒臭そうに顔を上げ、苛立った声を出した。

「そうだよ。何か文句あるの？」

この反応を見て、尾島は話題を変えることにした。どうやら水田の触れられたくない部分に触れてしまったようだった。折角三鷹署の取調室まで連れてきたのに、途中で怒って帰られてしまっては、今までの苦労が水の泡だ。機嫌を直してもらわねばならない。

「しかし、すごいな。一階にいながら二階の人が見えるなんて。自分にそんなことができるって、いつ気が付いたんだ？」

あからさまな褒め言葉だが、それでも水田は少し気を良くしたようだった。

「覚えてないけど、うんと小さい頃」

つまり水田は、生まれつき能力を持っていたということだ。

「そんな子は周囲にいなかっただろう。さぞや人気者だったんじゃないのか？」

「殴られるから、誰にも言わずに黙ってた」

「殴られる？　誰に？」

「父親。お客さんが来た時、ドアを開ける前にどんな人かわかるよって言って、いつも言い当ててたら、下らない嘘をつくなって怒鳴られて、何回も殴られた。母親も、気持ち悪いからそんなこと言わないでって嫌そうに言うから、自分の力を人に喋っちゃいけないんだって思って、それから喋らなくなった」

それは尾島も何となくわかるような気がした。人と違うということは、疎《うと》まれたり、不気味がられたり、恐れられたりすることなのだ。さらに口調から、水田は両親に対してあまりいい感情を持っていないように思えた。

ふと気になって、尾島は聞いた。

「君は普段、周囲の風景がどういう風に見えてるんだ？　いつも天井や壁の向こう側が透けて見えてるのか？」

「そうじゃないよ。見ようと思って集中しないと見えないんだ。ちょっとしたコツも要るんだよね」

水田はスマートフォンを机に置くと、身を乗り出して説明を始めた。

「例えば二階を覗く時にはね、部屋の中を真っ暗にして、ベッドの上に仰向けに寝て、天井をじっと見ながら精神を集中して、目の焦点を天井よりも先に合わせるんだ。それから両手で丸い窓を作って、その中を覗き込むんだ」

喋りながら水田は、両方の手のひらを尾島のほうに向け、両手の人差し指と親指で円のような形を作った。

「そうすると、窓の中の天井がすうっと透明になって、二階にいる女の子の姿がだんだん見えてくるのさ。刑事さん、天井が透明なガラスでできていて、その上を女の子が素っ裸で歩いてるのって想像できる？　そんな感じ」

水田は両手を元に戻し、にやりと嬉しそうに笑った。

この出歯亀《でばかめ》野郎め――。尾島の中に、想像を絶する能力への驚きと同時に、水田の卑劣な行為への強烈な嫌悪が湧き上がった。

同時に尾島は、水田が黒いカラーコンタクトレンズをしている理由に思い当たった。この男は、目の光を感じる細胞や視神経が、他者に比べて異常なほどに敏感なのではないか？　だから天井やドアの向こう側が見えるのだが、一方で目への刺激が強すぎるために、黒いカラーコンタクトレンズで和らげているのではないだろうか。

「すると――」

何とか怒りを押さえ付けると、尾島は再び質問を開始した。

「君が家を新築する時に二階を賃貸住宅にしたのは、二階に若い女性を住ませて、下から覗くためだったんだな？」

「うん。改築費用は結構かかったけどね」

水田は自慢げに説明を始めた。

「家を新築する時、二階を若い女の子が気に入りそうな部屋に造ったんだ。ネットで好みを調べてね。お風呂はマストだし、ウォークイン・クローゼットが人気だから造って、床はフローリング。いい家具も置いてやった。ベッドは男を連れ込みやすいようにダブルベッド。ついでに家賃も安くしてやった」

やはりあの二階の設《しつら》えは、水田が若い女性を呼び込むための罠だったのだ。

「それから市山不動産に電話して、賃貸住宅として仲介を頼んだ。申し込みはどんどん来たけど、可愛くてスタイルのいい女の子しか住んでほしくないから、履歴書を出させて、顔写真で選ぶことにした」

「二階にベッドを三台置いていたのも、二階を見るためだね？」

「うん。そうだよ」

当然のように水田は頷いた。

「集中して二階を覗くと、本当に疲れるんだ。でも、ベッドに寝転んでいれば楽に観賞できるからね。置いたのはお風呂の下と、トイレの下と、あと寝室のダブルベッドの下。ベッドの位置を変えられないように、家具を勝手に動かさないようにって条件を付けた」

まさか階下にこんな男が住んでいて、自分の入浴や排泄や男との営みが真下から覗かれているとは、二階に住む女性は夢にも思わなかっただろう。そのおぞましい告白に、尾島の中に再び激しい怒りが湧いた。

「人の部屋を覗くなんて、悪いことだとは考えなかったのか？」

尾島は思わず、咎めるような口調になった。

「どうして？」

水田は急に不機嫌な顔になった。

「僕はただ覗いただけで何もしていないよ。部屋に入った訳でもないし、身体を触った訳でもないし、録画してネットに晒したり、動画を売ったりしてもいない。女の子のほうが見られてることに気が付いてなかったら、何もされなかったのと同じじゃない？　僕に覗かれた女の子、何か迷惑だった？　何も迷惑じゃないよね？」

——落ち着け。落ち着くんだ。

自分を正当化し続ける水田を前にして、尾島は必死に自分に言い聞かせていた。今は、水田の覗き行為を追及しても仕方がない。それよりも、二人の女性を殺害した証拠を手に入れなければならないのだ。

「とにかく、その女性が二人とも亡くなった。一体、二人の女性に何があったんだろうな？　君はどう思う？」

「知らない」

水田は興味なさそうに、またスマートフォンに目を落とした。

「知らない筈はないだろう。なあ、教えてくれないか」

尾島はしつこく問い質した。

おそらくこいつは秘密を隠しておけない質《たち》の人間だ。必ずいつか、根負けして口を割る筈だ——。尾島はそこに賭けようと思った。

「検視官は心臓病で死んだと言うんだが、どちらも生前、心臓病の兆候はなかったというんだ。もし心臓病じゃないとすれば、どうして心臓が止まったんだろう？　君は毎日彼女たちを覗いていたんだよね？　何か知ってるだろう？　なあ、何があったんだ？」

「うるさいなあ、もう！」

水田は声を荒らげるとスマートフォンから顔を上げ、うんざりした表情で尾島の顔を睨んだ。

「刑事さん。いい加減にしてよ。もうわかってんでしょ？」

「わかってるって、何をだ？」

「僕がやったんだよ」

吐き捨てるように水田が言った。

「僕が天誅《てんちゅう》を加えたんだよ。ふしだらな女二人にね」

「天誅だって？」

尾島は心臓の鼓動が速くなるのを覚えた。

「それはつまり、君が、二人の女性を殺したということか？」

「そう。僕が殺したんだよ」

これでいいでしょ、と言わんばかりの顔で水田が言い切った。

ついに、水田が殺人を告白した——。

尾島は思わず、天井に設置されているドーム型カメラをちらりと見た。別室ではヘッドホンをした閑谷が、尾島と水田のやりとりをモニターしながら録画している筈だ。できれば殺害方法について、もう少し具体的な話が欲しい。

「本当かな？」

尾島はわざと疑わしげな表情を作った。

「信じられないな。どうやって殺したんだ？」

「心臓を止めてやったんだよ」

水田が肩をすくめた。

「でも、向かいのマンションの防犯カメラに、君の家の玄関が映っていたが、山崎亜矢香という女性が亡くなった夜、君は一歩も家を出ていなかった。一階にいた君が、どうやって二階にいる女性の心臓を止めたんだ？」

「勿論、手でだよ」

水田は尾島に向かって、自分の右手を伸ばした。

「手をね、こうやって、ぐーっと上に伸ばすんだ。すると頭の中では、僕の手は天井を通り抜けて、二階まで伸びていくんだ」

水田は天井を見上げると、右手を思いっ切り上に伸ばした。その説明する口調が段々と熱を帯びてきた。

「その伸ばした手を、女の子の身体の中にずぶりと突っ込んで、指先で心臓を探り当てたら、ぎゅうっと摑むんだ。そうしてしばらく摑んでるとね、びくっ、びくって動いていた心臓がだんだん動かなくなって、やがてぴたっと止まる。そうすると女の子も胸を押さえて、ばたんと床に倒れるんだ」

上げた手をぎゅっぎゅっと何度も握り締めながら、水田はにたりと笑った。

尾島は確信した。もはや疑いの余地はなかった。

ここにいる水田茂夫が、能力を使用して二人の女性を殺害したのだ。

まさか人間の手が天井を通り抜けて二階に届く筈がないから、これはイメージの上での話なのだろう。おそらくこいつは能力を使用する時、右手を遠くへ伸ばして摑むイメージで能力を使い、離れた場所にある物体に物理的に干渉するのだ。

「架空の手で人間の心臓を摑むのは、どんな感覚なんだ？」

「おんなじだよ、本当に摑むのと。知ってる？　人間の心臓ってリンゴくらいの大きさでさ、摑むと温《あ》ったかいテニスボールみたいな感触がするんだよ」

水田は右手を下ろし、身振り手振りを交えながら饒舌《じょうぜつ》に喋り続けた。

「若い女の子の心臓は柔らかいんだ。でも、男はちょっと固くって、女でも年を取るとだんだん固くなっていくんだよ。そして年寄りになると、男も女も弾力がなくなって、だらんと大きくなるんだ」

何だと――？
尾島はその言葉に驚愕した。水田が殺したのは、女性二人だけの筈だ。なぜ水田は、男や年配の女性、それに年寄りの心臓の感触を知っているのだろうか？　まさか水田は、二人の若い女性の他にも、人を殺害しているのか——？

「なぜ」

動揺を何とか抑え、ようやく尾島は水田に聞いた。

「なぜ、そんなことを知っている？」

「さあね」

水田は尾島の視線を外してとぼけた。

間違いない——。その様子を見て、尾島は確信した。こいつが殺したのは若い女性二人だけではない。男や、男女の年寄りも、心臓を掴んで殺したことがあるのだ。一体こいつは、何人を殺したんだ？

「ねえ、もう帰っていいかな？」

水田が両手を高々と上げ、背中を反《そ》らせて大きく伸びをした。

尾島は慌てた。

「いや、まだ外は暑い。もうしばらく涼んでいったらどうだ？」

二人の女性以外の殺人も含め、水田はまだ能力による犯行を自白しただけだ。言葉だけでは、上司や警察の上層部は能力の存在を信じないだろう。目に見える証拠を提出しなければならない。

水田を逮捕するためには、水田が能力を有する証拠と、その能力で殺人が可能だという証拠が必要で、そのためには、やはり当初の予定通り、実際に能力を使用させ、その場面を録画しなければならないのだ。

水田は左手首の四角い腕時計を見た。スマートウォッチのようだ。

「家を出て三時間近く経った。もうエアコンとネットの修理も終わったよね？　早く家に帰りたい。車で送ってくれるよね？」

水田は椅子から立ち上がった。

尾島は焦った。証拠を録画するまでは、何としても水田を帰らせる訳にはいかない。

「そう言わずに座ってくれ。食事だって奢《おご》ってあげたじゃないか。その代わりと言っちゃなんだが、君にお願いがあるんだ」

「お願い？」

怪訝な顔で水田はまた椅子に腰掛けた。それを見て尾島は微笑みながら続けた。

「君が持っているという不思議な力、ちょっと見せてくれないか？　――そうだな、これにしよう」

尾島はポケットから百円硬貨を取り出し、机の上に置いた。

「このコインを、手を使わずに空中に浮かせて見せてくれないか？　頼むよ」

高山宙という能力者の青年が、百円硬貨を浮かせて見せたことを思い出したのだ。

「やらない」

水田はあっさりと断った。尾島はなおも食い下がった。

「どうしてだ？　ちょっとくらいいいじゃないか」

「物を動かすのは、天井の向こう側を見る以上に大変なんだよ」

顔をしかめながら水田は弁解した。

「ものすごく一所懸命集中しないとできないし、やったあとはどっと疲れが出るんだ。だからやりたくない」

そして水田は、再び立ち上がった。

「もう家に帰る。車、用意してよ」

どうすればいい――？

このままでは、何の証拠も録画できないまま、水田を帰すことになってしまう。尾島は必死に考え続けた。

そして、ついに最後の手段を試してみることにした。

「ふうん。やっぱり嘘だったんだ？」

嘲笑《あざわら》うような顔で、尾島は水田を見上げた。

水田は立ったまま首を傾げた。

「何が？」

尾島は笑いながら肩をすくめた。

「君の話全部がさ。天井越しに二階が透けて見えるってのも嘘だし、二階にいる人の心臓を握って止めたってのも嘘だ。馬鹿馬鹿しい。人間にそんなことができる訳がない。だからこうやって、バレないうちに急いで逃げようとしてるんだろう？　さすがは引きこもりのオタクだ。現実とアニメの区別がつかないと見える」

水田のプライドを傷つけて、わざと怒らせる作戦だった。下手をすれば逆効果になってしまうかもしれない。しかし、帰ろうとする水田を引き止めるために、尾島は他に方法を思いつかなかった。

「嘘じゃないよ。本当だよ」

どさりと椅子に腰を下ろすと、水田は憮然《ぶぜん》とした顔で言った。

「じゃあ、俺の心臓を止めてみろよ」

尾島が薄笑いを浮かべながら言った。

「俺の心臓を止めることができたら信じてやる。できなかったら、君は大嘘つきだ」

水田は不愉快そうに顔をしかめた。

「僕は嘘つきじゃないよ。できるけど、疲れるからやりたくないだけだよ。刑事さんが死ぬのは構わないけどさ」

そして水田は、その目にちらりと怒りをにじませた。

「ただね、口に気をつけたほうがいいよ？　怒ってかっとなった時には、我を忘れてやっちゃうかもしれないからね」

水田の言葉に、尾島は大きく頷いた。

「なるほど。怒った時にはね」

尾島は机の上を見た。ストローの刺さった紙コップが置いてある。水田の飲みかけのコーラで、まだ半分ほど中身が残っている。尾島はその紙コップを手に取ると、半透明の蓋《ふた》を外してストローごと机の上に置いた。そしてクラッシュアイスの混じったコーラを、いきなり水田の顔にびしゃりと浴びせかけた。

「――」

顔から胸にかけて冷たいコーラを浴びた水田は、一瞬目を閉じた。やがて水田は目を開け、ずぶ濡れのまま無言で尾島を睨みつけた。その髪の毛と顎から、冷たいコーラが机にぽたぽたと滴り落ちた。

「怒ったか？」

尾島は嘲笑うと、さらに空になった紙コップを水田の顔に投げつけた。

「怒ったならやってみろよ。俺の心臓を止めてみろ。そんなこと本当はできないんじゃないのか？　ほら、どうした？　この嘘つき野郎」

馬鹿にしたようににやにやと笑いながら、尾島は水田の顔を覗き込んだ。

その時だった。

突然、かたかたと机が細かく揺れ始めた。

その振動で、机の上に広げてあった紙袋やトレイ、発泡スチロールの容器、プラスチック製のフォークやスプーン、それに尾島がさっき置いた百円硬貨も、振動しながらからからからと音を立て始めた。

だん、と水田が両手の拳を机に下ろした。次の瞬間、まるで真上から突風が机の上に吹き付けたかのように、机の上のあらゆる物が放射状に吹っ飛び、取調室の床にばらばらと落ちた。

尾島は慌てて椅子から立ち上がると、後退《あとずさ》りしながら水田を見た。水田は両拳を机の上で握り締め、ぶるぶると震えながら、憤怒の形相で、何もない机の上をじっと睨み付けている。間違いない。この奇怪な現象を引き起こしているのは水田なのだ。

別室では、モニターを見ている閑谷が目を大きく見開き、目の前で起きている奇怪な現象を凝視していた。閑谷は取調室の天井に設置してあるカメラを見た。赤いＬＥＤが点灯し、録画状態であることを示していた。

ふいに水田が顔を上げ、目を一杯に見開いて、大きな黒目で尾島を見た。その不気味さに、尾島は思わず一歩後ろへ下がったが、そこで踏み留まった。これ以上後ろへ下がったらカメラの視界を外れてしまうかもしれない。なるべく中央にいなければならない。

水田が右手を上げ、尾島に向かって真っ直ぐに伸ばした。そして尾島をじっと凝視しながら、開いていた右手を、力を込めながらゆっくりと握った。

「ぐっ！」

左胸に激しい痛みが走り、尾島は思わず呻《うめ》いた。喉が詰まったように息ができなくなった。身体が硬直し、急激に視界が歪み、背中にぞわっと悪寒《おかん》を感じた。そして尾島は、今自分の身に何が起きているのかを悟った。

水田が架空《イメージ》の右手で、尾島の心臓を鷲摑みにしているのだ。

尾島の血流が完全に停止した。足に力が入らなくなり、尾島は崩れるように膝から床に倒れた。顔が青ざめていくのが自分でもわかった。低酸素状態によるチアノーゼだ。尾島は仰向けで必死に右手で拳を作り、左胸を何度も叩いて動かそうとした。だが、徐々に右手に力が入らなくなってきた。

苦しさに耐えられず、舌が伸びて口から飛び出した。目が霞み、視界がだんだんと暗くなってきた。

俺は、死ぬ――。

尾島は霞んでいく頭の隅で、絶望とともに確信した。

「トウさん！」

閑谷が取調室に駆け込んできた。走りながら閑谷は水田に飛びかかると、前に突き出された右腕を摑んで水田の背中に回し、思いっ切り捩《ね》じり上げた。その痛みに水田が悲鳴を上げた。同時にどくりと尾島の心臓が動き、仰向けに寝ていた尾島の身体がびくんと大きく跳ねた。

「がはあああっ！」

突然、尾島の呼吸が復活した。尾島は肺に空気を思いっ切り吸い込むと、獣のような声とともに息を吐き出した。そして、はあはあと荒い呼吸を繰り返すうちに、薄れていた意識が徐々にはっきりしてきた。

尾島は何とか身体を起こすと、床に胡座《あぐら》をかき、立っている水田を見上げた。水田も全力疾走した後のようにぜいぜいと荒い息を吐きながら、背後の閑谷に右腕を捻り上げられたまま、じっと尾島を見下ろした。

「嘘じゃなかっただろ？」

息を弾ませながら、水田が言った。

「刑事さん、あんたの考えてた通りだよ。四年前とひと月前、僕は二階を貸していた女を二人殺した。今、あんたにやったのと同じように心臓を止めてやったんだ」

勝ち誇ったように水田が嗤《わら》った。

「でも僕、知ってるんだ。あんたたち警察は、僕を逮捕できない」

「――何だと？」

尾島はかろうじて聞いた。喉から出たのは、老人のようにしわがれた声だった。

「誰も僕の力を信じないからだよ」

尾島を見下ろしながら、水田が無表情に言った。

「僕、動画サイトに何度も投稿してみたんだ。自分がペンを空中に浮かせたり、封を切ってないダイレクトメールの中身を読んだりするところをね。きっとみんな感心して、すごいすごいって言ってくれると思ったんだ」

そこまで喋って、急に水田は怒りに顔を歪めた。

「でも、誰も信じてくれなかった。それどころか、下手な手品だ、ひどいインチキだ、馬鹿じゃねえの、こんなことやって嬉しいか、早く死ねよお前って、ひどい悪口ばっかり書き込まれたよ」

尾島は水田の言葉を聞きながら、じっと考えていた。

やはりこいつは、ずっと誰かに能力を誇示したいと願っていた。父親に殴られ、母親に気味悪がられながらも、誰かに自分の能力を見せつけたいと思っていた。やがてネットの動画サイトの存在を知り、そこでなら褒めてもらえるだろうと思って能力を使ってみせた。だが、誰も信じてくれなかった。

能力など誰も信じない。ということは、能力を使って犯罪を行っても捕まらない――。落胆と引き換えに、水田はそう確信するに至ったのだ。

「僕、知ってるんだ。僕を逮捕しようと思ったら、裁判所の発行した逮捕状が必要なんだろう？　でもね、裁判所だって信じてくれないよ。だから僕を逮捕できない」

背後から閑谷に右手を捻じり上げられながらも、勝ち誇ったように水田は喋り続けた。

「刑事さんはさ、僕をここに連れてきて、力を使わせて、それを録画して証拠にしようとしたんだろ？　まあ、僕もつい興奮してうっかり刑事さんを殺しかけちゃったけどさ。悪いけど、それでも誰も信じてくれないよ。動画サイトで証明済みさ。残念だったね」

「お前、それがわかっていたから、何でも喋ったのか？」

尾島が喘ぎながら聞いた。水田はふんと鼻を鳴らした。

「あんた、僕のこと馬鹿だと思ったんだろ？　ものを食べさせておだてれば何でもぺらぺら喋るって思ったんだろ？　天井にカメラが付いてるのも気が付いてないと思ってたんだろ？　でも、最初っから録画してるのは承知の上さ。部屋にいても暑いし、ネットも繋がらないからここに来て、ヒマだからちょっと遊んでやっただけさ」

水田は後ろを振り向くと、右腕を押さえている閑谷を見た。

「ねえ、離してよ。外は暑いから、また車で送ってよ」

水田は余裕たっぷりに、にやにやと笑った。

「心配しないでいいよ。怒らせなきゃ何もしないからさ。僕だって早く家に帰りたいからね」

「帰すもんか、この人殺しめ！」

怒りを顕わにする関谷に、尾島がかすれた声で言った。

「イチ、送ってやれ」

「で、でも！」

迷う関谷を見ながら、尾島は床に座ったまま押し殺した声で言った。

「今日のところは、だ」

関谷は悔しそうに唇を震わせていたが、ようやく頷いた。

「わかりました」

関谷はしぶしぶといった様子で水田の右手を放した。

水田はわざとらしく右腕を回しながら関谷を睨み、そして床にしゃがみ込んでいる尾島を見下ろした。

「ハンバーガー美味しかったよ。またいつでも呼んで？　お腹がすいてたら来てあげるからさ。次はピザがいいかな」

水田は取調室の出口に向かって歩こうとして、ふと足を止め、再び尾島を見た。

「でも、今度僕にコーラをぶっかけたりしたら、殺すよ？」

尾島は無言で水田の顔を睨み付けた。

水田は薄っすらと笑《う》うと、ゆっくりと取調室のドアを出ていった。

閑谷が尾島に駆け寄り、泣きそうな顔でしゃがみこんだ。

「トウさん、なんて無茶なことをするんですか！」

尾島は右手で閑谷を制止すると、無理やり笑顔を作った。

「俺は大丈夫だ。いいから水田を送ってこい」

「ここにいてくださいよ、すぐにお医者さんを寄越しますから！」

閑谷は尾島に言い残すと、水田の後を追って小走りに部屋を出ていった。


ふうーっ、と尾島は大きく息を吐き出した。

ぽたり、と床に赤いものが落ちた。尾島が人差し指の付け根で自分の鼻の下を拭うと、指は赤く濡れた。片方の鼻の穴から鼻血が出ていた。

自分の心臓に手を当ててみる。問題なく規則正しく動いているようだ。しかしさっきは一度、完全に死を覚悟した。何という恐ろしい能力だろう。心臓が止まるとはこういうことかと、尾島はあらためて死の恐怖に身震いした。

——だが。

尾島は天井に設置してあるカメラを見た。水田が能力を使用する映像が、確かに撮れた筈だ。机の上にあったものが、手も使わずに床に払い落とされるところ。そして尾島の心臓を、架空の右手で摑んで殺そうとしたところ。どちらも天井のカメラ四台に、違う角度から鮮明に記録された筈だ。

水田は映像を見せても誰も信じないと言った。確かに動画サイトで自慢したくらいではそうかもしれない。だが、これは殺人事件だ。女性二人が死んでいるのだ。それに水田はさらなる犠牲者の存在もほのめかした。あの二人の女性以外にも水田の手に掛かった者がいるのだ。警察は殺人犯を絶対に逃さない。

そして尾島には、映像とは別に、水田が気付いていない「もう一つの証拠」が手に入った。これこそが決定的な、能力を使用した殺人の証拠になる筈だった。


絶対に、裁いてやる——。

尾島は怒りにぎりぎりと歯を軋《きし》ませた。

あいつを何としても裁判に引きずり出し、有罪判決を勝ち取り、犯した罪に相応しい罰を与えてやる——。

15　損傷

「生きた人間を診《み》たのは、ここに来て以来、お前が初めてだ」

大谷無常が無表情に言った。おそらく事実なのだろう。

「そりゃどうも、光栄だね」

尾島はワイシャツのボタンを留《と》めながら肩をすくめた。大谷は頷くと、残念そうに言葉を続けた。

「お前を解剖すれば、もっと正確な所見が下せたんだが、残念ながら繋ぎ合わせて生き返らせる自信がない。お前が死んだら、その時はもっと詳細に検案してやる」

「ああ。その時はよろしく頼むよ」

尾島はそう言うと、スーツの黒い上着を羽織った。

九月一日火曜日、二十二時四十分——。三鷹署の取調室で九死に一生を得た翌々日。警視庁刑事部捜査第一課の尾島到は、再び監察医・大谷無常を訪問していた。ここというのは、彼が勤務する死人専門の病院、東京都監察医務院のことだ。

水田に心臓を摑まれ、死の淵から生還した尾島は、駆け付けた医者の診察を受け、警察病院に検査入院することになった。その病室から尾島は監察医の大谷に連絡し、至急の相談で訪問したい旨を伝えた。そして二日後の今夜、大谷の仕事が一段落するのを待って研究室にやってきたという訳だった。

「イチ、時間があったらお前も来ないか？」

大谷の時間を予約したあと、尾島は三鷹署の閑谷一大に電話した。できれば直接、大谷の話を聞いてほしかった。

「僕も行きたいんですが、今日は小金井《こがねい》署と府中《ふちゅう》署にお時間を頂いてるんです」

閑谷は申し訳なさそうに答えた。

水田の過去を洗おう——。そう尾島と閑谷は相談していた。そして閑谷がその任に当たることを申し出た。取り調べ中、水田は二階に住む女性二名を殺害したことを平然と認め、さらに複数の男女を殺害したことをほのめかした。だとすれば水田は、過去にどんな人々を殺したというのか。それを突き止める必要があった。

「わかった。じゃあ、そっちは頼む」

そう言うと尾島は電話を切った。

現在、水田茂夫の能力と犯行を知るものは、尾島と閑谷の二名だけだ。本来、複数が殺害された可能性が高い事件である以上、三鷹署に捜査本部を置き、数百人態勢で捜査を行ってしかるべきだった。しかし、いきなり「信じられない力を使って、離れた場所から相手の心臓を止めて殺した」と話しても、警察が動くとは思えなかった。

記録映像はある。水田は全ての犯行を認めたし、尾島自身が水田の能力によって危うく殺されるところだった。だが、映像を見せて尾島自身が証人となっても、警察という組織が信じてくれるという保証はない。尾島自身ですら、今でも何か悪い冗談のように思えるくらいなのだから。

しかし、あの時尾島は、自分の生命の危機と引き換えに、水田が能力を使用して殺人を行ったという「もう一つの証拠」を手に入れた筈だった。その証拠を確認するために、尾島は大谷のところへやってきたのだ。

「それで、どうだった？　俺の心臓には何か異常がなかったか？」

尾島が聞くと、大谷は頷いて机の上の液晶モニターに目を移した。

「これが、お前の心臓だ」

液晶モニターの画像を指差しながら、大谷が説明を始めた。

「白い点が五つ見える。強い圧迫を受けたことによる損傷だ。この時おそらく心臓は停止していただろう。もう数分圧迫された状態が続いていたら、心臓は脳に酸素を送り込むことができず、お前は死んでいたと思われる。――そして俺は、これと全く同じ損傷を見たことがある」

大谷が尾島に向き直った。

「およそひと月前、お前が持ち込んだ、若い女性のご遺体の心臓に付いていた損傷と、数といい位置といい、ほぼ同じだ」

「やっぱり、付いていたか――」

監察医の大谷の言葉に、尾島は嬉しそうに呟いた。それはまさに、尾島が絶対に見つかると予想していた、いや確信していた損傷だったからだ。

「やっぱり、だと？」

大谷は眉を寄せ、尾島を詰問した。

「尾島、説明しろ。なぜお前の心臓に、先月の女性の死体と同じ損傷がある？　なぜこんなことが起きた？　一体誰がどうやって、体表は無傷のまま心臓だけに傷を付けた？」

これこそが、映像とは別に尾島が手に入れた「もう一つの証拠」だった。

およそひと月前に死んだ山崎亜矢香という女性の心臓に残っていた五つの圧迫痕。

もし彼女の死が水田の犯行によるものならば、同じく水田によって心臓を止められ、危うく命を落とすところだった尾島にも、同じ損傷が残っている筈だった。それが今、大谷によって確認されたのだ。

「大谷。お前、口は固いよな？」

尾島が聞くと、大谷が無表情に頷いた。

「死人ほどじゃないがな」

「今から俺が言うことを、信じてくれるか？」

大谷はまた頷いた。

「それが真実ならば、信じよう」

尾島は、およそ一ヵ月前に三鷹市で起きた若い女性の突然死に始まる、いくつもの奇怪な出来事を大谷に話して聞かせた。

偶然に出会った高山宙という青年。彼が見せた驚くべき能力。

そして、水田茂夫という人物もまた同じような能力を持っていること。

二日前、水田が若い女性二人を殺害したのが自分だと認めたこと。

水田はさらに複数の人間を殺害した可能性があること――。

「これを見てくれないか」

尾島は鞄からＵＳＢメモリを取り出して、大谷に渡した。中に入っているのは、一昨日三鷹署の取調室で撮影した、水田と尾島の映像だった。

大谷はそれを受け取り、ＰＣに挿した。映像の再生が開始された。

映像を見終わっても、大谷はしばらく無表情を崩さなかった。その横顔は、理不尽なものを見せられて怒っているようにも見えた。

尾島は辛抱強く大谷の反応を待った。大谷は医者だ。常識では考えられない能力を持つ人間が存在するという事実にどう反応するのか、全く見当も付かなかった。

だが、信じてもらわなければならなかった。三鷹市で亡くなった女性の死体を検案した大谷に、彼女は間違いなく水田の能力によって心臓を止められたことを証明してほしい、そう尾島は切望していた。

「なんてことだ――」

ようやく大谷が口を開き、溜め息混じりの声を漏らした。映像を見てしまったことを心底後悔したという声だった。

「この映像、本当にCGじゃないんだな?」

大谷が念を押した。尾島は首を横に振った。

「俺にはそんな技術はないし、お前を騙したところで一文にもならない」

「じゃあ、お前は」

大谷が呆れた表情になった。

「ひと月前の女性の死が、水田という男の、能力とやらを使った犯行であることを確認するために、かつ証拠として記録するために、水田をわざと怒らせ、能力を使用して自分の心臓を止めるよう仕向けたのか？」

「そうだ」

尾島は頷いた。

「単に手を触れずにものを動かしたというだけでは、水田による殺人だという証拠にはならないと思った。水田の能力が、実際に人を殺せるものだということを見せないとな」

「昔から、薄々そうじゃないかと思っていたが」

大谷が尾島の顔をまじまじと見た。

「尾島、お前は本物の大馬鹿者だ」

「まあ、いざとなれば、閑谷が助けてくれるだろうとも思ったがな」

苦笑したあと、尾島は真剣な顔に戻って続けた。

「この水田という男は、先日の女性を含め二人を殺害していて、さらに複数の人間を手に掛けていると思われる。だから何としても逮捕し、裁判にかけ、有罪判決を勝ち得て、罪を償わせなければならない」

大谷はじっと考え込むように沈黙したが、しばらくののちにようやく声を発した。

「まさか自分が、本物のパラノーマルに巡り会おうとはな」

聞き慣れない言葉に、尾島は思わず聞き返した。

「パラ、ノーマル？」

「英語で超常能力を持つ者のことだ。超能力者と言ったほうが、馴染みがあるだろうが、子供騙しで胡散臭《うさんくさ》い呼称だからな」

大谷は淡々とした口調で説明を始めた。

超常現象研究の本場はアメリカで、以前はスーパーナチュラルとかＰＳＩ《サイ》、ＥＳＰなどと呼ばれていたが、最近はパラノーマル・アクティビティと呼ばれることが多い。

元々は幽霊や妖怪、悪魔憑《つ》きなどの心霊現象、魔術や呪術、錬金術などの神秘主義と一緒くたに語られていた分野だが、現在では細分化が進み、主に物理学や生物学で解明されていない人間の精神作用のことを言うようになった。つまり思念の力によって力学的な効果や情報通信効果を発生させるというものだ。

そしてパラノーマル・アクティビティは、何十年も前から、世界中の政府や軍事組織が科学的な検証を続けている分野だ。そもそも、最初にパラノーマル・アクティビティを研究し始めたのは、第二次大戦直前のナチス・ドイツ。第二次大戦後はこの研究をアメリカが引き継ぎ、ほぼ同時に共産圏のソビエト連邦と中国でも検証が開始された。

もっとも超常能力の存在については、欧米よりもアジアのほうが早く確認され、様々な文献で言及されている。インドのヨーガでは「悉地《シッディ》」、仏教では「六神通《ろくじんつう》」、道教では「内丹術《ないたんじゅつ》」として伝わっているし、日本では役小角《えんのおづぬ》の「修験道《しゅげんどう》」、安倍晴明《あべのせいめい》の「陰陽道《おんようどう》」などが伝えられている。

そしてパラノーマル・アクティビティは、現在も世界各国で密かに研究が続けられているらしい。潜水艦や宇宙船と地上の連絡、あるいは敵国の通信傍受、さらには敵国兵器の破壊や敵軍への攻撃など、様々な軍事的用途が期待できるからだ——。

「大昔から、奴らの存在に気付いていた人々がいたんだ」

興奮を隠さず、尾島は何度も頷いた。壁の向こうを透視したり、手を触れずに物を動かしたりする者は、つまり俗にエスパーや超能力者などと呼ばれる人々は、子供向け創作物の中だけの存在ではなく、確かに存在している。そして世界各国の研究機関もそのことに気が付き、密かに研究と検証を続けているのだ——。

「大谷、お前、随分と超常現象について詳しいんだな」

不思議そうに聞いた尾島に、大谷は肩をすくめた。

「ここにも年に一度は来るからな。呪い殺された死体というのが」

大谷によると、時折「誰かに呪い殺された」と遺族が主張する死体や、誰かが「自分が超能力で殺した」と自供した死体が運び込まれるらしい。だが、法律により呪いで人を殺すことは不可能とされているため、大谷たち監察医は、他の死因を探すために検死することになる。

「そんな検案のために、超常現象にどれほどの信憑性《しんぴょうせい》があるのか、科学的に存在しうる現象なのかを真剣に調査した。その結果、この世に超常現象などというものは存在せず、そんなもので人を殺せる筈がないということを再確認した。そしてどんなに超常的に見える死因でも、必ず合理的に解明してきた。——しかし、お前は」

大谷は眉を寄せ、顔に苦悩を浮かべた。

「これまでの俺の苦労を、全部溝《どぶ》に捨てようとしている」

尾島は思わず身を乗り出した。

「じゃあ、お前も信じてくれるんだな？　水田が能力で人を殺したってことを」

「信じる、と言ったらどうなる？」

「山崎亜矢香の死体検案書に、能力によって殺害されたことを追記して欲しい」

尾島は大谷に向かって身を乗り出した。

「彼女の死は病死ではなく、能力を使って行われた殺人だったと、検案書で証明して欲しいんだ。監察医のお前が能力の存在を認めれば、警察も検察もきっと信じてくれる。裁判で勝てるかどうかはまだわからないが、とにかく立件して水田を起訴しないことには裁判に進めない。そのためには、監察医であるお前の証言が——」

「無理だ」

大谷はきっぱりと否定した。

「監察医として、それはできない」

思わぬ回答に、尾島が慌てた。

「でもお前、さっき言ったじゃないか。水田は本物のパラノーマルだと」

「そうだ。映像、画像、数値、全てがパラノーマルの犯行を暗示している」

大谷は物憂《ものう》げに頷いた。

「俺はこの一ヵ月、ずっと考え続けていた。お前が連れてきた死体の心臓にあった五つの損傷、あれは一体何だったのかと。そして今日、お前の話を聞き、全ての疑問が氷解した。まるで心臓を片手で握り締めた痕《あと》のようだと思ったが、まさにその通りだったのだ。あの五つの損傷については、それ以外に納得できる説明は存在しない」

「だ、だったら」

はやる尾島を制止するように、大谷は首を横に振った。

「だが、検死とは科学的な検証の上に成り立っている。医学もまた科学だからだ。そしてお前の言う能力は、現象として存在が確認されただけであって、その作用が科学的に検証され、理論が解明された訳ではない。だから監察医としては、パラノーマルによる能力を使用した殺人だと、現段階で証言することはできない」

尾島は反論できなかった。大谷の言葉は、監察医として至極真っ当だと思えた。現象が確認されただけで、何も検証されていないし、何もわかっていないのだ。

しかし、能力の調査研究と理論の解明には、一体何年を要するのだろうか？　ナチス・ドイツ以来というから、もう九十年近く国家レベルでの研究がずっと行われていても、未だに解明された様子はないというのに――。

「だが、尾島」

大谷が口を開いた。

「お前の目的は、俺に能力は存在すると証言させることではない筈だ」

尾島は顔を上げた。

「え？」

「お前はこれから裁判で戦うにあたり、俺が書いた死体検案書を武器として使用したいんじゃないのか？　であれば、病死という結論を撤回すること自体は、俺もやぶさかではない。先月の死体検案書に、こう付記しよう」

大谷はPCに向かうと、死体検案書の原本ファイルを開き、キーボードを叩いた。

そして加筆した死体検案書をプリンターで出力すると、尾島に渡した。


【付記】

再検案の結果、死体の心臓に見られる損傷は、疾患ではなく「外的要因」で生じたことが確認された。よって死因は、「未知の方法」を用いた殺人である可能性が高い。

「すまないが、これが監察医としてぎりぎりの表現だ」

外的要因、そして未知の方法――。これは大谷の監察医として精一杯の表現なのだ。これらの言葉が能力を指していることは疑いようがない。

「大谷――」

尾島の顔がみるみる明るくなった。大谷は真顔で続けた。

「監察医がパラノーマルとその能力について具体的に言及すれば、死体検案書は却《かえ》って科学的信憑性を失うだろう。それに、検案とはあくまでも殺害された死体に対する所見にすぎない。能力が確かに存在し、被疑者が能力を持っていることは、これから別の方法で立証すべき事項だと考える。どうだ？」

「ありがとう。充分だ。これで戦える」

尾島の中に再び闘志が湧いてきた。大谷が言う通り、あとは警察と検察の問題だ。あの水田という能力者――いや、英語ではパラノーマルだったか――。

「なあ、大谷」

尾島は困ったように聞いた。

「パラノーマルという言葉は、多分聞いた人も意味がわからないと思うんだ。奴らを呼ぶのに、他に何かいい呼称はないか？　かと言って、エスパーや超能力者などという子供っぽい呼称では、能力と能力者の存在そのものがいかがわしく感じられてしまう。できればリアリティーのある言葉がいいんだが」

「確かにパラノーマルという言葉は、人口《じんこう》に膾炙《かいしゃ》するには至っていないな」

しばし考慮したのちに、大谷が答えた。

「エクスプレッサー《expressor》というのはどうだ？　能力が発現した者、という意味だ。あるいはアメリカでは、高度な能力や超常的な能力を持って生まれた子供をギフテッド《gifted》と呼ぶ。神に贈り物をもらった者、という意味だ」

尾島の顔が曇った。

「大谷、知っての通り俺たち警察は漢字文化だ。できれば日本語がいい」

警察用語は日本の法律用語が基になっている。そのためSPやSATなど頭文字を繋いだ略語はともかく、英単語での名称はまず使用されない。

「注文の多い奴だな」

大谷は顔をしかめたあと、こう提案した。

「では、『背理《はいり》』という言葉を使ってはどうだろうか？」

理《ことわり》に背《そむ》くと書いて背理だ、と大谷は説明した。

「彼らの力は『背理能力』、略して能力。背理能力を持つ者は『背理能力者』、略して能力者。彼ら背理能力者の起こした犯罪を『背理犯罪』、背理犯罪を犯した者を『背理犯』と呼ぶ。これなら捜査や司法の現場にも馴染むだろう」

尾島は大谷の命名に感心した。背理、即ち理に背く力——。奇怪極まりない彼らの能力は、まさに背理だというしかない。

「そして、能力者を指す現場での符牒《ふちょう》は『マル能』でどうだ？」

「マル能か。なるほど」

尾島はその呼称を気に入った。警察の符牒では被疑者をマル被、警護対象者をマル対、暴力団またはその担当刑事をマル暴という。マル能なら刑事が日頃使う言葉として馴染みやすい。さすがは大谷、元刑事だけのことはあると尾島は感心した。

大谷がいてくれて本当に助かった——。尾島は心の底からそう実感した。大谷が追記してくれた死体検案書は、これから水田を追い詰める上で大きな力になるだろう。

「大谷、感謝する」

尾島は立ち上がると、大谷に向かって右手を差し出した。大谷も口の端を持ち上げ、尾島の手をしっかりと握り返した。そして尾島は研究室のドアに向かって歩き始めた。

「ああ、尾島」

ドアの前で、背後の大谷に声を掛けられ、尾島は振り返った。

「もし、彼らの死体が手に入ったら、真っ先に俺のところへ連れてきてくれないか」

大谷の言葉に、尾島は思わず聞き返した。

「そう、死体。マル能の死体だ」

「死体だって？」

当たり前のように大谷は頷いた。

「どういう理屈で背理能力を発揮するのか、彼らの身体を解剖してくまなく検査したいんだ。全身をバラバラにして、その器官や組織の一つ一つ、いや細胞の一つ一つまで、電子顕微鏡でじっくりと観察したい」

尾島は天を仰ぎ、そして大谷に向かって諦めたように頷いた。

「わかった。約束しよう」

「頼んだぞ」

大谷は嬉しそうに、にやりと笑った。

16　余罪

「火事で死んだ両親というのは、水田の実の両親じゃありませんでした」

ドラムとベースの重低音が響き、電子楽器の音がけたたましく流れる薄暗い部屋。関谷一大は、テーブルの上に何枚ものコピー用紙を広げながら、早口に喋り始めた。

「亡くなったのは水田の母親の兄夫婦、つまり水田の伯父夫婦です。もっとも、水田が九歳の時に養子縁組していますので、法律上は確かに両親なんですけど」

「じゃあ、本当の両親は？」

尾島が聞くと、関谷は真剣な表情で頷いた。

「まず父親ですが、水田が七歳の時、当時住んでいた小金井市の団地で階段から転落死しています。その後、水田と母親は府中市のアパートに転居するんですが、翌年、水田が八歳の時に母親が自宅で急死しています。急性心臓死です」

関谷は書類を見ながら喋り続けた。

「小金井署の記録によると、水田の父親は、母親と水田の目の前で階段から転落して死亡しています。府中署が急性心臓死と判断した母親も、水田と二人で部屋にいる時に死亡しています。つまり、どちらも水田の犯行だという疑いがあります」

「やはり、二階に住んでいた女性二人だけじゃなかった——」

尾島が呟きながら何度も頷いた。


尾島が監察医の大谷無常を訪問した翌々日、九月三日木曜日の午後九時十五分——。

尾島到と三鷹署の閑谷一大は、前回と同じ吉祥寺のカラオケボックスにいた。

尾島が命を落としかけた日から四日間、閑谷は「マル能」水田の戸籍と住民票を基に住所を遡《さかのぼ》り、これまでの人生を浮き彫りにするべく一人で捜査を行っていた。そして今夜、新たに判明した事実を報告するため、尾島に連絡してきたのだ。

密談場所として、閑谷は前回と同じカラオケボックスを指定し、尾島も同意した。尾島にしても現時点では警察関係者にも知らせるべきではないと思っていたので、警視庁や三鷹署の会議室は避けたかった。だとすれば密談するには、喫茶店などよりカラオケボックスのほうがはるかに安全だった。

閑谷は半透明なドアの個室に入ると、室内に流れている音楽の音量を上げ、サンドイッチやパスタや唐揚げ、それにまたハニートーストを注文した。そして、それらを届けに来た店員がいなくなるのを待って、慌ただしく報告を始めたのだった。

「水田の実の両親は、籍を入れてなくって、正式な夫婦じゃありませんでした。つまり内縁関係で生まれたのが茂夫で、水田という姓は母親の姓です」

サンドイッチを口に運びながら、関谷は喋り続けた。

「当時小金井署で、父親の死亡事故を調査された方に会ったんですけど、父親の木下《きのした》康男《やすお》は暴力事件や賭博の前科もある札付きで、家庭でも内縁の妻と息子の茂夫に対し、常習的に暴力を振るっていたようです。小金井市役所にも、母親が配偶者暴力に関する相談窓口に通っていた記録がありました」

関谷は、母親の供述書のコピーを尾島に差し出した。父親が死んだ当日、内縁の妻であった水田の母親・水田幸恵《さちえ》は、小金井署の警察官にこう供述していた。


内縁の夫・木下康男は、その日も酒に酔った状態で帰宅し、金をよこせと言った。私がお金はないと言うと、夫は私の鞄を取り上げて中を漁《あさ》り、生活費の入った財布を見つけると、すぐに家を出ていった。私は夫を追いかけて通路に走り出て、しがみついて財布を返してくれるように頼んだが、夫に顔を殴られ、泣く泣く諦めた。

夫は千鳥足で団地のコンクリートの階段を降りようとしたが、酒のせいで足を踏み外したのだろう、大きな音を立てて階段を転げ落ちた。私が急いで階段の降り口に駆け寄って見下ろすと、夫は踊り場で不自然な姿勢で転がっていた。目は開いたままで、頭から血が大量に流れていたので、ああこれは死んだのだと思った。

振り返ると、七歳になる息子の茂夫が、ドアの前に立ってじっとこっちを見ていた。

私は息子に「こっちに来ちゃダメよ」と言って、急いで部屋に連れて帰り、電話で一一〇番して夫が死んだことを伝えた。

尾島の脳裏に、家を出ていく父親の背中をじっと睨んでいる男児の姿が浮かんだ。その幼い目には、自分たちの生活費を奪った父親への憎悪が燃え上がっていた。

「水田は、家の金を取り戻すために父親を殺そうと考え、心臓を止めたのか？　そして、急に心臓が止まった父親は、階段で足を踏み外し、転落した——」

尾島が呟くと、閑谷も頷いた。

「その可能性が大です。父親が転落する瞬間を、階下から階段を昇ってきた住人が目撃しており、事件性はないと判断され、型通りの検視だけで解剖も行われませんでした。心臓が停止した可能性など誰も疑う筈もなかったんです。仮に、心臓に異常が起きていたことがわかったとしても、息子の茂夫が止めたとは誰も思わなかったでしょうけど」

続いて閑谷は、水田の母親の死について府中警察署に残る記録を報告した。

夜二十二時三十二分、立川《たちかわ》市にある多摩《たま》災害救急情報センターに、男児の声で「お母さんが、玄関で急に倒れた」という一一九番通報が入った。

男児に聞いた住所から東京都府中市のアパートの一室を特定し、救急車が急行すると、男児の母親である水田幸恵（三十五歳）が玄関の三和土に倒れていた。

母親はすでに絶命しており、到着した救急救命士は急性心臓死と判断した。遺体は現場で警察の検視官による検視を受け、やはり急性心臓死であることが確認された。


「この男児というのが、水田茂夫です」

閑谷が補足した。

「玄関の三和土で――」

思わず尾島が呟くと、閑谷も頷いた。

「ええ。山崎亜矢香と同じ死亡場所です。死因も同じく急性心臓死です」

「だが、水田が殺《や》ったとして、水田はなぜ実の母親を殺したんだ？」

父親はともかく、母親は水田の庇護《ひご》者であった筈なのだ。

「小金井署によると、母親の心臓死が労災にあたるかどうかを調べるため、母親のパート先のスーパーで同僚だった女性に勤務状況を聞いているんですが、その女性が気になることを証言していました」

関谷は小金井署でコピーした供述書を尾島に見せた。

幸子さんは、スーパーに出入りする鮮魚商の男性に結婚を申し込まれ、悩んでいた。その男性は奥さんと死別して子供もおらず、真面目で性格も温厚なため、幸子さんも結婚に前向きだった。ただ、幸子さんの息子は再婚を嫌がっていたようだ。亡くなる前日、頑張って息子を説得すると言っていたが、結婚を前にして気の毒なことだ。


「わからないな」

尾島は眉を寄せた。

「ろくでもない父親を殺したのはいいが、そのせいで水田親子は母子家庭になった。収入は相変わらず少なく、学校でいじめに遭っていた可能性もある。その水田が、母親の再婚に反対する理由はないように思えるんだが。稼いでくれる父親ができるし、母子家庭でもなくなるんだから」

すると関谷がぽつりと呟いた。

「僕は、少しだけわかるような気がします」

「どういうことだ？」

尾島が聞くと、関谷はこう言った。

「水田は、母親を独り占めしたかったんじゃないでしょうか」

「独り占めしたかったから、殺した？」

尾島は困惑し、首を左右に振った。

「意味がわからない。殺してしまったら独り占めもできないだろう」

「つまり、母親に裏切られたと思ったんですよ」

テーブルの上に目を落としたまま、閑谷が言った。

「この世に味方なんか誰もいない、自分と母親の二人だけで生きていこう、そう覚悟を決めていたのに、母親が他の男に愛情を注ぐ姿を見たから。自分はいつか母親に捨てられる、この世にたった一人になると絶望したから」

閑谷は顔を上げて尾島を見た。

「もしかすると、二階に住む女性二人を殺したのも、浮気の現場を見て自分を裏切った母親を思い出し、怒りがこみ上げてきたからじゃないでしょうか」

尾島も閑谷を見た。閑谷は真剣な表情をしていた。

もしかすると、閑谷一大もまた、母子家庭で育ったのだろうか――？　尾島はそんな想像をした。そう言えば尾島は閑谷について、三鷹署の生活安全課に勤務する警察官だという以外のことは知らない。私生活については何も知らないのだ。

――だが。

「だがイチ。それは母親を殺してよい理由にはならない。ましてや、無関係な女性二人は論外だ」

「わかってます。トウさん」

閑谷は表情を引き締め、頷いた。

「どんな理由があろうと、殺人を肯定することはできません。それに水田は、自分を引き取ってくれた伯父夫婦までも殺害した可能性が大です」

閑谷は、今度は水田の家で起きた火災の記録を差し出した。

八歳の時に母親を亡くした水田茂夫は、母親の兄である伯父夫婦に引き取られた。伯父夫婦には子供がいなかったため、水田を翌年養子にし、実の息子のように可愛がっていたという。

ところが今から六年前、二月八日深夜二時頃、その伯父夫婦の家が火事になった。

伯父は喫煙者で、出火場所が一階の伯父夫婦の寝室だとわかったことから、煙草の火の不始末が原因と推定された。伯父夫婦は、一酸化炭素中毒を起こしたせいで逃げ遅れて焼死したものと見做された。二階で寝ていた水田茂夫だけが、窓から隣家の屋根に逃げて無事だった。

「そして一人生き残った水田茂夫は、家屋の火災保険金と伯父夫婦の生命保険金を手にし、土地を相続して、二階が賃貸物件になるように家を新築した——」

尾島が呟くと、閑谷が頷いた。

「この出火の原因が、伯父の煙草だという確証はありません。水田の能力をもってすれば、二階から伯父夫婦の布団にライターなどで着火することも簡単だったでしょう。その前に水田は、伯父夫婦が脱出しないよう、心臓を止めて殺していた可能性が大です。伯父夫婦のご遺体は全身が炭化していたので、死因が確認できていません」

尾島が閑谷に聞いた。

「養父母である伯父夫婦を殺した理由は、何だろうな？」

「考えられるとしたら」

閑谷は慎重に答えた。

「市山不動産の社長も言っていたように、水谷は一流大学に受かる頭脳がありながらも、定職にも就かず、部屋に引きこもっていました。伯父夫婦は将来を心配して、毎日のように進学しろ就職しろとうるさく言っていたでしょう。その結果伯父夫婦は、水田にとって邪魔で鬱陶《うっとう》しい存在となり、ある日、何かの言葉で限界を超えた――」

閑谷は自分の想像に耐えられず、顔を左右に振った。

「でも、まさか、育ててもらった養父母を殺害するなんて」

おそらく、それが正解だ――。尾島は確信した。

閑谷は、水田が母親を殺害した理由を「母親を独占したかったから」と想像した。

確かに、誰かに奪われるくらいならいっそ自分の手で、という心理状態で人を殺すこともあるのかもしれない。

だが、尾島はもう一つの可能性を考えていた。それは水田がＡＳＰＤ、つまり「反社会性パーソナリティ障害」だという可能性だ。これは病気ではなく、社会的価値基準を外れた思考傾向を指す言葉で、刑事責任能力はあるという考えが一般的だ。

ＡＳＰＤは、小児期または青年期から成人期まで、継続的に反社会的な行動パターンを示す。具体的には人間や動物への暴力、窃盗、虚言、規律違反、家庭や職場に対する無責任行動などで、殺人に至る場合すらあるという。そんな人間が確かに実在することを、尾島はこれまでの刑事人生でよく理解していた。

それに加えて水田はマル能、即ち背理能力者だ。いつでも離れた場所から「簡単かつ安全に」人を殺すことができる。それゆえ水田は、殺人という禁忌へのハードルが、他の人間よりもかなり低いのではないだろうか？

さらに水田は、子供の頃から他人にはない能力を持っていることを自覚しており、そのことが他人への優越感、言い換えれば他人の軽視や蔑視に繋がったのではないか？　その結果、水田は「自分は人間よりも遥かに優れた存在」で「人間に罰を与える資格がある」という驕《おご》りに達したのではないだろうか？

父親は、自分と母親の生活費を奪い取る人物だったから殺した。

母親は、父親とは別の男と交際を始めたふしだらな女だから殺した。

伯父夫婦は、いつも口うるさく説教する鬱陶しい存在だった。それに二人が死ねば、家や財産の他にも生命保険金が自分のものになる。それが火事による焼死なら火災保険金も入り、自分の欲望を満たす家が新築できる。だから失火を装って殺した。

覗くために造った二階、その賃借人となった女性二人を、自分の母親を想起させるからだろうか、男性関係にだらしないという理由で殺した――。

そして尾島は、水田が取調室を出る前に言った言葉を思い出した。

――刑事さん、あんたの考えてた通りだよ。四年前とひと月前、僕は二階を貸していた女を二人殺した。今、あんたにやったのと同じように心臓を止めてやったんだ。でも僕、知ってるんだ。あんたたち警察は、僕を逮捕できない――。

身体中に激しい怒りが湧き上がり、思わず尾島は身震いした。

水田茂夫は、自分の能力が何よりも犯罪に適していることをよく知っている。そして、能力を使って犯罪を行えば、水田の犯行であることを証明できないことも知っている。つまり、誰であろうと自分を裁くことは絶対にできないと思っているのだ。

どうすればいいんだ――。尾島はぎりぎりと歯嚙みしながら必死に考えた。

まず第一に、そもそも裁判所から逮捕状が取れるのだろうか？

逮捕状を発布《はっぷ》してもらうには、警部以上の階級の者が、裁判所宛に「逮捕状請求書」を提出しなければならず、かつその書類には「被疑者が罪を犯したことを疑うに足りる相当な理由」を記入しなければならないのだ。常識的に考えれば『奇妙な能力を使って人を殺した』などという主張は、犯行の説明とはなり得ない。

第二に検察官の存在。尾島が殺されかけた映像を見せて説明すれば、警察の同僚や上司は背理能力者の存在を信じてくれるかもしれない。だが、検察官はどうだろうか？　逮捕しても、能力の存在自体が認められなければ、構成要件不該当で不起訴処分となる可能性が大きいのではないか？

第三に民間から招集される裁判員の存在。殺人は「死刑又は無期の懲役若《も》しくは禁錮《きんこ》に当たる罪」に該当する刑事事件なので、地裁での裁判は裁判員裁判となることが定められている。つまり裁判になったら、一般市民から集められた裁判員が参加するのだ。市井の人々が背理能力者の存在を信じてくれるだろうか？

いや、それよりも、背理能力者の存在をどこまで世の中に拡散していいのだろうか？　この世に奇怪な能力で人を殺す者がいるという事実は、社会に大きな衝撃と動揺を生むのではないだろうか？

第四に傍聴人の存在。裁判は公開を原則とし、何人《なんぴと》であれ傍聴が許可されている。裁判に傍聴人が入れば、裁判員と同じ問題が生じる。即ち、背理能力者に関する情報をどこまで秘匿《ひとく》し、どこまで一般に公開するかという問題が生じる。

そして第五に裁判官の存在。法に厳格な裁判長であればあるほど、現行法と判例に照らし合わせた結果、証拠不十分で無罪判決を出すのではないか。検察側も被告人側も裁判官を選ぶことができない以上、どんな裁判官に当たるかわからない。しかし、誰が出てこようと有罪を勝ち取らねばならない——。

これは最早、一介の刑事の手に余る問題なのではないか——?

尾島は暗澹たる思いになった。果たして背理能力による犯罪は、即ち背理犯罪は、現行の法律で裁くことができるのだろうか?　警察という組織のみならず、検察も裁判所も弁護士も、司法に携わる全ての者が初めて直面する事態なのだ。

「俺の力では、どうやっても無理だ」

尾島は力なく首を振った。

「現在の法律はマル能の存在を想定していない。ということは、現在の司法システムもまたマル能の存在には対応できないということだ」

「どうしようもないんですか?」

閑谷が苛立ちを隠さず、尾島に迫った。

「六人を殺したホシが手の届くところにいるってのに、僕たちは黙って指を咥《くわ》えているしかないんですか?　殺された人たちの無念を晴らすことはできないんですか?」

「――いや」

尾島は顔を上げた。

「俺の力じゃ無理なら、力を持った人を動かせばいい。そして司法の中に、マル能を逮捕し、立件し、公訴し、有罪にしたという事実を残すんだ。次に起こる背理犯罪に備える意味でもな」

閑谷は緊張した。

「また、こんな事件が起こるって言うんですか？」

尾島は確信と共に頷いた。

「俺はたった一月かそこらで、水田と高山という二人の背理能力者に遭遇した。ということは確率的に、背理能力者は一定数以上存在すると考えるべきだろう。そして、背理能力者はその背理能力ゆえに、全てが犯罪者予備軍と考えていい。次の背理犯罪が起きないと考えるほうがおかしい」

閑谷が呟いた。

「背理能力者は、全てが犯罪者予備軍なんでしょうか」

「そう考えて、準備をしなければならない」

頷きながら尾島は、高山宙という背理能力者の言葉を思い出していた。

――能力って、本来はそんなに役に立つものじゃないんですよ。物を持ち上げたければ手を使えばいいし、壁の向こうが見たければ、ドアを開けて壁の向こう側に行けばいい。誰かと意思を疎通したければ、その相手と話せばいい。でもね、あることに限っては、絶大な効果があるんです。犯罪ですよ――。

背理犯罪は必ずまた起きる。――いや。誰も気が付いていないだけで、これまでにもきっと起きている筈だ。そう尾島は確信した。

ならば、彼らマル能を裁く司法システムを作らねばならない。一体どうしたらいいのかはわからない。だが、取り敢えず動くしかない。

「イチ、頼みがある」

尾島が言うと、閑谷は背筋を伸ばして座り直した。

「はい！」

「水田が行ったと思われる六人の殺人について、時系列で報告書を作成してくれ。それから、三鷹署の取調室で録画したあの映像。水田が能力を使った場面と、能力と殺人を認める発言をした場面をコピーしてまとめてほしい。俺は再検死後の死体検案書と、自分の体験をもとに報告書を作る」

「わかりました！　すぐに！」

勇んで頷く閑谷を見ながら、尾島も頷いた。

「警察、検察、裁判所、その全てを動かすしかない。頼むぞ、イチ」

そして尾島は、まず身内である警視庁を動かす方法を考え始めていた。

17　始動

尾島到が木製のドアをノックすると、中から威圧感を帯びた野太い声が聞こえた。

「入れ」

失礼します、と言って尾島が中に入った。

奥の木製事務机に座っている恰幅のいい男が、書類から目を上げて尾島を見た。高級そうな生地のダークグレーのスーツ、同じくグレー系のストライプのネクタイ。目にも、薄いグレーのレンズの眼鏡。

「七係の尾島だな？」

眼鏡越しに男が尾島を睨んだ。尾島は直立不動の姿勢で答えた。

「はい。尾島到警部補です」

「おう。そこに座れ」

机の前には、焦茶色《こげちゃ》をした重厚な本革張りのソファーセットがあった。尾島は会釈すると、三人掛けソファーの中央に座った。机に座っていた男も立ち上がり、向かいのソファーに腰を下ろし、背もたれにどさりと全身を預けた。

「全く、とんでもねえヤマを持ち込んできやがって――」

向かいに座った男が、疲れたような声を出した。

「お忙しいところ、朝っぱらからすみません」

そう言いながら尾島は、ソファーの向かいに座っている男、即ち警視庁刑事部捜査第一課長の巌田《いわた》尊《たける》警視正に向かって頭を下げた。


九月七日月曜日、午前九時――。

尾島がやってきたのは、巌田捜査第一課長の個室だった。

刑事部の中でも、殺人や強盗などの強行犯を扱う捜査第一課の課長は、慣例としてノンキャリアの叩き上げ刑事が昇格する。巌田もその例に漏れず、十八歳での入庁以来、捜査第一課の名物刑事として鳴らした男だった。よって、課長に昇りつめた五十一歳の今も、言葉の端々に管理職らしからぬ伝法な言い回しが残っている。

捜査第一課は、およそ四百名が在籍する大所帯だ。巌田課長の刑事時代、尾島は同じ係になったことはなく、捜査本部が置かれた時に捜査の報告をしたくらいで、面識はないと言ってもよかった。しかしさすがに捜査第一課長で、捜査員全員の名前と顔、それに所属は把握しているようだった。

巌田課長が吐息とともに喋り始めた。

「昨晩、二十三時に自宅に帰ったら、お前からの荷物がバイク便で届いてた。なんだろうと思って開けたら、三鷹で起きた事件《ヤマ》に関するお前の分厚い報告書と、ＵＳＢメモリだった。明日の午前中に相談したいから、今晩中に全部目を通しておけってお前の手紙も一緒にな」

「はい」

「しょうがねえから全部読んで、映像も観たよ、丸一時間かけてな。そうしたら一睡もできなくなった。お陰で今日は寝不足だ」

　巌田課長はわざとらしく大あくびをして見せた。

「すみませんでした。ですが」

　尾島は深々と頭を下げたあと、巌田課長を見た。

「これは警察と検察、それに司法を根幹から揺るがす案件ですので、極秘に対処すべき事案と判断しました。メールだと情報漏洩《ろうえい》の可能性があり、席に届けたら他人に見られる可能性もありますので、ご自宅にバイク便で資料一式を送りました。まことに恐縮です」

「警察と検察と司法の存在を、根幹から揺るがす案件、か――」

　巌田課長は呟くと、納得したように小さく数回頷いた。

「だからお前、係長も管理官も理事官もすっ飛ばして、いきなり俺んところに直訴してきたって訳か」

「はい。本件は、巌田課長に直接ご相談するべき案件だと判断しました」

巌田課長は無言でポケットからショートホープの箱を取り出すと、中の一本を唇に挟んだ。そしてテーブルの上にクリスタル製ライターが置いてあるにも拘わらず、ポケットから使い捨てライターを取り出して火を着けた。警視庁本部庁舎は喫煙所を除いて全館禁煙だが、役職者の個室に限っては喫煙が黙認されている。

「今朝、七係の山野《やまの》を捕まえて、尾島到ってのはどんな奴か聞いてみた」

山野警部は第七係長、尾島の直属の上司だ。

「そうしたら山野の野郎、こう言いやがった。尾島は堅物というか融通が利かないというか、気の利いた冗談の一つも言えない、クソ真面目で面白くない男ですってな」

「すみません」

「だから、困ってるんだ」

巌田課長が何度目かの溜め息をついた。

「あのUSBメモリに入ってた映像、あれが俺を担ぐためにお前が作った特撮映画じゃなくて、本物の録画映像だってことになっちまうからな」

巌田課長は、あっという間に一本の煙草を吸い終わり、洗面器のようなクリスタルの灰皿で揉《も》み消すと、難しい顔で二本目に火を着けた。

その巌田課長を見ながら、尾島が聞いた。

「では課長、信じてもらえたのでしょうか？」

　巌田課長はしばらく無言だったが、ようやくぽつりと呟いた。

「こんな化け物が、本当にいるとはな」

　苦虫を嚙み潰した顔で、巌田課長は独り言のように続けた。

「何の道具も使わねえで、離れた場所にいる人間を殺された日にゃあ、証拠もへったくれもあったもんじゃねえ。しかも、堂々と自分が殺《や》りましたとほざいていやがる。裁判になっても立証不能で無罪になると知ってやがるんだ。いや、裁判どころか、立件も起訴も、下手すりゃ逮捕すらできないかもしれねえ」

　信じてくれたのだ――。尾島は内心でほっと胸を撫で下ろした。自分が殺されそうになった映像を含め、ありったけの資料を添えてはいたが、巌田課長が背理能力者の存在を信じてくれるかどうかは、見当も付かなかった。やはり、大谷が追記してくれた死体検案書の力だろう。尾島は変人の監察医に心の中で感謝した。

「――で」

　思い直したように、巌田課長は尾島の顔を見た。

「お前、この人殺し野郎をどうするつもりだ？」

「逮捕して、裁判にかけたいのです」

その質問を待っていたかのように、尾島が答えた。

「犯人《ホシ》の水田茂夫は、わかっているだけでも両親と伯父夫婦を含め、全部で六人を殺害したと思われます。私は水田にこの罪を贖《あがな》わせたいのです。どうしたら水田を逮捕し、立件し、起訴し、裁判に持ち込んで有罪にできるのか。それを巌田課長にご相談しようと思い、あの映像と報告書を――」

「あのなあ」

尾島の言葉を遮ると、巌田課長は心底呆れたという顔になった。

「お前、俺の今の話を聞いてなかったのか？　たった今、立件と起訴どころか、逮捕すらできねえかもしんねえって言っただろうが」

「はい。ですが、巌田課長は現役の刑事時代、ご自分で逮捕された被疑者は一人残らず検察官に起訴させたと伺っておりますから、何かいい方法をご存じではないかと」

巌田課長は嫌そうに顔をしかめた。

「人聞きの悪いことを言うんじゃねえ。俺が東京地検を脅してたみてえじゃねえか」

「すみません。でも、私は水田をどうしても法廷に引きずり出したいのです」

巌田課長はしょうがないという顔で腕を組み、目を閉じた。そのまま無言でしばらく考えていたが、やがて目を開いて尾島を睨んだ。

「こいつを裁判で有罪にしたいのなら、背理能力って奴のことは、忘れろ」

巌田課長はきっぱりと言った。

「背理能力って奴については、俺だって今も半信半疑なんだ。ましてや検察官や裁判官が信じてくれるとは思えねえ。背理能力なんて言葉を持ち出したが最後、東京地裁は逮捕状を出してくれねえだろうし、逮捕しても検察官は鼻で笑って立件も公訴もやらねえだろうし、裁判に持ち込めたとしても、裁判長は証拠不十分で無罪と言うに決まってる」

　確かに水田も、動画サイトに能力を使ってみせる動画を投稿したが、誰も信じないどころか罵倒《ばとう》を浴びせられたと言っていた。世の中の人にとっては超常的な能力など、笑う価値すらもない、ただの下らない悪ふざけにしか映らないのだ。

　尾島が巌田課長に確認した。

「つまり課長は、背理能力の存在に一切触れないまま、情況証拠だけで進めるべきだと仰るんですか?」

「そうだ。それが最も現実的な方法だ」

　巌田課長は頷いた。

「少なくともひと月前の女性の死については、他殺の可能性が高いと書かれた死体検案書がある。背理能力に触れない以上、殺害方法は不明ってことになるが、水田には動機があるし、情況的に水田が犯人ではないとしたら合理的な説明がつかない。それに水田自身も殺害を認めている。よってホシは水田である――。この情況証拠の積み重ねで強行突破を狙うしかかねえ」

「四年前の女性と両親、それに伯父夫婦という五人の犠牲者はどうなります？」

尾島が聞くと、巌田課長は苦しそうに首を横に振った。

「お前も知っての通り、両親殺害時には水田は刑事年齢に達していねえ。残る過去のコロシについては死体の再検死もできねえから、情況証拠があまりにも弱い。残念だが諦めるしかねえだろう。だが、水田が他にも五人を殺した可能性がでかいってことは、裁判官の心証上、判決にも量刑にも必ず有利に働く筈で――」

「駄目です」

尾島が強い口調で、巌田課長の言葉を否定した。

「はあ？」

目を見開いた巌田課長に、尾島は硬い表情で続けた。

「水田の背理能力を隠して裁判を進めるなどできません。それに他の五人を殺害した罪を見逃す訳にはいきません。父親、母親、伯父夫婦、それに賃借人の女性二人の計六人が水田に殺された。この事実に基づく裁判で、水田の有罪判決を勝ち取らねばなりません」

「そりゃあ、無茶だ」

巌田課長は肩をすくめると、革製のソファーに背中をどさりと預けた。

「どうしてお前は、わざわざ危ねえ橋を選んで渡ろうとするんだ？　水田って野郎を有罪にしたくねえのか？」

そして巌田課長は身を乗り出すと、なだめるように言った。

「なあ尾島、奴《やっこ》さんをパクってムショにぶち込みたいんだろう？　だったら背理能力なんてものは忘れろ。現実的に対処するんだ」

尾島も身を乗り出して反論した。

「しかし課長。あの映像でおわかりでしょう、背理能力者は本当にいるのです」

「それはわかる。しかし証明は無理だ」

「しかも、背理能力者は水田一人ではありません。大勢います」

尾島の言葉に、巌田課長は思わず絶句した。そして、しばしの沈黙ののちにようやく巌田課長が口を開いた。

「大勢って、どれくらいだ」

「わかりません。ですが、決して少なくない数だと思われます」

閑谷にも話した通り、わずか一ヵ月で高山宙と水田茂夫という二人の背理能力者に出会った尾島は、確率的にかなりの数の背理能力者が存在すると考えていた。そして――。

「そして最大の問題は、彼らは全員、潜在的な犯罪者予備軍たり得るということです。つまり、彼らによる犯罪が続発する可能性が極めて高いのです」

「犯罪者、予備軍――」

呻《うめ》いた巌田課長に、尾島は大きく頷いた。

「そうです。壁の向こうが見えれば覗きたくなるし、念じるだけで人を殺せるのなら、人を殺したくなってもおかしくない。そして、彼らの持つ背理能力が最も効果を発揮するのは、何よりも犯罪を実行する時なのです」

それは背理能力者である高山自身が言っていたことだった。

「水田のような力を使う犯罪者は、必ずまた出現します。そして、全ての犯行が情況証拠だけで押し切れるとは到底思えません。しかし、警察と検察と裁判所が背理能力の存在を認め、その前提で有罪判決を下したという事実を判例として残しておけば、今後も速やかに対応できます。だから、今こそ正面から水田の事件に当たるべきなのです」

巌田課長は無言だった。尾島は続けた。

「おそらくこれまでにも、彼らの起こした殺人事件はいくつもあった筈です。しかし誰も彼らの存在に気付かなかったため、事故死や病死として処理され、彼らに捜査の手が及ぶことはなかったのです。あのご覧頂いた映像は、彼らが私たち警察の前に姿を現した初めてのケースであり、彼らが確かに存在するという、たった一つの証拠なのです」

巌田課長はなおも口を閉ざしたままだった。

尾島も無言のまま、磐田課長の言葉を待った。

そしてようやく、磐田課長が口を開いた。

「つまりこいつらが、『〇号事案《ゼロごうじあん》』の正体だったって訳か――」


初めて聞く言葉に、思わず尾島は首を傾げた。

「〇号、事案？」

巌田課長が尾島に質問した。

「尾島お前、特命を知っているな？」

特命とは、正式名称は特命捜査対策室。過去の重要未解決事件、俗に言う「迷宮入り事件」の捜査を行う部署だ。

「はい、存じております」

なぜそんなことを聞くのだろうと思いながら、尾島は答えた。

「二〇一〇年から殺人罪の公訴時効が廃止されることが決定した時、それを見越して重要未解決事件を継続捜査する専任チームとして、前年の二〇〇九年、捜査第一課内に設置された部署です」

「そうだ」

巌田課長は頷いた。

「そして、特命のこれまでの分析によれば、殺人事件が未解決となっている要因は、大きく四つに分類される」

巌田課長は、その一号から四号までの分類を列挙した。

一、捜査の不備による証拠の散逸《さんいつ》。
二、事故死・病死との誤認。
三、予断による冤罪《えんざい》。
四、犯人による巧妙な隠蔽《いんぺい》。

「しかし、一号から四号のどれにも該当しない事案というのが、どうしても残る。殺人、事故死、病死のどれであるとも断定できない死亡事案だ。これを特命では、〇号事案と呼んでいる。それらは便宜上、事故死か病死のどちらかとして処理され、ただ事例の蓄積だけを続けている。要するにそのまま塩漬けにしてある訳だ。——だが」

巌田課長の目が光った。

「世の中には、常識では考えられない殺し方をする奴がいる、その前提で考えれば、〇号事案の中のいくつかが、いや、ひょっとすると大部分が、そいつらの犯行かもしれねえ」

巌田課長の説明に、尾島は自分の鼓動が速くなるのを感じた。

殺人、事故死、病死のどれであるとも断定できない事案――。まさにそれこそが、背理能力者による殺人ではないのか？　今回の水田による殺人こそが、初期捜査では危うく病死として処理されてしまうところだったではないか。

そう言えば、大谷も――。尾島には思い当たることがあった。死体の検死をしてくれた監察医の大谷無常だ。背理能力のことをパラノーマル・アクティビティと英語で呼ぶなど、もともと背理能力に関心があったことを匂わせたが、監察医という立場上、〇号事案の存在を知っていたからではないのか。

「その〇号事案というのは、どれくらいの数が確認されているんですか？」

尾島が聞くと、巌田課長は肩をすくめた。

「俺も具体的な数は把握していねえが、十数件というところだろう。無論、東京都内で発生した事案に限られるから、全国ではもっと多いだろうがな。そして、もし〇号事案の全てがお前の言うマル能の犯行なのだとしたら。いや、数十件のうち一つでもマル能による殺人が含まれているのであれば」

　巌田課長はそこで言葉を切ったあと、腹を括った顔で続けた。

「これは千載一遇のチャンスかもしれねえ。これまでは塩漬けだった〇号事案の中に、ようやくホシの尻尾を捕まえたケースが出てきたんだ。今お前が握ってる尻尾を離したが最後、背理能力者とかいうネズミは、二度と姿を現さないかもしれねえ」

「じゃ、じゃあ」

　思わず身を乗り出した尾島に、巌田課長は大きく頷いた。

「俺はこれから、東京地検の三沢《みさわ》に連絡を取る」

　雄島は緊張した。三沢とは、東京地方検察庁の三沢蓮司《れんじ》刑事部長だ。

「我々がかねてより〇号事案と呼んでいた事案が、背理犯罪であったと思われること。今回新たな背理犯罪の発生を確認したこと。背理犯による犯罪が今後も続発するという前提で、逮捕、立件、公訴を行う必要があること。そしてこれは、社会の混乱を防ぐために極秘で行う必要があること。以上を伝え、警察との連携を要請する」

　山が動いた――。尾島は興奮を抑えられなかった。いよいよ水田を裁くために警察と検察が動き出したのだ。

「尾島」

　厳しい声に、尾島は背筋を伸ばした。

「はい」

「東京地検刑事部から本件の担当者を一名選出してもらう。その担当検事からお前に直接連絡させる。逮捕から公判まで相談しながら進めろ」

「了解しました」

尾島は頷いた。警察にできるのは、捜査して証拠を挙げ、被疑者を送検——検察庁に送るまでだ。そこから先、裁判で判決が下るまでは全て担当検事の仕事になる。

「それから閑谷と言ったか、お前と組んでる三鷹署の若《わ》けえのも、引き続き捜査に参加させろ。本案件を知る人間はできるだけ増やしたくねえ。三鷹署には俺から言っておく」

「ありがとうございます」

尾島は深々と頭を下げた。閑谷一大は、今回の事件を最初から捜査していた男だ。少々頼りないところはあるが、フットワークが軽く骨惜しみしない人物だ。尾島としても閑谷がいたほうが何かと心強い。

「それから尾島、お前に言っておく」

「は」

「水田と対面する時は、必ず拳銃《チャカ》を携行しろ」

巌田課長は厳しい顔で尾島の目を睨みつけた。

「今度心臓を止められたら助からねえぞ。いいな」

「承知しました」

尾島は緊張しながら、巌田課長に向かって深々と頭を下げた。

18　毎水《うみ》

目が覚めると、見慣れた板張りの天井が見えた。

この家を新築した時、お母さんがこだわったという綺麗な木目の板。それを支える三本の太い梁《はり》。真ん中の梁から下がっている、古めかしい木製のシーリングファンライト。お父さんがアメリカのサイトで見つけて買ったというアンティークだ。四枚の羽根がゆっくりと回っている。あたしの頰にもかすかに風が漂ってくる。

つまりここは、あたしが生まれてからずっと住んでいる自宅の居間だ。そしてあたしはいつものように、大好きなソファーの上で仰向けに寝転がっているのだ。

なああんだ――。

あたしは寝惚《ねぼ》けた頭でぼんやりと考えながら、安堵して大きく息を吐いた。

どうやらあたしは、居眠りをしていたみたいだ。居間のソファーは大きくて寝心地がいいから、あたしはいつもここに寝転がっている。ざっくりしたファブリックの座面は少しざらざらするけれど、それがまた手足に気持ちいい。

お休みの日には、このソファーの上で本を読みながらごろごろしている。平日も学校の部活から帰ると、お母さんが晩御飯を作っている間、このソファーに寝転がってテレビを見ている。

そうしていると、包丁で野菜を切るリズミカルな音や、炒め物や揚げ物を作る音が聞こえてくる。お料理の美味しそうな匂いも漂ってくる。そのうちお父さんも会社から帰ってきて、お料理のつまみ食いをしようとして、お母さんに叱られて——。

——お父さん？　お母さん？

両親のことを考えた途端、あたしはぞくりと寒気を感じた。なぜか急に、とても強い不安に襲われたのだ。まるで心臓が締め付けられるような、裸のまま冷水に入れられたような不安。

あたしはどうして、こんなに不安なのだろうか？　まるで大事なテストの日に寝坊して起きた時みたいな——。

いや、あたしが感じているのはもっともっと強い焦り。まるで何か大事なものを忘れて出掛けてしまったような、絶対に取り返しのつかない、とんでもない失敗をしてしまったような——。

あたしはソファーから身体を起こすと、床の上に立ち上がった。そして、シーリングファンライトが明るく照らしている居間を眺めた。

そして、あたしを襲った強い不安の正体を知った。

居間のフローリングの床が、真っ赤な血で染められていた。

いや、床だけではなくテーブルや椅子や液晶テレビや、ところによっては白い壁や木製の食器棚にも、飛び散った赤黒い血がべっとりと付いていた。その食器棚やテレビボードは、全ての扉や引き出しが開け放たれ、中身が床にぶちまけられていた。割れたティーカップや花瓶の破片も、床の血溜まりの中に散らばっていた。

そしてその中に、やはり血まみれのマネキン人形のようなものが二体、捻れた格好で転がっていた。一体はワイシャツに縞のネクタイを締め、グレーのパンツを穿いた大柄な男性の人形。もう一体は、ピンクのサマーニットにベージュのスカート、胸当ての付いた白いエプロンを着た女性の人形。

夢遊病者のようなおぼつかない足取りで、血の海のようなフローリングを踏みながら、あたしはゆっくりと床に倒れている人形に歩み寄った。そして立ったまま二体の人形をじっと見下ろした。あたしの口から小さな、しわがれた声が漏れた。

「お父さん？　お母さん？」

どちらも人形ではなかった。人形のように真っ白い顔で、両目を開けたまま、息もせず、動きもせず、血まみれで床に転がっているのは、本当に馬鹿げたことにあたしの大好きな両親だった。

気が付くとその向こうに、目出し帽を被った男の人が三人、やはり不自然に捻じくれた姿勢で転がっていた。三人もまた全く動く気配もなく、顔の周囲の床には、口と鼻から流れ出したらしい大量の血が広がっていた。

やっぱりこれは、夢なんだ。あたしは自分の考えに納得した。だって、こんなひどいことが現実に起きる筈がないから。だからこれは悪い夢に違いないのだ。

そうだ。もう一度、あのお気に入りのソファーに寝転がって少しだけ眠ろう。そうすれば、あたしはいつもの現実に戻れるのだ。

とんとんとん、という包丁の音であたしは目を覚ます。お母さんの作るお料理と、ご飯の炊けるいい匂いが漂ってくる。お風呂から上がったお父さんが、濡れた頭を拭きながら部屋着姿でキッチンにやってきて、カウンターに置いてある出来たてのお惣《そう》菜《ざい》に手を伸ばす。その手をお母さんがぱしりと叩く。そんな日常の中に戻れるのだ。

そしてお母さんは、あたしが目を覚ましたことに気が付いて笑いかける。

「あら、うみちゃん。起きたの。お腹すいたでしょ？　もうすぐご飯よ」

うん、そうに違いない。だから、早くあのソファーで眠らなくちゃ。早く現実に戻らなくちゃ。今見えているものは全部悪い夢の中の出来事、つまり幻に過ぎないのだから。

そう考えながらあたしは、ふと足元の床を見た。お母さんがお料理を作る時に愛用している、木製の取っ手が付いた包丁が捨てられていた。その刃には赤黒い血がべっとりと付いていた。

あたしは後ろを振り返った。さっきまでうとうとしていたお気に入りのソファーが見えた。ソファーの座面も血で汚れていた。そしてソファーの背中には、破れた布切れのようなものが引っ掛かっていた。その布切れにあたしは見覚えがあった。あたしの中学校の制服だ。

あたしは自分の身体を見下ろした。あたしは上半身裸だった。スカートは穿いていたがショーツは身に着けておらず、それは左の足首に絡みついていた。その左足の太腿を、つうっと赤い血が一筋伝った。

また強烈な寒気に襲われたあたしは、無意識に両手であたしの身体を抱いた。同時に貧血なのだろうか、くらりと眩暈《めまい》がし、両足からすうっと力が抜けて、血まみれの床にぺたんと座り込んだ。

そのあたしに突然、今日の記憶が蘇ってきた。

夜七時頃、英語の塾から家に帰ってくると、居間に目出し帽を被った数人組の男がいたこと。床はすでに血の海で、両親が不自然な姿勢で転がっていたこと。逃げようとしたけれど男の一人に捕まって、あのお気に入りのソファーの上に組み敷かれ、制服を引きちぎられ、下着を剝ぎ取られながら、あまりの恐怖に気を失ったこと――。

そんな生々しい記憶が、あたしの脳にどっと押し寄せてきた。あたしは全てを否定するために、両耳を押さえ、首を左右に振りながら大声で叫んだ。だが、からからの喉からはかすれた細い声が出ただけだった。

――現実に戻らなくちゃ。

あたしは思い立った。そのために早く、早くソファーで眠らなくちゃ。

あたしは膝に手を突くと、満身の力を込めてようやく立ち上がり、そのままあたしの血で汚れたソファーに倒れ込んだ。そして少しでも寒さをしのごうと、背もたれに貼り付いていた破れた制服をかき集め、身体に纏《まと》った。

急に睡魔が襲ってきた。あたしはほっとした。このままぐっすり眠れば、そして目を覚ませば、あたしはいつもの日常に戻っているんだ。眠ろう、悪い夢は全部忘れて。

そう思いながらも、横になったあたしの両目から涙が溢《あふ》れ出した。

あたしは心のどこかで、これが夢なんかじゃないことを知っていたのだ。

19　対面

「あの、しつこいようですけど、本当にやめたほうがいいと思いますよ?」

運転席の閑谷一大巡査が、バックミラーを見ながら言った。

「あの水田って男は、あなたが考えている以上に危険な人物なんです。トウさんが殺されそうになったところ、証拠映像でご覧になったでしょう?　今ならまだ間に合いますから」

走行中の車の後部座席には、尾島到警部補ともう一人、若い女性が座っていた。閑谷が話しかけた相手は、この女性だった。

ダークブラウンに染めたミディアムレイヤーの髪、蔓《つる》がシルバーのフレームレスの眼鏡。ボトムがパンツのライトグレーのスーツ。白いシャツの襟を上着の上に出している。緊張しているのか背筋を伸ばし、両脚を揃え、両手を膝の上に置いて真っ直ぐ前を見ている。そしてスーツの襟には、朝日に白菊《しらぎく》の花弁を重ねた「秋霜烈日《しゅうそうれつじつ》」のバッジ。

女性は小幡燦子《おばたあきこ》、二十七歳。東京地方検察庁の刑事部に所属する検事だ。巌田捜査

第一課長からの要請を受け、東京地検の三沢蓮司刑事部長から今回の事件の捜査担当と、公判担当の兼任を命じられた。

「危険については、充分に理解しているつもりです」

前を向いたまま、小幡検事が固い声で答えた。

「でも、最初に申し上げた通り、私は水田茂夫という人物に会わねばならないのです。水田に会って、彼が本当に背理能力というものを持っているのか、その能力を用いて覗きという卑劣な行為を行ったのか、そして少なくとも一人、場合によっては六人以上を殺害した人物なのかを、自分の目で確かめたいのです」

声と同様に表情も硬かった。その整った目鼻立ちと相まって、その女性は理性的という以上に、冷たい印象を醸《かも》し出してた。

「疑うのも、もっともだ」

左隣に座る尾島が頷いた。

「俺もそんな奴がいることなど、心のどこかで必死に否定していた。自分自身が殺されそうになるまでは、だが」

尾島もまた、前を向いたまま淡々と喋り続けた。

「残念だが、全て東京地検に提出した報告書の通りなんだ。それに俺は知らなかったが、警視庁《うち》の特命捜査対策室《おたく》でも、今回と同様の事案を『〇号事案』と呼んで二〇〇九年の設立当初からサンプリングしていたという。その中のいくつかが背理犯罪なのかは不明だが、俺はかなりの部分を占めるのではないかと思っている」

閑谷も、バックミラーで後ろを見ながら焦れたように口を挟んだ。

「それに、水田の取り調べの映像をご覧になったでしょう？　そのあとトウさんの心臓には、五本指の痕《あと》のような内出血が残っていたんですよ？　身体の中に手を突っ込んで心臓を摑むなんて、そんなことが普通の人間にできると思います？　トウさんは命を張ってこの証拠を手に入れたんです。これ以上の証拠はないでしょう？」

「尾島さんの提出された証拠に、文句がある訳ではありません」

小幡検事は無表情に頷いた。

「ですが、誰の犯行かを絶対的に証明する証拠など、そもそも存在しないのです」

「証拠など、存在しない？」

尾島が怪訝な顔で聞き返すと、女性は頷いた。

「そうです。あらゆる物証は、全て捏造である可能性を孕《はら》んでいます。あなたたちが提出された映像とX線画像もです。同様に、証人も絶対的な証拠ではあり得ません。仮に、誰かが殺人を実行する現場を尾島さんが目撃して証言されたとしても、その記憶が妄想や幻覚ではないという証明はできません」

「そうやって疑ってたら、きりがない」

呆れたように尾島が言うと、小幡検事も深く頷いた。

「本当にその通りです。ですが証拠とは、ある主張が事実であることを絶対的に証明するものではなく、事実である可能性が高いことを裏付けするものにすぎません。だから私は、自分が事実だと思うことしか事実と認めることはできません」

小幡検事は硬い表情のまま喋り続けた。

「本件の場合、問題は背理能力が存在するかどうかではなく、背理能力が存在すると私が信じ、起訴から公判へと自信を持って進めるかどうかなのです。それを確認するために、私は水田という人物に会わなければならないのです」

理屈っぽい女性だ――。尾島は内心で溜め息をついた。そんなに難しい言い回しをしなくても「自分の目で見たい」でいいじゃないか。尾島はそう思ったが、その考え方自体は支持すべきものだとも思った。

「なるほどですね！」

運転席の閑谷も、感嘆の声を上げながら大きく頷いた。バックミラーの中で、茶髪に入った金色のメッシュがぴょんと跳ねた。

「証拠は証拠じゃないなんて、そんなこと考えもしなかったなあ。さすが検事さんですね、オバさん」

「――オバさん？」

小幡検事は眉を寄せ、バックミラーに映る閑谷を睨んだ。

「ええ。検事さんのお名前、小幡燦子さんですよね？　ニックネームをずっと考えていたんですけど、小幡のオバと燦子のさんで、オバさんがいいんじゃないかと思って。僕たちはもう同じ目的を持つチームなんですから、本名で呼び合うよりも連帯意識が高まると思うんですよね」

背後に座る小幡検事の怒りにも気付かず、閑谷は無邪気に喋り続けた。

「尾島さんは、名前の到を音読みしてトウさん。僕はイチです。一大のイチですね。どうぞオバさんも、遠慮なくイチって呼んで下さい。ね？　オバさん」

小幡検事は能面のような顔のまま、何の反応もしなかった。だが、その両手が膝の上で小刻みにぶるぶると震えていた。それを見た尾島は、慌てて小声で閑谷をたしなめた。

「イチ、オバさんはやめとけ」

不満そうに閑谷が口を尖らせた。

「えー？　どうしてですかあ？　折角思い付いたのに」

「とにかく、小幡さん」

尾島は閑谷を無視して、隣の女性検事に話しかけた。

「俺たち警察官は拳銃を所持している。だが検察官のあんたは持っていない。無論、俺たちはあんたを必ず守るつもりだが、それでも充分に注意をしてくれ」

九月二十一日月曜日、午前七時五十分――。

尾島と閑谷、それに小幡検事は、警視庁の覆面パトカーで東八道路《とうはち》を東に向かって走行していた。

二日前、つまり九月十九日土曜日の午後五時、三人は警視庁捜査第一課の会議室に集合し、顔合わせと今後の手順についての会合を行った。

「この二週間で、尾島さんと閑谷さんが作成された報告書を基《もと》に、こちらでも水田の生い立ちから現在までを再捜査しました」

小幡検事は、水田の父親、母親、伯父夫婦、それに賃借人の女性二人という一連の死亡事案について、水田茂夫の周囲でこれだけ事故死や急性心臓死が連続するのは不自然と言うしかなく、六人全ての死に水田が関与している可能性は限りなく高い、そう結論付けていた。

「ただ、高山宙という能力者の青年には会えませんでした。新宿署に残された住所はすでに転居したあとで、携帯電話も解約されていたのです。是非とも、能力の存在を証明する証人として出廷してほしかったんですが」

小幡検事は残念そうに付け加えた。

高山が消えた――。尾島はその話に少なからずショックを受けた。尾島もまた、水田の事件を首尾よく裁判に持ち込むことができたら、証人として高山の力を借りたいと思っていた。だが高山は、いつの間にか姿を消してしまった。もしかすると、尾島に正体を知られてしまったからかもしれなかった。

しかし、今となっては考えても仕方のないことだ。尾島は頭を切り替えた。

「ところで小幡さん。率直に聞くが」

「何でしょう？」

「背理能力の存在については、俺はできる限り証拠を集めた。監察医の検案書、俺自身が殺されそうになった映像、それに水田自身の六人を殺したという供述映像などだ。情況証拠としては充分だと思うが、問題は裁判所の態度だ。裁判所は事実として受け止めてくれるだろうか？　それとも門前払いを食らう可能性が高いだろうか？」

するると小幡検事は迷ったように間を置いたあと、こう言った。

「実は、我が国でも一度だけ、裁判所が超常現象の存在を認めた裁判があります」

「ええっ、本当ですか？　裁判所が？」

閑谷が素《す》っ頓狂《とんきょう》な声を出した。

「はい。明治三十三年、西暦一九〇〇年の『御霊水裁判《ごれいすい》』と呼ばれた事件です」

小幡検事は、鞄からノートPCを取り出しながら説明を初めた。

御霊水裁判とは、霊能者として評判の長南年恵《おさなみとしえ》という女性が、何もない空間から「御霊水」と呼ぶ薬効のある液体を取り出し、それを人々に飲ませて治療を行ったというので、詐欺罪で裁判にかけられた事件だという。

「この時、年恵は出廷した裁判所で、空き瓶の中に実際に液体を満たして見せ、それを裁判長に進呈して自らの能力と潔白を証明したそうです。当時は世間でも話題となり、新聞でも報道されました」

小幡検事は、ノートPCに古い新聞の画像を表示して二人に見せた。

「女生神《おんないきがみ》の試験」
自から神変《しんぺん》不可思議光如来《ひかりにょらい》を気取る、例の女生神長南年惠も、末世なればにや、情なくも獄卒《ごくそつ》の手にかかり、曩《さき》に大阪区裁判所にて拘留《こうりゅう》十日の処分となりしを不服とし、所々上告し廻《まわ》りし結果、大阪控訴院《こうそいん》の宣告により神戸地方裁判所に移され、一昨日裁判長中野岩榮《ちゅうやいわえ》、陪席《ばいせき》判事野田文一郎《のだぶんいちろう》、岸本市太郎《きしもといちたろう》、検事高木藏吉《たかぎくらきち》、弁護士横山鑛太郎《やまこうたろう》諸氏にてその公判を開きしが、詰《つま》り証拠不充分なりとて無罪放免の身となれり。（以下略）

「大阪毎日新聞」明治三十三年十二月十四日、第七頁

「本当だ。無罪になってる」

思わず関谷が呟くと、小幡検事は頷いた。

「そうです。神戸地裁は、長南年恵の不思議な能力を目の当たりにして詐欺罪に問うことができなくなり、やむなく証拠不十分という名目で無罪判決を下した訳です。これは、我が国の法廷が超常現象の存在を認めた唯一の裁判例と言えます」

そして小幡検事は尾島を見た。

「だから私は、公判で背理能力の存在が認められ、水田茂夫が有罪判決を受ける可能性は全くゼロではないと見ています。裁判官は過去の裁判例を無視することはできませんので。まあ、水田が長南年恵のように、法廷で背理能力を使って見せるとは思えませんが」

裁判所が超常能力を認めた例がある——、その事実は公判に向けて、尾島を大いに奮い立たせた。

「では小幡さん。具体的に公判までの流れを相談させてくれ。まず、最初の問題は逮捕状請求だ」

尾島はいよいよ本題に入った。

「背理能力のことを逮捕状請求書の理由欄に書くのは、どうにも憚《はばか》られるんだ。裁判所が信じてくれるという保証はないし、極秘に進めるべき水田の事件が、裁判所か外部に漏れてしまう恐れも全くないとは言えない。一体どうしたらいいだろう？」

小幡は首を横に振った。

「逮捕する必要はありません」

「え？」

驚く尾島と関谷に、小幡は説明した。

「今まで水田を在宅のまま捜査してこられたように、在宅のまま書類送検から起訴へと進めます。今回のような殺人容疑という重罪では異例ですが、捜査関係者の安全と、事件の秘匿性を守るための措置です。在宅か勾留かは検察官、つまり私の判断に委ねられますので。水田を出頭させる必要があるのは公判の時だけとなります」

そうか、在宅起訴か――。尾島は小幡検事の判断に感心した。

確かに在宅起訴にすれば、逮捕時に捜査員の命が危険に晒されることもないし、捕り物で大勢の野次馬を集めたり、マスコミに嗅ぎ付けられたりすることもない。

水田が逃亡する可能性も全くないとは言えないが、そもそも水田は二十年も引きこもり生活を続けており、自宅から外出することは滅多になく、三鷹署での取り調べのあとも堂々と自宅に住み続けている。今から急に姿を消すことも考えにくい。

「それに在宅起訴なら、被疑者の拘束期限を気にする必要もないのです」

小幡はそう説明した。もし逮捕したとすると、取り調べのために使用できる時間は警察で四十八時間、検察で二十四時間、延長十日を含めた勾留二十日間などと法律で定められている。しかし在宅起訴ならば、起訴までに十分な時間をかけることができるのだ。

「では小幡さん。次の問題は起訴後の民間人の関与、つまり裁判員と傍聴人だ」

さらに尾島が相談した。殺人事件では裁判員裁判が義務付けられている。そしてもう一つ、裁判は公開で行うことが原則で、傍聴人の前で行わなければならない。水田のような背理能力者の存在は、いずれは社会の知るところとなるのだろう。しかし、社会の混乱を招くことは避けなければならない。

「確かに、背理能力者を裁く法制度が確立されるか、少なくとも有罪判決が下されたという判例が残るまでは、背理能力者の存在を公《おおやけ》にするのは時期尚早です」

小幡検事は頷いた。

「仰るように、裁判員の参加も一般人の傍聴も、どちらも法律で定められています。しかし同時に、例外もまた法律で定められているのです」

「例外があるのか？」

尾島の言葉に小幡検事は頷き、説明した。

まず民間から招致される裁判員。「裁判員の参加する刑事裁判に関する法律」によると、死刑、無期懲役、禁錮にあたる罪の裁判には必ず裁判員六名が参加しなければならない。ただし、裁判員やその親族に危険や被害が及ぶ恐れがある場合は、裁判官だけによる裁判で取り扱うことになっているという。

「今回、裁判員が水田を有罪とした場合、裁判員の身に危険が及ぶ事態が大いに懸念されます。従って、裁判員は不参加として公判を行うのが妥当と判断します」

次に傍聴人。裁判は公開法廷で行うというのが憲法第八十二条に記された大前提だが、小幡検事によると、その条文の後半には、「公の秩序又は善良の風俗を害する」裁判は、非公開で行うことができる旨が明記されているという。

「今回の裁判で扱われる背理能力による殺人は、もし公になれば社会を動揺させ、強い不安に陥れ、恐慌状態を招きかねない事件だと思われます。よって公判を非公開とすることが認められると判断していいでしょう」

「そうか――」

尾島は大いに安堵した。背理能力犯・水田茂夫の裁判は、民間人である裁判員を参加させず、また法廷には傍聴人を入れず、非公開で進行することができるのだ。

「さすが検事さん！　司法試験を通っただけありますね！」

閑谷が喜びを顕わにすると、小幡検事は真面目な顔で付け加えた。

「ただし、逮捕後にせよ在宅にせよ、起訴を行う場合には、裁判所が発行する『起訴通知書』の謄本《とうほん》を被疑者に提示することが法律で定められています。これをもって被疑者はようやく被告人となる訳です」

　不安そうに閑谷が聞いた。

「でも、その書類って郵送するんでしょう?」

「私は水田に会って、直接起訴を通知したいと思っています」

「水田に会うですって?」

　閑谷が慌てた。

「それは危険すぎですよ！　だって、水田は手も使わずに相手の心臓を止めることができるんですよ?　あなたを殺人容疑で起訴しますなんて面と向かって通告したら、あいつ、その場で検事さんの心臓を、キューッと」

「いいえ」

　小幡検事は首を左右に振った。

「確かめたいのです。お二人から頂いた報告書と映像で、水田が背理能力者であることは確認しております。でも、水田という犯罪者をこの目で見たいのです。そうしないと、これから彼を六人もの殺人容疑で起訴し、ことによると死刑にしてしまうかもしれない、その覚悟が私の中に生じません。どうかご案内頂けませんか」

　小幡検事は二人に頭を下げた。閑谷が遠慮がちに。

「でも、本当に危険ですよ?　何かあったら、僕たち東京地検になんて言えば」

「私がどうなろうと、あなた方には何の責任もありません。ですので、どうぞお気になさらずに」

小幡検事は二人にそう言った。

「それに私が仕えているのは、東京地検でも法務省でもありません」

その言葉に、思わず尾島が聞いた。

「では、あんたは何に仕えているんだ？」

「真実です」

小幡はきっぱりと言った。

「検事の仕事は、何十、何百もの証拠として提出された事象の中から、真実だけを探し出すことです。我々検察官は、真実の番人なのです。だから私は、何が真実かを確かめるために、被疑者の水田に会わなければならないのです」

二日後の今朝、小幡検事は水田に渡す起訴状の写しを携えて警視庁にやってきた。やむなく尾島と閑谷は、警視庁の覆面パトカーに小幡検事を乗せて、三鷹市牟礼にある水田茂夫の家へと向かったのだった。

水田茂夫の家へ向かう車の後部座席で、尾島は隣に座る小幡燦子検事をちらりと見た。相変わらず小幡検事は両手を膝の上に載せ、真っ直ぐ前を向いていた。

今日、背理能力者である水田に起訴を通知するにあたり、尾島が一番恐れているのは、警察、検察、裁判所に被害者が出ることだった。何しろ相手は背理能力を使って六人を殺した殺人犯だ。その中には両親と伯父夫婦も含まれている。殺人に対して禁忌を持つ人間ではない。いつ能力による攻撃を受けないとも限らない。

ただ尾島は、三鷹署の取調室で危うく水田に殺されそうになった経験を通じ、背理能力に関するいくつかのことに気が付いていた。

まず背理能力とは、使おうという意志があって初めて発揮されるらしいことだ。三鷹署の取調室で水田に相対《あいたい》した時、別室では関谷がモニターに張り付いていたが、水田は気が付いていないようだった。つまり、常に壁や床や天井の向こうが透けて見えている訳ではないのだ。

次に、背理能力を使えば体力を著しく消耗するようだ。このことは水田自身も口にしており、できるだけ使わないようにしていた。また尾島の心臓を止めたあとも、激しい疲労から息を荒らげていた。

第三に、背理能力を使うまいと自制していても、感情が激昂《げっこう》した時は、自制のタガが外れて思わず使用してしまうことだ。これは水田を挑発して怒らせることで、尾島が身をもって証明したことだった。

そして第四に、背理能力を使用する時は、同時に何らかの身体の動きを伴うようだ。

水田は天井の向こう側を見る時、両手で窓を作ってその中を覗くと言った。尾島の心臓を止めた時も、右手を伸ばして心臓を握る動作をした。高山宙という青年も、コインロッカーを解錠したり百円玉を空中に浮かべたりする時、右掌を対象に向けてかざしていた。

これは想像だが、このような決まった手の動きは、能力を解放するための「引鉄《トリガー》」あるいは「儀式《セレモニー》」なのではないか？　理屈で考えれば、精神的な力を発揮するのに肉体的な動作が必要な筈はない。しかし、必ずこの手の動きをしている以上、そのような意味があるとしか思えないのだ。

よって、今度水田が、我々に対して背理能力を使おうとした時は、すぐさま水田の両手を動かないように固定する必要がある。手っ取り早いのは手錠を掛けることだ。逮捕状がないからと言って遠慮はしていられない。

そして、もし手錠が間に合わず、誰かに生命の危険が及ぶようなら――。

水田を射殺するしかない。尾島はそう覚悟を決めていた。

そして水田を撃つとしたら、それは自分の役目だ。若い閑谷には、たとえ相手が極悪人であれ、人を拳銃で射殺するという無用な経験はさせたくない。尾島にしても銃を使ったのは射撃訓練だけで、威嚇《いかく》で銃を向けたことはあっても人を撃った経験は皆無だったが、今度ばかりは躊躇すべき理由は見当たらなかった。

覆面パトカーを路上に駐《と》めると、三人は水田の家にやってきた。玄関の前に立つと、尾島はスラックスのポケットから板ガムを取り出し、小幡燦子に差し出した。

「嚙むか？」

「いえ。結構です」

こんな大事な時に何を悠長な、と小幡検事は呆れ顔で尾島を見た。尾島は一枚の紙を剝《む》いて口に入れ、ゆっくりと嚙みながらドアに向かって歩いた。

ドアの正面に立つと、尾島は嚙んでいたガムを口から出し、ドアスコープにべたりと貼り付けた。その右側で、関谷がインターホンの呼び鈴を押した。このインターホンにはカメラ機能は付いておらず、音声機能だけだ。防犯カメラも設置されていない。

家の中でチャイム音が響くのが聞こえた。だが、インターホンから応答はなかった。尾島もドアをノックしようともせず、呼びかけようともしなかった。

小幡検事が焦れたように聞いた。

「どうして黙ってるんです？　水田がいるのか留守なのか確認しないと」

「奴は今、ドアの向こうにいる」

かろうじて聞き取れるほどの声で、尾島が囁いた。

「そして、ドア越しにこっちを観察している。俺と関谷の顔は知っているから、まもなく反応がある筈だ」

尾島は再び黙り込んだ。小幡は仕方なく、同じく無言で何かが起こるのを待った。

その時だった。

「刑事さん、何か用?」

突然、インターホンから男の声が聞こえた。

「久しぶりだな。エアコンとネット回線は快調か?」

尾島が返事をした。

「刑事さん、ですって?」

尾島の背後で、小幡が混乱した声を上げた。

「ドアスコープはガムで塞がっている。インターホンは声だけのタイプだから、こちらの姿は見えない。そして尾島さんは声を出してもいない。だから尾島さんがドアの前にいることがわかる筈がない。それなのに――」

「だから、ドア越しに俺を見たんだ」

小幡検事に囁いたあと、尾島はインターホンに呼びかけた。

「君への手紙を持ってきた人がいるんだ。ドアを開けてくれないか? 少しでいい」

それから十数秒たっただろうか、がちゃりと鍵を解錠する音がして、ドアが十cmほど開いた。その隙間からU字ロックの一部と、そして人間の片目が見えた。

黒目の大きな、ぎょろりとした目。今日も黒いカラーコンタクトレンズをしている。そのせいで虹彩《こうさい》が真っ黒い目は、死んだ魚の目のように見える。

間違いない。水田茂夫の目だ。

「ドアスコープに何を貼ったの？　早く取ってよ」

水田が怒りの籠もった声を出した。

「ああ、悪いな。君にはこんな覗き穴は必要ないと思ってね」

ドアスコープのガムを剝がして紙で包むと、尾島はポケットに入れた。

「誰？　その人」

水田の目が、尾島の背後に立っている小幡検事を見た。

「この人か？」

尾島が小幡検事を振り返った。

「この女性が、君への手紙を持ってきた人だよ。今、読み上げてもらうからな」

小幡検事はごくりと喉を鳴らしたあと、ドアに向かって歩き出した。入れ替わりに尾島は小幡検事の背後へと下がり、さらに閑谷の背中に隠れるように回り込んだ。

「イチ、そのまま動くな」

背後から尾島が無声音で囁いた。閑谷は前を向いたまま、わずかに頷いた。

尾島はスラックスの右ポケットにゆっくりと右手を入れた。硬いものが触れた。S&W《スミス　ウエッソン》社製SAKURA・M360J。日本の警察用に作られた四百十九グラムの超軽量回転式拳銃だ。極力動きを気取られないよう、尾島はポケットの中で拳銃のグリップを握った。ダブルアクションなので、撃つ時は撃鉄を上げる必要はない。

俺が銃を握っていることは、水田はもう気付いているかもしれない——。

そう思った途端、尾島は緊張に心臓の鼓動が速まるのを感じた。何しろ天井の向こう側を覗く奴だ。閑谷の身体に隠れていても、見ようと思えば自分の動きは筒抜けだろう。だが奴は今、初対面である小幡検事の動きに気を配っている筈だ。

小幡検事が呼びかけた。

「水田茂夫ですね？」

水田は無言のまま、片目で小幡検事をじっと見ている。小幡検事はスーツの内ポケットから茶封筒を取り出すと、中から一枚の紙を引っ張り出して広げ、緊張した声で読み上げ始めた。

「起訴状。被疑者、水田茂夫。罪名、殺人罪・殺人未遂罪・放火・詐欺罪他。事件番号、××××号。処分年月日、令和××年十月一日。以上、通知します」

ドアの隙間をちらりと見ると、小幡検事は続けた。

「起訴状謄本は追って送達します。公判の日時を確認し、必ず出廷して下さい。弁護人を私選するのであれば急ぎ行うように。もし弁護人の選択が困難であれば、裁判所で国選弁護人を附しますので申し出て下さい」

その紙を再び茶封筒に仕舞うと、小幡検事は水田に向かって差し出した。

「以上です。何か質問はありますか？」

「僕を起訴するって？　そんなに沢山の罪で？」

水田がくすくすと含み笑いを始めた。

「あんたたち、本当に僕を有罪にできると思ってるの？　僕が一階から天井越しに二階の女を覗いてたとか、人の心臓を止めて殺したとか、どうやって証明するつもり？」

「なんとかするさ」

尾島は無表情に答えた。水田は楽しそうに喋り続けた。

「ああそう。まあいいや、やってみなよ。法廷で裁判長があんたたちに何というか楽しみだな。『法廷を愚弄《ぐろう》するな』かな？　それとも『まず、熱を測りなさい』かな？それを聞くために裁判に出てやるからさ。日時が決まったら教えてよ」

突然、小幡検事が差し出している茶封筒が、ぐい、と強い力で引っ張られた。だが、水田が茶封筒を摑んだ様子はない。ドアと封筒の間には、手も何もない。

小幡検事は反射的に封筒を握り締め、抗《あらが》うように引っ張った。だが封筒はなおもぐいぐいと引っ張られる。そして小幡検事が手を離すと、封筒はそのままドアの隙間にすっと吸い込まれて消えた。

「あ、あ――」

小幡弁護士は絶望したように、小さく首を左右に振った。今、自分の身に起きたことが信じられなかった。

「そうそう、弁護士頼むんだったね。どうしようかな」

何事もなかったかのように呟いたあと、水田は嬉しそうに続けた。

「そうだ、八千代《やちよ》弁護士にするよ。ほら、よくテレビに出てるあの弁護士。頭が切れる人みたいだから、きっと勝たせてくれるんじゃないかな」

八千代繁樹《しげき》弁護士――。その名前は尾島もよく知っていた。水田が言った通り、テレビのニュース番組や報道バラエティー番組、新聞や雑誌の法律相談など、マスコミで幅広く活躍する有名弁護士だ。

「これから八千代弁護士のHP経由で、弁護をやって欲しいって依頼のメールを送るよ。金ならいくらでも出すって言えば、きっと引き受けるんじゃないかな」

尾島は関谷の背後で頷いて見せた。

「わかった」

水田はドアを閉めようとして途中で止め、尾島を見た。

「それから刑事さん」

水田が声を掛けた。尾島は無言で水田を見た。

「そのポケットの中の拳銃で、僕みたいな善良な市民を撃ち殺さないでよ？　僕と違って、あんたは間違いなく殺人罪になるからさ」

水田は含み笑いとともに家の中へ消え、ドアがばたんと閉まり、がちゃりと施錠の音が響いた。


小幡燦子検事が、ふうと大きく息を吐いた。その顔は真っ青だった。

「どうだ？　信じたか？」

尾島が聞いた。

小幡検事は、気を取り直したように答えた。

「信じたくありませんが、信じるしかないようです」

20　開廷

十一月二日月曜日、午後十二時五十分。東京地方裁判所の四階、四二六号法廷――。

東京地裁の中では一般的な広さの法廷だが、この日は通常の公判とは異なる様相で、出廷者の参集と十分後の開廷を待っていた。

まず、東京地裁の正面入り口に電子パネルで掲示されている開廷表だが、今日四二六号で裁判が行われることは掲示されていなかった。東京地裁のウェブサイトでも告知されていない。そして法廷の傍聴人入り口には「公開停止」と書かれた紙が掲示されている。その結果法壇《ほうだん》の向かい側にある十二人用の傍聴席も、誰一人座っていなかった。

次に、裁判官と裁判所書記官が座る法壇の両側、通常であれば六人の裁判員が三人ずつ左右に分かれて座る席にも、誰の姿もなかった。安全上の理由から裁判員は参加せず、裁判官だけで審議を行うことになっていた。

法廷を警備する法廷警備員も出廷していなかった。もっとも法廷警備員は裁判所に雇われた事務員で、逮捕術の訓練も受けておらず拳銃等の武器も携行できない。

このように出廷者が限界まで絞り込まれていたが、それだけではない。判決後に保存される訴訟記録も、判決書がウェブサイトでも非公開なのは当然として、全ての記録を閲覧不可とすることが決まっていた。

その結果、本日の公判を構成する者はわずか七名。内訳は裁判官三名、書記官一名、被告一名、弁護人一名、それに検察官一名。それに加えて二名、尾島到と閑谷一大が検察側証人として出廷することになった。

但し、対審の非公開は今回例外的に許可されたが、裁判法第七十条により、判決だけは絶対に公開としなければならない。判決時には気まぐれな傍聴人がふらりと入ってこないことを祈るしかない。


法廷の、法壇に向かって左側が検察側の席だ。最前列に検察側証人の尾島と閑谷が並んで座り、その後ろの席に小幡検事が着席していた。

「染めてきたのね？　髪」

小幡検事が小声で、前に座っている閑谷に言った。閑谷の髪は、いつもの茶髪に金メッシュではなく、全体が黒に近い褐色になっていた。尾島も当然気が付いていて、今時の若者代表のような閑谷も、さすがに裁判の証人として出廷する時は地毛《じげ》の色に染め戻すんだな、と感心していた。

「ええ。昨晩染めました」

閑谷が恥ずかしそうに、頭に手をやった。

「検察側の証人だし、不真面目に見られたらマズいなって」

「そうね。裁判官の中には、遊びで金メッシュを入れてると誤解してしまう人もいるでしょうから。でも大変ね、色素が薄いと」

——え？　尾島はその会話に驚いた。ということは——。

「イチ、お前、今日は地毛に染め戻してきたんじゃなくて、茶髪に金メッシュのほうが地毛なのか？」

閑谷はにっこりと笑って頷いた。

「ええ。生まれつき髪の色がヘンで。子供の頃はいじめられたりしました」

「尾島さん、ご存じではなかったのですか？」

咎めるように小幡検事が尾島を見た。尾島は当惑した。

「あんたは、いつから知ってた？」

「初対面の時にわかりました。髪全体が根本まで綺麗に茶色で、メッシュ部分も根っこまで金色でしたから、染めたのではなくて、そもそもそういう色なのだと」

さすがに検察官は観察が鋭いというべきか、それとも女性ならではの細やかな視点なのか。それにしても、危うく閑谷一大という人間を誤解するところだった。尾島は自分の不注意と迂闊さを恥じた。

「トウさん。水田、ちゃんと来ますかね？」

関谷が真面目な顔で尾島に囁いた。

尾島もすぐに頭を切り替え、小声で答えた。

「八千代弁護士次第だろう。被告人が出廷を拒否しても罰則はないから、公判を無視して逃げ回る作戦に出ないとも限らない」

「もし来なかったら、どうなります？」

「無理矢理引っ張ってくる、つまり勾引《こういん》することになる。だがそれには裁判所の勾引状が要るから、公判は別の日にやり直しだ。それでも水田が来なければ、勾留状を持って勾留しに行かなくちゃならない。面倒なことになるな」

すると、尾島の背後で小幡燦子検事が囁いた。

「来たら来たで、喜ぶべき状況じゃないかもしれませんよ」

「え？　どうしてです？」

関谷が振り返って聞いた。

「もし、八千代弁護士が水田を連れて法廷に来たら、完全に敗訴を覚悟したってことじゃないんですか？」

小幡検事は首を振った。

「もう一つ、可能性があります」

「もう一つって？」

「絶対に無罪を勝ち取る自信が生まれた、ということです」

閑谷がごくりと喉を鳴らした。その横で尾島は、三週間前に行われた会合を思い返していた。

「これは公判前整理手続《こうはんぜんせいりてつづき》ですか？　それとも単なる事前準備ですか？　私もいろいろと忙しい身なので、急に呼び出されても困るんですよ。たまたま調整がついたからいいようなものの」

高々と足を組んで椅子に座った男が皮肉っぽく聞いた。ジムにでも通っているのだろうか、筋肉質の引き締まった体型、紺地に細いストライプの入ったいかにも高級そうな生地のスーツ。襟と袖口だけが白いサックスブルーのクレリックシャツ、派手な赤系のネクタイ。短い髪をオールバックに固めている。八千代繁樹弁護士、五十五歳だ。

公判前整理手続も事前準備も、複雑な事件の公判の場合、集中審理を可能にするため、事前に公判の準備として争点や証拠の整理などを行う手続きのことだ。特に公判前整理手続は、裁判員制度の開始に際し、法律知識の少ない一般人の参加に対応するために作られた手続きだ。

　八千代繁樹弁護士は、同席している三人を見回しながら続けた。

「そもそも私は、弁護人を依頼したいというメールを水田さんから頂いたばかりで、まだご本人にお会いしていないし、事件についての詳しいお話を聞いてもいないし、何より正式に引き受けてもいないんですよ？　こんな段階で裁判長に呼び出されるなんて初めてですよ。アメリカでだって聞いたことがありません」

「公判前整理手続でも事前準備でもありません。強いて言えば、説明会です」

　小幡燦子検事が答えた。小幡検事は刑事第一部の所属だが、今回は機密保持のため、特別に捜査担当と公判担当を兼任している。

「そして、ここでご説明したいのは、そういった刑事訴訟における手続き以前の問題――そう、人間というものに関する認識の問題です」

「人間というものに関する認識？　どういう意味ですか？」

　銀色の髪、黒いスーツを着た初老の男が、怪訝そうな顔で口を開いた。東京地方裁判所の刑事第一部総括判事・滝田真太郎《たきたしんたろう》、六十二歳。水田茂夫の公判で裁判長を務めることが決定している。裁判官と検察官は常に同じ組み合わせとなる。小幡検事の現職は捜査を担当する刑事部だが、昨年まで公判第一部にいたため、滝田裁判長とは旧知の仲だ。

「何をおっしゃっているのか、全くわかりませんね」

八千代弁護士も、両手を広げながら肩をすくめて見せた。

「それをご説明するために、本日お集まり頂いた訳です」

二人の反応を予想していたように小幡検事が頷いた。

「説明を始める前に、こちらの方をご紹介します。本件の捜査を担当した、警視庁刑事部捜査第一課の尾島到警部補です。今回の被告の殺人未遂事件における被害者でもあり、公判では検察側の証人として出廷して頂きます」

「警視庁の尾島です」

尾島は滝田裁判長と八千代弁護士に向かって会釈した。

四人がいるのは、千代田区霞《かすみ》が関《せき》にある東京高等地方簡易裁判所合同庁舎の十一階、地裁刑事裁判官第一研究室という会議室。中央に置かれた大テーブルの片側に小幡検事と尾島、その向かい側に滝田裁判長と八千代弁護士。

小幡検事は革製のアタッシェケースを膝に置くと、中から黒いカーボン製のノートPCと銀色の外付けUSBメモリを取り出し、テーブルに置いた。

「何が始まるんですか？」

生あくびを嚙み殺しながら、八千代弁護士が聞いた。

「これからお二人に、ある映像を観て頂きます」

「へえ、映像？」

八千代弁護士が興味なさそうに言うと、滝田裁判長が割って入った。

「小幡検事。予断排除の原則は当然ご存知でしょう。もしその映像が有罪証拠であるのなら、公判の前に裁判官の私が見ることはできません」

「ご安心下さい。有罪証拠ではありません」

小幡検事は端正な顔を横に振った。

「喩えて申し上げればこういうことです。幅が十ｍはある谷の片側にＡ、反対側にＢという人間がいたとします。ＡはＢに対して強い殺意を持っていますが、谷には橋も迂回路《うかいろ》もなく、空でも飛べない限り反対側には行けません。ところがある日、Ｂが死体で発見されました。この場合、Ａは容疑者たり得るでしょうか？」

「容疑者たり得ませんね。人間は空を飛べませんから」

滝田裁判長が即答すると、小幡検事はこう言った。

「では、もしＡという人間が、空を飛べるとしたらどうでしょう？　その場合、殺害したかどうかは証明が必要だとしても、少なくともＡは、容疑者たり得るのではありませんか？」

「いや、しかし、そんなありえない前提は――」

抗議しようとする滝田裁判長を遮り、小幡検事は言葉を続けた。

「先程も申し上げました通り、この映像は、お二人の人間というものに関する認識を、根底から変えてしまう映像です。そしてこれをご覧頂くのは、ご覧にならなければ本件の被告人が有罪か否か、絶対に判断できないからです。——八千代弁護士？」

「何でしょう？」

八千代弁護士は、警戒の表情で小幡検事を見た。

「この映像をご覧頂く前に、水田茂夫の弁護依頼を受諾されるかどうか、それをお答え頂けませんか？　もし弁護を受諾されないのであれば、大変残念ですが、このままお引き取り頂くことになります」

「急に呼び出した上に、ここまで思わせぶりに引っ張っておいて、帰れですって？」

呆れたように言ったあと、八千代弁護士は宣誓するように右手を挙げた。

「わかりましたよ。私は水田茂夫さんの弁護依頼を受諾します。これでいいですか？」

「ありがとうございます」

一礼すると小幡検事はノートPCを開き、USBメモリを挿して操作を始めた。そしてノートPCの画面を滝田裁判長と八千代弁護士に向け、映像の再生を開始した。

その映像とは勿論、三鷹署の取調室で、水田茂夫が背理能力を使用して机の上のものを動かし、そして尾島を殺害しようとする様子を録画したものだった。

映像の再生が終わっても、滝田裁判長と八千代弁護士はしばらく無言だった。二人ともかなりの衝撃を受けていることが、尾島には見て取れた。

「今ご覧頂いた通りです。水田茂夫は手を使うことなく机の上のものを床に落下させ、そして離れた位置から尾島警部補の心臓を止めようとしました」

小幡検事が静かに口を開いた。

「この能力を、我々は背理能力と呼ぶことにしました。文字通り、理《ことわり》に背く能力ではありますが、しかしこの力は確かに存在するのです。起訴内容について水田が有罪か無罪かは、公判の場で有罪証拠を提出して証明いたしますが、その前に、この世には不可解な能力を持った人間が存在する、この事実をお二人には前提として認識して頂きたいのです」

「――つまり」

八千代弁護士がようやく口を開いた。

「今回の公判では、背理能力の存在については争うことなく、被告人が背理能力者だということを規定の事実とし、その前提で審理を行ってほしいと？」

「その通りです」

小幡検事は大きく頷くと、滝田裁判長を見た。

「滝田さんは、いかがですか？」

「正直な話、映像を観た今でも、半信半疑です」

滝田裁判長は躊躇《ためら》いを見せたのちに、思い切ったように続けた。

「ですが、警察署の取調室で、現職の警察官が襲われる場面を、警察の機材を使用して録画した映像が存在する以上、背理能力の存在を否定することは難しいようです」

「ご理解頂き、ありがとうございます」

小幡検事は頭を下げたあと、さらに言葉を続けた。

「この世の中に背理能力なるものが存在し、これを使用して殺人が行われたことが知れ渡ったら、社会は大変な混乱に陥るでしょう。そのような事態を避けるため、裁判員は置かずに裁判官のみによる審議とし、公判中も傍聴人を入れないことを、東京地裁に要請したいと思っております。——そして」

尾島検事は、尾島をちらりと見た。

「裁判所の事務員である法廷警備員も出廷させず、こちらの尾島さんともう一名の刑事さんに、法廷警備をお願いしたく思います」

もう一名とは、三鷹署の閑谷一大のことだ。

八千代弁護士が眉を寄せた。

「裁判員を参加させず、傍聴人も入れず、警備員も排除ですか。そこまでやる必要があるんですか？」

「よろしいでしょうか」

ここで尾島が発言した。

「被告人・水田茂夫の犯罪を捜査した立場から申し上げます。水田は殺人に一切の禁忌を持たない、大型爬虫類《はちゅうるい》や猛獣にも比すべき凶暴な人物です。我々は民間人の身に危険が及ぶことは何としても避けなければなりません。だからこそ、裁判においては民間人が一切参加せず、傍聴人も入れず、出廷者数も最小限となるようご提案する次第です」

喋りながら尾島は、八千代弁護士の顔をじっと見据えた。

「水田は六人を殺害しており、そこに別の犯人が存在する可能性は全くありません。これは間違いのない事実です。公判でその証拠を提出いたします。水田の罪が極刑に相当することは、ここにおられるどなたも賛同される、私はそう確信しております」

八千代弁護士はなおも無言だった。それを見て、小幡検事が話しかけた。

「重ねて弁護人にお願いしますが、どうか背理能力の存在証明に関する不毛な主張はおやめ下さい。もし、今お見せした映像に何か疑念がおありでしたら、今ここでご指摘下さい」

「いえいえ。そんな、疑念なんてありませんよ」

八千代弁護士は、慌てて両掌を左右に振った。

「結構」

小幡検事は安堵したように頷くと、滝田裁判長と八千代弁護士を交互に見た。

「被告人・水田茂夫は背理能力を持つ。この前提に立って、検察側は起訴内容の証明に全力を尽くします。裁判長と弁護人にも、同様に背理能力の存在を前提にして公判をご進行下さいますよう、お願い申し上げます」

「――わかりました」

滝田裁判長は思い切ったように頷くと、他の三人を見渡した。

「公判の期日は三週間後の十一月二日とします。弁護人は被告人を伴って開廷時間までに出廷して下さい。諸事情を考慮し、公判は一回のみでの終了を目指します。円滑な進行へのご協力をよろしくお願いいたします」

「わかりました。よろしくお願いいたします」

八千代弁護士も頷いた。

そして、小幡検事が招集した説明会は、二時間ほどで終了したのだった。


あの時は、拍子抜けするほど簡単に引き下がったが――。

尾島は、まだ誰も座っていない被告席と弁護人席を見ながら、嫌な予感を覚えずにはいられなかった。勿論、八千代繁樹弁護士のことだ。

水田が八千代弁護士を指名した時、すでに尾島は強い懸念を感じていた。八千代弁護士と言えばアメリカでの弁護士経験が売り物の、歯に衣着《きぬ》せぬ過激な物言いで知られる好戦的な人物だ。テレビのバラエティー番組にも引っ張り凧《だこ》で、コメンテーターとしていくつもレギュラー番組を抱えている。

その八千代弁護士が、公になれば世間が大騒ぎになることは間違いないこの裁判で、大人しく検察側と協調するとは思えなかった。何かをやるのではないか——。そんな疑いが消えないのだ。

「トウさん、来ました！」

関谷が小声で耳打ちした。尾島は四二六号法廷の出入り口を見た。先にすらりと背の高い八千代繁樹弁護士、続いて猫背の水田茂夫が入廷してきた。それを見た小幡検事も、尾島の隣で安堵の息を漏らした。

水田は手錠も掛けられておらず腰縄も打たれていない。刑務官も同伴していない。在宅起訴という、普通は軽犯罪に適用される流れを受けてだろうか。あるいは滝田裁判長が水田を刺激しないよう、こういう措置を取ったのか。

水田は八千代弁護士に案内され、法壇右側のベンチのような被告人席に座った。八千代弁護士も、その背後に置かれた机の席に着いた。

二人に少し遅れて、滝田裁判長と二名の裁判官が入廷し、法壇の席に着いた。背理能力者・水田茂夫を被告人とする公判が、時刻通りに開廷した。

「被告人は前に」

滝田裁判長が右手で、水田を証言台に立つよう促した。水田はのろのろと立ち上がると、法壇の正面にある証言台の前に立ち、裁判長と正対した。

「氏名と生年月日は？」

「水田茂夫、昭和××年十一月二十日生まれ」

「本籍と住居は？」

「本籍、東京都三鷹市牟礼三丁目×-×。今住んでいる所も同じです」

「職業は？」

「賃貸住宅の経営と、金融商品の売買です」

人定《じんてい》質問と呼ばれる被告人の本人確認だ。

座って、と裁判長が言い、水田が被告人席に下がって座った。入れ替わりに小幡検事が立ち上がって、起訴状の朗読のために証言台に立った。

「公訴事実。昭和××年二月八日午前二時頃、東京都三鷹市牟礼三丁目×-×の自宅にて、同居中の伯父夫婦・水田善三《ぜんぞう》、同喜美子《きみこ》を殺害、自宅に火を放って火事による焼死を偽装、同時に保険会社より火災保険金と生命保険金を詐取《さしゅ》した。罪名及び罰条、殺人罪、刑法第百九十九条。現住建造物等放火罪、刑法第百八条。詐欺罪、刑法第二百四十六条」

　これが六年前の伯父夫婦殺害容疑を起訴した部分だ。

「また、昭和××年五月十五日午後十一時三十分頃、東京都三鷹市牟礼三丁目×-×の自宅二階賃貸住宅内において、当時の賃借人・佐々木真由に覗き行為を行ったのちに殺害。同様に令和××年七月二十七日午後二十三時頃にも、同じく賃借人の山崎亜矢香を殺害。罪名及び罰条、軽犯罪法違反、軽犯罪法第二十三条。殺人罪、刑法第百九十九条」

　これが賃借人の女性二名に関する殺害容疑だ。小幡検事はさらに尾島に関する殺人未遂容疑部分を読み上げた。

「さらに被告人は、令和××年八月×日、東京都三鷹市上連雀《かみれんじゃく》八丁目二番三十六号の、警視庁三鷹警察署三階一号取調室において、警視庁捜査第一課の捜査員・尾島到警部補の殺害を試みて失敗した。罪名及び罰条、殺人未遂罪、刑法第二百三条。以上です。――それから、これは刑事未成年時の犯行で、起訴の対象とはなりませんが」

　小幡検事は滝田裁判長をちらりと見た。

「被告人は、昭和××年×月×日午後七時頃、東京都小金井市桜町《さくらちょう》×丁目×-×の自宅だった団地の外階段前にて、父親である木下康男を殺害し、また昭和××年×月×日午後九時頃、東京都府中市朝日町×丁目×-×の自宅アパートにて、母親である水田幸恵を殺害した事実を認めていることを付け加えておきます」

小幡検事は一礼して席に戻った。検察は予定通り殺人四件、放火一件、保険金詐欺二件、軽犯罪法違反二件、殺人未遂一件という全ての容疑について一括起訴の形を取った。

滝田裁判長が水田に話しかけた。

「被告人は、黙秘権を行使して終始沈黙することができます。また個々の質問に対して陳述を拒むことも、陳述することもできます。なお本法廷で被告人が陳述したことは、被告人に有利であると不利であるとを問わず証拠となります。よろしいですね？」

水田は無言で頷くと、さらに滝田裁判長が聞いた。

「起訴状に記載された内容に、何か間違っていることはありますか？」

裁判長が水田に罪状認否を求めた。

受け入れる筈がない——。尾島は水田の反応をじっと観察していた。水田は背理能力による殺人は証明ができないから、無罪になると思っている。

「ありません」

水田が抑揚のない声で言った。

「何だって——？」

尾島は思わず呟き、水田を見た。水田の顔には何の表情も浮かんでいなかった。

裁判長が水田に話しかけた。

「起訴状に書かれた公訴事実は、全て間違いないということですか？」

「はい。全部本当です」

あまりにも素直な態度に、思わず裁判長が再度確認した。

「全てあなたのやったことで、間違いありませんか？」

「はい。全て僕がやりました」

水田は即答すると、深々と一礼した。

水田茂夫が、全ての罪を認めた――。尾島はまだ信じられなかった。小幡検事と起訴の告知に行った時、水田はこう言った。

「あんたたち、本当に僕を有罪にできると思ってるの？　僕が一階から天井越しに二階の女を覗いてたとか、人の心臓を止めて殺したとか、どうやって証明するつもり？」

しかし、水田はここに至って有罪を覚悟したのだ。六件の殺人は、十分に極刑に相当する罪状だというのに。考えられることと言えば、八千代弁護士の存在だけだった。彼が、水田に全ての罪を認めるよう説得し、そして成功したのだ。

三週間前に行われた事前準備で、水田が背理能力を使用して殺害したことは、すでに検察側が事実として確認しており、その前提で審理を進めると滝田裁判長が断言した。この結果八千代弁護士は、どうやっても水田は有罪を免れない、余計な抵抗は時間の無駄だと悟り、水田を説得した——。そうとしか考えられなかった。だとすれば、八千代弁護士の手腕は見事と言うしかなかった。事前準備で会った八千代弁護士は、テレビで見るのと同じく皮肉混じりの不遜《ふそん》な態度で、尾島はあまりいい印象を持たなかったのだが。

裁判長が八千代弁護士に視線を移した。

「弁護人は起訴状に意見がありますか？」

何もないだろう、そう尾島は考えた。被告人の水田が全ての罪状を認めた以上、これは否認事件ではなく自白事件だ。従ってこの公判は量刑裁判となる。弁護人にやれることは、情状酌量を訴えて減刑を嘆願するだけだ。

尾島は深々と安堵の溜め息をついた。今、この冒頭手続きで八千代弁護士が罪状の全てを受け入れれば、この公判は一気に収束に向かう。型通りの証拠調べ手続きのあと、弁論手続きで判決文が読み上げられ、それで結審だ。

この判決は史上初めての、背理能力の存在を認めて、背理犯に有罪判決が下された裁判となる。そして今後は、背理能力の科学的証明を待たずとも、この裁判例こそが背理犯を法的に裁くことへの、非常に大きな一歩と——。

「裁判長」

その時、尾島の思考を遮るように声が響いた。

尾島は慌てて声の主を見た。弁護人席で八千代弁護士が高々と右手を挙げていた。

八千代弁護士は立ち上がると、よく通る声で発言した。

「私は弁護人として、起訴状の罪状を、全て否認します」

「ひ、否認──？」

閑谷が裏返った声を出した。尾島は思わず後ろの小幡検事を見た。小幡検事も信じられないという表情で、着席する八千代弁護士を呆然と見ていた。

こんなことがある筈がなかった。被告人が全ての罪状を認めたにも拘わらず、弁護人が全ての罪状を否認したのだ。八千代弁護士は被告人・水田の意思を無視して、また検察官・裁判長との事前準備を覆《くつがえ》して、一体何を発言しようというのだろうか？

尾島の背中を悪い汗が伝った。嫌な予感しかしなかった。

21　敗北

「裁判長！」

すぐに小幡燦子検事が発言を求めて挙手した。滝田裁判長が発言を許可すると、小幡検事は早口に喋り始めた。

「被告人が全ての罪状を認めた以上、弁護人がそれを否定することには何の意味もありません。弁護人には、被告人の深い悔悟《かいご》の念と贖罪の意思を尊重し、罪状を認めることを強く求めます」

「裁判長」

八千代弁護士が挙手した。

「被告人自身が何と言おうと、被告人は無罪です。起訴状にある罪状は全て冤罪で、被告人が行った犯罪は一つとしてありません」

小幡検事が挙手しながら立ち上がった。

「異議あり！」

「ああ検察官、ちょっと待って下さい」

小幡検事を右手で制すると、八千代弁護士は立ち上がり、法廷を見回しながら大きな声で言った。

「皆さん、型通りの細かい手続きは一旦脇に置いて、率直に話し合いませんか？」

しん、と法廷が静まり返った。八千代弁護士はにこやかに話し続けた。

「勿論、非公開対審であるからこそ、刑事訴訟の手続きは完全に遵守《じゅんしゅ》いたします。しかしこれは、被告人の能力について、かつてどの国の法廷でも論じられたことがない、異常な内容を論じなければならない裁判なんです。まずその前に、それぞれが正直な意見を述べ合わないと、いつまでたっても結論など出ませんよ」

話しながら八千代弁護士は、証言台のある法廷の中央にゆっくりと歩み出た。

「小幡さん？」

呼びかけられた小幡検事は、無言で八千代弁護士を睨んだ。

「あなたが冒頭陳述で述べる予定だったのは、要約するとこのようなことです。被告人は生まれつき背理能力という特殊な能力を持っている。そして、この能力を用いて六人を殺害し、かつ放火や保険金詐欺、覗き行為を行った――。そうですね？」

「その通りよ」

不機嫌な顔で小幡検事が答えた。

「特に殺人については、被告人は確かな殺意をもって六人を殺害しています。うち四人は明白に殺人罪に該当します」

「わかりました」

八千代弁護士は大きく頷くと、今度は後ろを振り返った。

「被告人の水田茂夫さん？」

「はい」

被告席のベンチに座ったまま、水田が無表情に返事をした。

「検察は、このように主張しています。本当ですか？」

「はい。本当です」

水田は素直に頷いた。八千代弁護士は確認した。

「六人の殺害に明らかな殺意があったことは、間違いありませんか？」

「はい。僕が殺しました。間違いありません」

水田は殊勝に頷いた。

「聞いたでしょう？」

小幡検事が立ち上がり、水田を指差しながら八千代弁護士を睨みつけた。

「あなたの依頼主である被告人が、起訴状の罪状を完全に認めているんです。あなたには今さら無罪を主張する権利はありません！」

それには答えず、八千代弁護士は法壇の最上段にいる裁判長を見上げた。

「裁判長」

戸惑いながらも、滝田裁判長は八千代弁護士を見た。

「三週間前に行われた事前準備、いえ説明会でしたか。その場で検察側は、被告人が背理能力という特殊な能力を持っていると主張し、その前提で公判を進めたいと主張しました。そして裁判長、あなたもそれを了承されました」

滝田裁判長は無言で八千代弁護士の言葉を聞いた。

「しかし、あなた個人は背理能力の存在に疑問を持っておられる」

滝田裁判長はなおも無言だった。それを見て八千代弁護士は、頷きながら言葉を続けた。

「裁判長、あなたは正しい。あなたがお考えの通り、背理能力など存在しません。虚偽の能力です。そして検察は、この虚偽を前提に、無実の被告人を冤罪に陥れようとしているのです」

「異議あり！」

立ち上がっている小幡検事が叫んだ。

「背理能力の存在は警察の綿密な捜査によってはっきりと確認され、厳然とした証拠も提出されています。——証人の尾島警部補？」

「警視庁捜査第一課の尾島到です」

小幡検事に促されて尾島が立ち上がった。そして宣誓したあと発言を開始した。

「私は、本年七月二十八日、山崎亜矢香の死体が発見された際に臨場し、ここにいる三鷹署の閑谷一大巡査らとともに捜査にあたりました」

尾島は、水田茂夫の持つ背理能力と、それを使用した犯罪に気が付くまでの経緯を証言した。

警察の検視官は、山崎亜矢香の死を急性心臓死と判断したが、監察医による死体検案によって心臓に、まるで片手で心臓を圧迫したかのような、五つの原因不明の損傷が発見されたこと。そして、一階に住む水田の部屋に、一人暮らしであるにも拘わらず三台のベッドがあり、しかも不規則な位置に並べられていたこと。新宿で高山宙という不思議な能力を持つ青年に出会ったこと。高山が、水田の部屋に置かれた三台のベッドの位置が、それぞれ二階賃貸住居の浴室、トイレ、寝室の真下にあたることを発見し、水田は自分と同じ背理能力者で、二階を窃視しているのではないかと推定したこと。

三鷹警察署に水田を任意同行して取り調べしたところ、取り調べに激高した水田が、手を使わずに机の上の物を床に落とし、尾島の心臓を止めて殺そうとしたこと。水田はその時、同じ方法で過去に二人を殺害したと証言したこと。そして、診察を受けた尾島の心臓から、山崎亜矢香の死体と酷似した五つの損傷が発見されたこと——。

「では、証人の尾島刑事にお伺いします」

尾島が証言を終えると、八千代弁護士が立ち上がった。

「その高山宙という背理能力者の青年ですが、なぜ本日、証人として呼んでいないのですか？」

「現在は行方がわからないため、呼ぶことができませんでした」

「ほう、行方不明ね。じゃあ、呼べませんねえ」

皮肉な表情で微笑むと、八千代弁護士は壇上の滝田裁判長を見上げた。

「裁判長、今の高山宙なる人物の発言は全て伝聞です。証拠から除外して下さい」

「証拠から除外します」

滝田裁判長が答えると、八千代弁護士は満足そうに頷いて尾島に視線を移した。

「それで、尾島警部補が背理能力は存在すると主張する、具体的な証拠は何ですか？」

尾島は八千代弁護士を睨みながら答えた。

「甲《こう》号証としては、被告人が背理能力を使用する映像、山崎亜矢香の心臓の写真と監察医の死体検案書、私の心臓のX線画像及び医師の診断書です。乙《おつ》号証としては、被告人が六人の殺害を自供した場面が、甲号証として提出した映像中に記録されております」

甲号証とは、証拠物や警察作成の書類や被害者・目撃者等の供述調書など、検察官が犯罪事実を証明するために用いる証拠で、乙号証とは、被告人の供述調書や被告人の前科調書など被告人に関する証拠を指す。

八千代弁護士が質問した。

「尾島刑事。その証拠映像は、三鷹警察署の取調室で、警察の機材を使用して、警察の人間が撮影したものだと聞いています。本当ですか？」

「はい。そうです」

尾島が頷くと、八千代弁護士はさらに質問した。

「そして、山崎亜矢香の検死とあなたの診断を行った監察医は、元警視庁の捜査第一課に所属する警察官で、あなたとは長年の友人関係にあると聞きました。本当ですか？」

尾島は一瞬言葉に詰まった。だが事実である以上認めるしかなかった。

「ええ、その通りです」

八千代弁護士は大きく頷くと、滝田裁判長に視線を移した。

「裁判長。証拠と称する映像が撮影されたのは警察署の中で、同じくX線画像を撮影したのも元警察官の監察医です。ここに私は警察による何らかの作為を感じるのですが、裁判長はいかがでしょう？　被告人の言動を記録したという映像と、証人の心臓だというX線画像には、本当に証拠としての信憑性があるのでしょうか？」

「ちょっと待って下さいよ！」

閑谷が怒りを顕わにしながら立ち上がった。

「八千代さん、あなた、我々警察が証拠を捏造したと仰るんですか？」

「そうは言っていません。ただ、信用に足る証拠なのかと疑問を呈しただけです。そうですよね？　裁判長」

滝田裁判長は無言だった。その顔には苦悩が滲んでいた。

「裁判長、もう一度申し上げます。背理能力など存在しないのですよ」

八千代弁護士が法壇を見上げて、首を左右に振った。

「被告人がありもしない力で覗きや殺人を行ったなどという主張は、到底容認できません。常軌を逸した、荒唐無稽な主張だと言うしかありません。いえ、正気の沙汰ではありません」

法廷全体を見回しながら、さらに八千代弁護士は喋り続けた。

「ありもしない能力をでっち上げ、密室裁判で無罪の者を有罪にするなど、裁判史上類を見ない、言語道断の冤罪事件です。このような非道がまかり通るのなら、警察と検察は誰にでもあらゆる罪を着せることが可能です。私はこの警察と検察の暴挙に対し徹底的に戦います。裁判長はどうか常識に則《のっと》り、理性的な判断をお願いします」

小幡燦子検事が言ったことを、逆に利用された――。

尾島は後ろに座る小幡検事をちらりと見た。水田に起訴通知書を手渡しに行った日、彼女は車の中でこう言った。

――誰の犯行かを絶対的に証明する証拠など、そもそも存在しないのです。

あらゆる物証は、全て捏造である可能性を残しており、同様に証人も絶対的な証拠ではあり得ない。その根本的な裁判の盲点を八千代弁護士は突いてきたのだ。

また尾島は、事前準備の時に小幡検事が滝田裁判長に投げかけた質問と、裁判長の答えを思い出した。

――滝田さんは、いかがですか？

――正直な話、映像を観た今でも半信半疑です。

八千代弁護士はあの時、滝田裁判長の態度をじっと観察していたのだ。そして背理能力の認定に対する及び腰な態度を見て、裁判長は背理能力の存在を完全には信じていない、これならひっくり返せると確信した。そこで事前準備の場では大人しく従うふりをしていて、今日の公判で無罪を主張してきたのだ。

「裁判長、我々警察の捜査には何の作為もありません」

尾島は滝田裁判長に向かって必死に訴えた。

「背理能力は確かに存在します。提出した証拠は全て本物で、捏造や加工などは一切行っておりません。何よりも被告人本人が、背理能力が存在することと、背理能力を使って覗き行為や殺人を行ったことを、はっきりと認めているのです。これこそ背理能力が存在するという最大の根拠です」

「そこまで仰るのなら、尾島刑事」

八千代弁護士が割って入った。

「この法廷という場で、被告人の水田さんに、背理能力とやらを使って見せてもらおうじゃありませんか。もし、背理能力が存在する証拠をこの場で見せてもらえれば、私も信じざるを得ませんし、裁判長も信じて下さるでしょう」

ちらりと滝田裁判長を見たあと、八千代弁護士は尾島に視線を戻した。

「それとも、そうすると何か困ることでもありますか？」

馬鹿な——。尾島は呆然とした。水田が背理能力を使用して見せる訳がないではないか。

尾島は被告人席の水田を見た。その顔には微かに不敵な笑みが浮かんでいた。その顔を見て尾島は、公判の全てが八千代弁護士の書いたシナリオ通りに進んでいて、水田もシナリオ通りに動いていたことを確信した。

「では、水田さん」

八千代弁護士はスーツの内ポケットから金属製のボールペンを取り出すと、顔の前で左右に振った。

「このボールペンを証言台に置きますので、そこに立ったまま、少しでもいいですから動かしてみて下さいませんか？」

「はい。わかりました」

水田は被告席のベンチから立ち上がると、その場で証言台に置かれたボールペンを、じっと凝視し始めた。五秒、十秒――。法廷に無音の時間が流れた。

だが、何も起きなかった。法廷の全員が見ている中、水田はわざとらしくふうと息を吐くと、諦めたように首を左右に振った。

「ダメだ、動かないや。今日は調子が悪いのかな」

満足そうに八千代弁護士が大きく頷いた。

「いえいえ、結構ですよ。ありがとうございました。どうぞお座り下さい」

八千代弁護士はボールペンを拾い上げて内ポケットに戻すと、法壇に座る滝田裁判長を見上げた。

「被告人はボールペンを一ミリも動かせませんでした。なぜか？　それは背理能力など存在しないからです。被告人は、殺したいと思っていた相手がたまたま事故や病気で亡くなったため、自分には特殊な能力があり、それを用いて六人を殺したと思いこんでしまった。そしてその自白を聞いた警察も、愚かなことに、それを信じてしまったのです」

「愚かだと――」

尾島は怒りに歯嚙みし、唸るような声を漏らした。

「弁護士さん、そうなの？　僕、覗きも殺人もやってなかったの？」

被告席に座る水田が、これ見よがしの大きな声で八千代弁護士に聞いた。

「そうかあ。じゃあ高山宙なんて人の話も、僕の取調室で撮られた映像も、警察のでっち上げた証拠だったんだあ」

「その通りです」

八千代弁護士がにっこりと笑った。

「裁判長、もうおわかりでしょう。これは典型的な不能犯の事例です」

閑谷が背後の小幡検事に囁いた。

「オバさん、不能犯って何ですか？」

「おば――」

とりあえず抗議の言葉を呑み込んで、小幡検事は小声で説明した。

「ある人が誰かに殺意をもって、殺すために何かを実行したとします。しかし、もしそれが丑《うし》の刻《こく》参りだったら殺すことはできない。あるいは毒薬だと勘違いして小麦粉を飲ませても殺すことはできない。だからどちらも殺人罪には問われない。このような状態を不能犯と言います」

殺人罪における殺人の要件は「殺意をもって、自然の死期に先立って、他人の生命を断絶すること」だという。人を殺しても殺意がなければ過失致死罪だし、明確な殺意があって殺害のために行動しても、相手が死亡しなければ不能犯となり、殺人罪にはならないのだ。不能犯は相手が死亡する危険がないため、殺人未遂にも問われない。

八千代弁護士は朗々と喋り続けた。

「警察の誘導により、被告人は起訴状の事件が全て自分の犯行だと思い込んでしまいました。しかし実は、全ての死亡事案は事故死か病死か突然死であり、二階の女性に対する覗き行為も、被告人の妄想に過ぎませんでした。事件は全て、被告人と警察が創った架空の物語《ストーリー》であり、実際には殺人事件など一つも起きていなかったのです」

そんなことがある筈がない――。尾島は激しく混乱していた。

背理能力は確かに存在する。俺は高山宙が背理能力を使うのをこの目で見たし、水田に心臓を止められて殺されそうになった。

――だが。尾島は動揺の中で自問自答した。

これまで自分が見てきたことは、本当にあったことなのだろうか？　もしかすると、それらは全て、山崎亜矢香という女性の死を無理やり殺人事件にするために、全部自分の創り出した虚偽の体験だったのではないか？

高山宙という青年はなぜ姿を消したのか？　いや、高山という男は、そもそも本当に存在していたのだろうか？　背理能力の存在を証明したいという自分の欲望が生み出した、自分の妄想の中に住む架空の人物ではないのか？　高山が見せた数々の背理能力も、自分が勝手に創り出した嘘の記憶だったのか？

もしかすると、背理能力に関する全てが、自分の妄想だったのではないか――？

尾島は自分の記憶さえも、いや正気さえも、自信が持てなくなっていた。

「裁判長、ご理解頂けましたでしょうか？」

八千代弁護士が聞くと、滝田裁判長が深々と頷いた。

「よくわかりました」

「裁判長、そんな！」

関谷が悲鳴混じりの声を上げた。

「完全に、やられました」

小幡検事が敗北感に打ちひしがれながら呟いた。

「八千代弁護士は背理能力の存在など一切信じていなかった。そして我々の唯一の弱点、未だ背理能力についての科学的な検証が済んでいない点を突いてきたんです」

滝田裁判長は三週間前の事前準備においても、背理能力の存在については半信半疑だった。被告人と弁護人が背理能力の存在を認め、罪状を認めているのならば、それを根拠に公判を進めてもいいと思っていた。だが今、全ての根拠を覆されてしまったのだ。

「じゃあ僕、無罪なんだね？　弁護士さん」

水田がベンチから背後の机を振り向き、無邪気な声を上げた。その机に着いた八千代弁護士も、聞こえよがしに大きな声で返事をした。

「ええ。もうすぐ裁判官が無罪判決を下されるでしょう。危うく冤罪を着せられるところでしたが、もう大丈夫ですよ」

「よかった。刑務所に入らなくてもいいんだ」

ほっとしたように水田が言った。

「ネットもゲームもできないところに閉じ込められるなんて、全く冗談じゃないよ。そんなの一日だって我慢できない。八千代さんに弁護をお願いして、本当によかったよ」

そして水田は尾島と閑谷に視線を移し、にやりと勝ち誇ったように笑った。

その顔を見た途端、尾島は怒りのあまり全身の産毛《うぶげ》が逆立った。あれは間違いなく人殺しの顔だ。やはりこいつは間違いなくやったのだ。尾島は改めて確信した。

六人の貴重な命を奪った水田は、刑務所どころか死刑になって然《しか》るべきだ。しかし裁判長は、背理能力など存在しないという八千代弁護士の主張に傾いてしまった。やはり人間とは、常識から外れたものは理解できない生き物なのか——。

尾島は無念の中、そう考えることしかできなかった。

その時、法壇の上から声が聞こえた。

「私から被告人に、質問させて頂きます」

滝田裁判長だった。

「被告人。あなたは、自分の周囲の人間が次々と事故や病気や突然死で亡くなったため、自分には特殊な能力があって、念じれば人間の心臓を止めて殺せるのだと誤認するようになった。そう主張するのですね？」

水田は嬉しそうに頷いた。

「そうなんです。そう思い込んじゃったみたいです」

滝田裁判長が続けて質問した。

「では、亡くなった六人はいずれも、生きていると迷惑な人間、殺したいほど憎い人間、死ねば自分の利益になる人間、生きている価値がないと判断した人間で、殺したいと強く願っていた。それは事実ですか？」

一瞬、水田は黙り込んだが、すぐに笑顔で答えた。

「ええ。そうです。でも、僕が殺したのは、あくまでも妄想の中だから」

「裁判長」

八千代弁護士が挙手した。

「どんなに殺意が強くても、それだけでは殺人罪とはなりません。殺意をもって殺害した事実があって、初めて殺人罪です。釈迦《しゃか》に説法とは思いますが」

「わかっています。被告人、ありがとうございました」

滝田裁判長は水田に頭を下げたあと、小幡検事に視線を移した。

「それでは検察官、最終論告を」

小幡検事は諦めの表情で立ち上がったが、しかしそれでも最後の論告を行った。

「誰が何と言おうと、背理能力は厳然として存在します。そして背理能力が存在する証拠は提出した通りで、その信憑性に何ら疑いの余地はありません。被告人はこの背理能力を用いて、極めて身勝手な理由で六人を殺害するなどの犯罪を行い、改悛《かいしゅん》の情も全く感じられません。明らかに極刑が相当であり、死刑を求刑します」

次に滝田裁判長は八千代弁護士を見た。

「弁護人、最後に弁論はありますか?」

八千代弁護士は、余裕の表情で答えた。

「申し上げました通り、被告人の無罪を主張します」

最後に滝田裁判長は、被告人の水田を見た。

「被告人、最後に陳述することはありますか?」

「僕は警察と検察に騙されて、自分が二階に住む女性を夜な夜な覗いて、両親や伯父さん夫婦、それに二階を借りていた女性二人を殺したと思いこんでいました」

　忌々しげな顔で、水田は饒舌に喋った。

「自分が人を殺したと思うのは、とても恐ろしい気持ちです。まるで悪い夢の中にいるようでした。警察と検察は僕をこんな恐ろしい目に遭わせたのだから、ちゃんと心から僕に謝って、賠償金も払って欲しいと思います」

　滝田裁判長は何度も頷くと、法廷内を見回した。

「以上でこの裁判は結審となります」

　滝田裁判長が宣言した。

「なお、本公判は事前に関係者で協議しました通り、この一回で全ての審理を完了することとします。このあと一旦休廷して、午後五時丁度より判決を申し渡します」

　小幡検事が絶望の声を漏らした。証人席の関谷が慌てて検察席を振り向いた。

「駄目でした――」

「どうして駄目なんですか？　まだ無罪と決まった訳じゃ」

　首を左右に振り、小幡検事が答えた。

「判決までの時間の短さです。有罪判決であれば、全ての容疑に対する詳細な判決理由を用意しなければなりません。判決書の原本は後日作成されるものの、これだけの込み入った控訴の判決内容を整理立ててまとめるためには、最低でも数日を要します。

裁判長が、このあとすぐに判決を下すというのなら」

小幡検事は、苦しそうに言葉を吐き出した。

「無罪判決だと考えるしかありません」

関谷は無言のまま、悔しそうに唇を噛んだ。

そして尾島も、ここに至って水田茂夫の無罪、即ち裁判における敗北を覚悟した。

22　判決

ブラインドの隙間から、黄色い夕日が差し込む白い部屋。中央に細長い楕円形《だえんけい》のテーブル、その両側に四脚ずつ計八脚の肘掛け椅子が置いてある。その椅子に、尾島到と閑谷一大、それに検察官の小幡検事の三人が、それぞれ無言で座っていた。

そこは東京地裁の六階にある、評議室と呼ばれる部屋の一つだった。普段は法廷での審理終了後に裁判官と裁判員が評議を行う部屋だが、その中の一つが弁護士と被告人用、そしてもう一つが検察側の控え室として用意されていた。

尾島は腕時計を見た。午後四時四十分。四二六号法廷を退出したのが午後四時少し前だったから、もう四十分以上もこの部屋に籠もっていることになる。その間、誰一人として口を開こうとしなかった。被告人・水田の無罪がほぼ確定し、三人とも敗北感と虚無感に打ちひしがれていたのだ。

「運が悪かったわ」

独り言のように、ぽつりと小幡燦子検事が言った。

「考えてみたら滝田裁判長、最初から背理能力の話には腰が引けてた。あんな定年前で事なかれ主義のお爺ちゃんじゃなくて、もっと若い、新しい法解釈に積極的な裁判官に当たっていれば、きっといけたのに」

小幡検事は怒りを込めて滝田裁判長に毒づいた。地方裁判所と家庭裁判所の裁判官は六十五歳定年。滝田裁判長はあと三年で定年だ。

それから小幡検事は、足元に置いていた書類鞄に手を伸ばすと、中からマールボロの箱と使い捨てライターを取り出した。そして尾島と閑谷が注目する中、一本を咥えて火を点け、深々と吸い込んだ。

「あんた、煙草をやるのか？」

小幡検事が驚きの表情で聞いた。小幡検事は横に煙を吐きながら肩をすくめた。

「大学入試の時に、眠気覚ましのために覚えちゃって、以来十年近く。今月こそやめようと思っていたんだけど、もうやってられないわ」

いつの間にか、小幡燦子の口から敬語が消えている。

「ここは喫煙ＯＫなのか？」

尾島が聞くと、小幡検事は肩をすくめた。

「まさか。裁判所は全館禁煙よ。でも、訴えないでね」

「黙っててやる代わりに、一本くれ」

小幡検事が怪訝な顔になった。

「禁煙して半年間ガムでしのいでいたが、もうやってられない」

尾島も貰った煙草に火を点け、盛大に白い煙を吐き出し始めた。

「僕にも下さい！」

閑谷が右手をさっと挙げた。

「オバさんもトウさんもずるいですよ。僕だけ仲間外れじゃないですか」

「子供はダメだ」

「子供はダメよ」

同時に二人に言われ、閑谷は渋々と引き下がった。

白煙がたなびく部屋に、しばらく空虚な時間が流れた。

「――ねえ、何とかならないんですか？　オバさん」

我慢できなくなった閑谷が、小幡検事に詰め寄った。

「水田が無罪になったら、水田の背理能力が否定されたってことになります。水田がまた誰かの心臓を止めて殺しても有罪にできないんですよ？　そんな理不尽なことが許されていいんですか？」

「今度オバさんって言ったら、殺すわよ」

小幡検事が煙を吐きながら睨んだ。閑谷は急いで尾島に視線を移した。

「トウさん、科警研で進めてる背理能力の検証を急いでもらって、一日でも早く、科学的に存在を証明しましょう。そうしたら今回の判決をひっくり返して、裁判をやり直して、改めて水田を殺人罪で──」

「だから、裁けないのよ」

苛立った顔で、小幡検事が首を横に振った。

「一事不再理《いちじふさいり》。刑事裁判で一度判決が確定したら、同じ罪状で再度の審理はできないの。憲法の第三十九条に『同一の犯罪について、重ねて刑事上の責任を問われない』と書かれているから」

「じゃあ、このあと無罪判決が出たら、水田の人殺しの罪は、もう二度と」

閑谷の言葉に、小幡検事は頷いた。

「ええ。全部、綺麗さっぱり消えるわ」

それだけじゃない──。尾島は煙草を唇に挟んだまま、椅子の背もたれに身体を預けながら考えていた。

この公判で争われたのは、水田の犯罪証明だけではなく、背理能力の存在そのものではないか？　八千代弁護士は水田の犯罪を「不能犯」であると定義した。不能犯とは、明確な殺意があって殺人を試みたが、殺人のために取った方法が、到底人を殺せるものではなかった、という事案だ。

背理能力など存在しない、存在しない方法で人は殺せない——。八千代弁護士が滝田裁判長に認めさせようとしているのはこのことだ。地裁で背理能力の存在が否定されたら、上告しても裁判長の心証は引き継がれる。それに高裁や最高裁では地裁より罪が軽くなる傾向が強い。判決がひっくり返ることは考えられない。再び否定されるだろう。

これは、もし水田以外にも背理能力を持つ犯罪者が出てきたとしても、その人物もまた罪に問うことができないということだ。そういう判例が作られてしまうのだ。

無論、判例は法律ではない。間違った判決であったことが後で確認されれば、覆ることもある。しかし、覆すことができるのだろうか？　覆すためには、背理能力が確かに存在することを、誰もが納得する形で証明しなければならないのだ。

でも、一体どうやって——？

尾島は、その方法が全くわからなかった。お手上げだ。

「そろそろ時間よ。行きましょう」

携帯灰皿を尾島に差し出しながら、小幡検事が疲れたような声で言った。三人はのろのろと腰を上げ、まもなく判決が読み上げられる四二六号法廷へと向かった。

午後五時丁度、法廷脇の扉から三人の裁判官と書記官一名が入場してきた。

検察側の三人は法壇に向かって左側に着席を済ませており、法廷の反対側には、水田と八千代弁護士が座っている。その中を三人の裁判官は法壇の階段を上がり、並んで着席した。中央が滝田裁判長、その真下の席に書記官が座った。

男性の裁判所事務官が入廷してきた。彼は裁判長に一礼し、法廷後部にある小窓の付いたドアに向かった。傍聴人入り口だ。彼はそのドアの鍵を解錠すると、ドアを開けて外へ出ていった。ドアの外側の「公開停止」と書いた貼り紙を剝がすためだ。これで法廷は、傍聴人の出入りが自由となった。

「それでは、開廷します」

法廷内を見渡しながら、滝田裁判長が宣言した。

尾島は向かい側に座っている水田と八千代弁護士を見た。二人とも顔に余裕の笑みを浮かべている。すでに無罪を確信しているのだ。それから尾島は小幡検事と閑谷を見た。二人とも力なく肩を落とし、項垂《うなだ》れている。

「被告人は前に出て下さい」

水田が被告人席のベンチを立ち上がり、証言台の前に歩み出た。そして、顔にうっすらと笑いを浮かべながら、裁判長を見上げた。

滝田裁判長が水田を見下ろしながら、こう発言した。

「判決を申し渡す前に、被告人に申し上げます」

「え？」

驚きとともに、小幡検事が顔を上げた。

「は？」

同時に弁護人席で、八千代弁護士が訝《いぶか》しげに眉を寄せた。

二人の奇妙な反応を見て、閑谷が急いで小幡検事に聞いた。

「ど、どうしたんです、オバさん。裁判長、なんかヘンなこと言いました？」

「判決が無罪とか軽い刑罰の場合、裁判長はまず判決の主文を先に申し述べて被告人を安心させ、そのあとで判決の理由を説明したり、被告人への訓戒《くんかい》を行ったりするのが慣例なの」

小幡検事が緊張の面持ちで、早口に説明した。

「でも、死刑や無期懲役など重罪の言い渡しでは主文が後になる。主文を先に述べると被告人がショックでパニックになって、そのあとの言葉を聞けなくなるからよ」

「じゃ、じゃあ、この判決は」

閑谷の顔が期待に輝き始めた。

そう言えば——。尾島は休廷前の公判での、滝田裁判長の言葉を思い出した。

——では、亡くなった六人はいずれも、生きていると迷惑な人間、殺したいほど憎い人間、死ねば自分の利益になる人間、生きている価値がないと判断した人間で、殺したいと強く願っていた。それは事実ですか?——

滝田裁判長は、水田の殺意への強いこだわりを見せていた。もしかすると——。尾島は滝田裁判長の言葉の続きを、固唾《かたず》を呑んで待った。

「被告人に申し上げます」

滝田裁判長は、静かに話し始めた。

被告人に申し上げます。

背理能力とは本当に存在するのか、背理能力を用いて本当に殺人が可能なのか。今回はそれが問われた公判でした。

しかし私は、それよりも被告人の「殺意」に注目しました。

殺人罪において殺人とは「殺意をもって、自然の死期に先立って、他人の生命を断絶すること」です。その殺人罪を構成する要件の一つである殺意が、被告人には明確にあり、被告人自身もそれをはっきりと認めました。

そして、被告人が殺意を持った六人は、やがて全員が死亡しました。そして被告人は、この六人の死によって、その度に多大な物質的・精神的利益を得ることとなりました。

これらの事実は、被告人が犯人でないとしたら、合理的に説明することができません。被告人の殺意と被害者の死亡には因果関係が存在する、そう考えなければ説明が不可能です。

そう考えると、背理能力が存在するという検察側の主張は、充分に蓋然性を持っていると言わざるを得ません。

被告人がどういう手段で覗き行為を行ったのか。実のところ、それは大きな問題ではありません。問題は、被告人が若い女性に対して強い劣情を持ち、それを抑える努力を一切せず、それどころか若い女性をおびき寄せるための罠をわざわざ自宅の二階に用意して、若い女性の生活を夜な夜な覗いていたという事実です。

被告人がいかなる方法で六人を殺したのか。それも大きな問題ではありません。問題は、被告人が自分の両親を、育ての親である伯父夫婦を、そして将来ある二人の若い女性を、合計六人の命を冷酷に奪い去ったという事実です。

唯一、被告人と母親を虐待していた父親の殺害に関しては、わずかに同情の余地があります。また再婚を考えていた母親に対する子としての怒りは、理解できないことではありません。

ですが、父親と母親を背理能力によって殺害した結果、殺人行為がバレないことに味を占めて以降、四人に対して繰り返された殺人は、全てが身勝手極まりない理由によるもので、一片の弁護の余地もありません。

さらに被告人は、背理能力という犯行手段が科学的に証明できないことをいいことに、自分が行った数々の卑劣な行為を一切反省することなく、全ての罪を平然と逃れようとしました。

私は、背理能力の存在を認めます。

おそらくそれは被告人の、他人を憎む気持ち、妬む気持ち、見下す気持ちなどの悪《あ》しき心が、自らの欲望を満たすために生み出したものなのでしょう。

被告人が語った、覗き行為と殺人に関する細密な描写には、他人には計り知れない十分な具体性があり、「本人しか知り得ない事実」であると判断します。

また被告人には、自分の犯した罪に対する自責の念や悔悟の情も、亡くなった人々に対する贖罪の気持ちも、全く感じられません。それどころか——。

「僕、こんな力なんか要らなかったんだ！」

突然、水田が必死の表情で大声を上げた。

「こんな力がなければ二階の女を覗かなかったし、人も殺さなかったんだ！　簡単に覗けるから覗いたし、簡単に殺せるから殺したんだ！　あんたらだって絶対にやるんだよ、こんな力があったら！　僕が悪いんじゃない！　この力が悪いんだよ！」

その言葉を無言で聞いていた滝田裁判長が、水田を鋭く叱責した。

「甘えるんじゃない！」

水田はぴくりと身じろぎし、その剣幕に言葉を失った。

滝田裁判長が厳しい表情で続けた。

「折角授かったその類《たぐい》まれな力を、あなたは社会や人々の幸福のために活かそうとせず、ただ自分の欲望を満たすために使用した。それこそがあなたの罪ではないのか」

そして滝田裁判長は一転、穏やかな顔で水田を見下ろした。

「あなたが真人間として、文字通り生まれ変わることを期待します。来世では、どうか心穏やかな生を送って下さい」

水田の身体がぶるぶると小さく震えだした。もう水田は言葉を失い、ただ口を開いて裁判長を見上げることしかできなかった。

「被告人・水田茂夫に関する殺人他の事件について、次の通り判決を言い渡します」

滝田裁判長は席上で居住まいを正すと、法廷を見回し、そして決然と口を開いた。

「主文、被告人を死刑に処する」

「被告人を、死刑に、処する――」

閑谷が思わず裁判長の言葉を鸚鵡返しに呟くと、尾島を見た。

「こ、これって、勝ったってことですよね？」

尾島も思わず呟いた。

「信じられない。まさか、八千代弁護士に裏切られたこの展開で、滝田裁判長が背理能力を真正面から取り上げ、そして存在を認めるなんて」

やはり呆然としながらも、小幡検事が言った。

「確かに、にわかには信じがたい判決ですが、『ロス疑惑』裁判の例があります」

「ロス疑惑」とはこんな事件だ。一九八一年、Mという男が妻とロサンゼルスに滞在中、何者かの銃撃に遭い、Mは負傷、妻は死亡した。ところが、Mが妻に一億五千五百万円という高額な生命保険を掛けていたことが発覚し、誰かを雇って妻を殺害させたという殺人の共謀罪《きょうぼうざい》で、Mは逮捕された。

そして東京地裁で行われた第一審では、狙撃した人物は不明であるにも拘わらず、「動機を始めとした様々な状況証拠から、氏名不詳者と殺人の共謀をした」として、Mに無期懲役の判決が下された。

つまりロス疑惑裁判とは、殺人の過程に不明な点があるにも拘わらず、この不明点が明らかにされずとも情況証拠から充分に有罪たりうる、と判断した裁判だったのだ。

この「殺人の過程に不明な点がある」という意味では、今回の背理能力による殺人とよく似ているのではないか、そう小幡検事は説明した。

「で、でも、オバさん」

閑谷が不安そうに小幡検事を見た。

「背理能力という犯行手段が完全に解明されてない以上、控訴審でひっくり返される可能性もあるんじゃないでしょうか？　それは滝田裁判長もわかっているでしょうに、なぜ無理やり死刑判決を強行したんでしょう？」

「確かにロス疑惑裁判も、控訴審では一転無罪だったけど――」

小幡検事は困惑を顔に浮かべた。

尾島も首を捻った。当初の予定通り、背理能力が存在する前提での判決ならともかく、背理能力の存在を争点としてしまった以上、この死刑判決は存在証明が求められ、逆転無罪となる可能性が大きい。

それでも死刑判決を下した滝田裁判長は、後先を考えないほどに水田の犯行が許せなかったのか？　それとも何か、考えがあってのことなのだろうか――？

「何だこれは？　こんな裁判、あってはならない！」

八千代弁護士が激高して立ち上がった。

「背理能力などという、科学的に証明できない殺害方法を、自分の判断で勝手に認めるなんて、滝田裁判長は頭がおかしい！　即刻、控訴する！　同時に滝田裁判長には罷免《ひめん》の訴追《そつい》を起こす！　首を洗って待っていてもらおう！」

その時、小さな声が聞こえた。

「ねえ？　八千代さん」

証言台の水田だった。八千代弁護士は思わず言葉を止め、水田を見た。

「あんた、僕を絶対に無罪にして、家に帰してやるって言ったよね？」

八千代弁護士は、笑顔を作って見せた。

「まだ第一審なんですよ。これからすぐに控訴します。高裁での第二審では、絶対に無罪を勝ち取りますから」

「いつ無罪になって、家に帰れるの？」

水田に聞かれ、八千代弁護士は返事に詰まった。

「そ、それはまだ」

「あんた、裁判が終わったら家に帰れるって言ったよ？」

水田は不思議そうに八千代弁護士の顔を見た。

「まさか、何年もかかるんじゃないだろうね？」

「いや、それは何とも。でも、なるべく早く――」

八千代弁護士は、それだけを言うのがやっとだった。

だが、それこそロス疑惑裁判では、Mの無罪判決が確定するまで二十年近くの時間を要し、Mはそのうち十六年間を拘置所か刑務所で送ることになった。六人の殺人容疑を掛けられている水田も、そういう運命にならないとも限らないのだ。

「ふうん。やっぱりそうなんだ」

水田は小さく何度も頷いた。

「刑務所だけは絶対に嫌だって、あれほど言ったのに。これからどこかに閉じ込められて、何年も家に帰れなくて、ネットもゲームもできないんなら、有罪になったのとおんなじだよ。そうだろう？」

喋りながら水田は、八千代弁護士に一歩歩み寄った。

「あんたのせいだ。無能なあんたのせいで、これから僕は、死刑になるにしろ無罪になるにしろ、何年もずーっとずーっと刑務所だ。あんたが絶対無罪にすると言ったから、裁判でも全部言う通りにしたのに。金もあんたに言われるだけ払ったのに」

「もしかすると、滝田裁判長は――」

水田の動きを観察していた尾島が、緊張した声で呟いた。

「え？　トウさん、裁判長がどうかしましたか？」

閑谷の問いには答えず、尾島は立ち上がって大声で叫んだ。

「八千代さん、逃げろ！　逃げるんだ！」

八千代弁護士がちらりと尾島を見た。だが、彼は、水田に魅入られたようにその場に立ちすくんでいた。

「責任取ってもらうよ、八千代さん」

水田がぽつりと言った。

「死ね」

公判中なので水田は腰紐も打たれず、手錠も掛けられていなかった。水田は右手をゆっくりと上げると、八千代弁護士に向かって真っ直ぐ伸ばした。

八千代弁護士は自分に向けられたその手を、不思議そうに眺めた。

尾島が再び叫んだ。

「逃げろ——っ！」

水田が、伸ばした右手をじわりと握り締めた。

突然、八千代弁護士が不思議そうな顔で前かがみになった。そして、高級そうな生地のスーツの上から右手で左胸のあたりを押さえた。

「ぐ、ふっ」

八千代弁護士の顔が苦痛に歪んだ。右手を左胸に当てたまま、左手でもどかしげに首のネクタイを引っ張って緩め、カラーだけが白の青いシャツの襟をぐいと広げた。シャツのボタンが二つ空中に跳ねて、ぱらりと床に落ちた。

「あ、ああ——」

八千代弁護士の顔がみるみる赤黒く変化し始めた。チアノーゼだ。血中の酸素濃度が低下し、皮膚や粘膜が青紫色になる現象。

八千代弁護士の心臓を、水田が止めているのだ。

「八千代さん！」

小幡検事が悲鳴混じりの声で叫んだ。

「くそう！」

閑谷が立ち上がり、懐のホルスターから拳銃を抜いた。尾島と同じ警察の制式拳銃ＳＡＫＵＲＡ・Ｍ３６０Ｊ。それを水田に向かって両手で構えた。

「イチ、やめろ、撃つな！」

尾島が怒鳴った。

同時に、法廷に銃声が響いた。

水田の背後、右肩のあたりから血飛沫《ちしぶき》が上がった。

同時に水田はのけぞりながら絶叫し、床に転がった。

その向こうで八千代弁護士が、糸が切れた操り人形のように床に崩れ落ちた。

閑谷が両手で拳銃を構えたまま、背後を振り返った。そこには、右手で拳銃を構えた尾島の姿があった。その銃口からゆっくりと硝煙が上がっていた。

水田の身体を貫いた銃弾は、尾島のものだった。閑谷が撃つよりも一瞬早く、尾島が水田の右肩を後ろから撃ち抜いたのだ。

尾島が閑谷に声を掛けた。

「イチ、手錠だ！」

「は、はい！」

閑谷は銃をホルスターに戻しながら倒れている水田に駆け寄ると、水田の両手を後ろに回し、がちゃりと手錠を掛けた。

「誰か、救急車をお願い！」

小幡検事が叫んだ。三人の裁判官と書記官が、慌てて別室へと走った。

そして尾島はようやく、荒い息を吐きながら拳銃を下ろし、ホルスターに収めた。

閑谷に銃を撃たせる訳にはいかない――。ぎりぎりの状況の中で尾島は考えていた。閑谷はまだ若い。銃で人を撃つなどという経験は、できればさせたくない。万が一、当たりどころが悪くて殺しでもしてしまったら、一生こいつの心の傷になる。

同時に、絶対に水田を殺す訳にはいかない。こいつは法により裁かれ、六人を殺した罪を法の定める方法で償わねばならない。そのために今日、こいつをこの公判へと引きずり出したのだ。

そして、水田が背理能力を使う時には、トリガーまたは儀式として必ず右手を動かすことを思い出し、右手の動きを止めるため、尾島は冷静に水田の右肩を狙い撃ったのだった。

尾島は閑谷に押さえられた水田にゆっくりと歩み寄った。そして息を整え、倒れている水田を見下ろしながら、ぽつりと言った。

「殺人未遂容疑が、もう一件追加だ」

23　不安

「そうですか。八千代弁護士は順調に回復中。それはよかった」

尾島到がほっとした声を漏らした。

「ええ。何しろ水田に数分間心臓を止められていましたので、脳や運動機能に後遺症が残らなきゃいいがと思っていましたが、大丈夫だったようです」

小幡燦子検事も笑顔を見せた。

「大谷先生による検診の結果、八千代さんの心臓から、やはり山崎亜矢香や尾島さんと全く同じ五つの損傷が発見されました。水田の背理能力で傷付けられたのは間違いありません。水田を無罪にしようとして、逆に水田の有罪を自分の身体で証明してしまうとは、皮肉なものですね」

小幡検事の口調はまた、他人行儀な敬語に戻っていた。

水田茂夫の公判からおよそ半月後、十一月十六日月曜日——。

尾島と閑谷、それに小幡検事は、裁判長を務めた滝田真太郎判事を訪ねて地裁刑事裁判官第一研究室に来ていた。前回、八千代弁護士を交えて説明会を行った部屋だ。公判終了から半月を経たところで、警察、検察、そして裁判所の三者で情報交換を行うことになったのだ。

まず話題は、水田に殺されかけた八千代弁護士の状況から始まった。救急車で救急指定病院に運ばれたあと、命に別条はないとの診断を経て、尾島の希望で監察医・大谷無常による精密検査を実施した。水田に殺された山崎亜矢香、八千代と同じく水田に殺されかけた尾島の心臓と比較するためだったが、案の定同じ五つの損傷が残されていた。

「そして昨日、控訴期間の十四日が終了しました」

小幡検事が硬い表情で尾島を見た。

「八千代弁護士が入院したため、裁判所は国選弁護士に交代する手続きを取りました。その国選弁護士が何度も控訴を勧めたにも拘わらず、水田は『控訴はしない』と答えたそうで、とうとう控訴趣意書は提出されませんでした」

「ということは」

尾島の言葉に、小幡検事は無表情に頷いた。

「ええ。死刑確定です」

続いて小幡検事は、死刑囚となった水田茂夫の状況を一同に報告した。

「銃弾は右肩を貫通していましたので、水田は比較的軽症でした。現在は警察病院に入院中ですが、銃弾を身体に受けたショックからか、死刑判決への絶望からか、それとも自宅へ帰れないことで自暴自棄になったのか、誰の問いかけにも無言を貫いている状態だそうです」

尾島が質問した。

「水田は退院後、どこへ送られるんだ？」

「東京拘置所の保護房《ほごぼう》です」

保護房――。尾島は思わず眉を寄せた。自業自得とは言え、尾島は水田に対する厳しい処置に対し、複雑な思いを抱いたのだ。

死刑確定者は、刑務所または拘置所内に拘置されると法律で定められている。そして拘置所の保護房または保護室とは、三畳か六畳の独居房で、逃亡、暴行・傷害、自殺・自傷、異常行動反復の恐れがあるなど、他者と隔離すべき者が収容される部屋だ。最長七日間という期限はあるものの、三日ごとに更新が可能なので、長期間の収容も可能だ。

保護房への収容中は、常に革手錠が掛けられている。右腕は腹側、左腕は背中側に回して固定されるため、食事も手を使わず口だけで食べるしかない。また、就寝時以外の時間は、正座か胡座でいなければならない。

弁解するように、小幡検事が説明した。

「水田は六人を殺害し、更に警察官と弁護士を殺害しようとした凶悪犯です。それに加え、念じて手を動かすだけで簡単に人を殺す能力を持っていますから、他の囚人と同部屋にしたり、手を自由に動かせるようにしていたら、拘置所内の人間は命が幾つあっても足りません。革手錠もやむを得ないと思います」

「本人が一番恐れていた、ネットもゲームもできない状態になったのですね。——それで思い出したのですが」

尾島は滝田判事を見た。

「滝田判事。あの判決について、教えて頂きたいことがあるのです」

滝田判事は不思議そうに小首を傾げた。

「私に？　何でしょうか？」

「あなたは公判前に行われた説明会の時まで、背理能力の存在を疑っておられました。それなのにいざ判決となると、背理能力の存在を認定し、水田に死刑判決を下されました。しかし、その時点ではまだ背理能力の存在は証明されていませんでした。かなり大胆な、いえ無謀な判決だったと言わざるを得ません」

「そうですね」

滝田判事が認めたのを確認し、尾島は続けた。

「結果的に、死刑判決に激怒した水田が、背理能力を用いて八千代弁護士を殺害しようとした。そして判決後ながら背理能力の存在が証明された訳です。ですが滝田さん、これは偶発的な事態だったのでしょうか？」

「と仰いますと？」

「もしかするとあなたは、死刑判決で水田を激怒させ、法廷で背理能力を使用するよう仕向けたのではありませんか？　私が水田をわざと怒らせて、取調室で背理能力を使わせたように」

滝田判事の顔をじっと見ながら、尾島は喋り続けた。

「滝田さんが死刑判決を下せば、水田は即座に身柄を拘束され、彼が何よりも恐れたネットとゲームができない状態になります。控訴したとしても、死刑判決が出た以上再審までの間は保釈が認められません。水田は死刑判決によって自宅に帰れなくなり、自暴自棄の精神状態に追い込まれたのです。あなたはそれを狙ったんじゃありませんか？」

――ネットもゲームもできないところに閉じ込められるなんて、全く冗談じゃないよ。そんなの一日だって我慢できない。

水田が公判中にそう口にしていたのは、全員が聞いていた。また、尾島が水田を三鷹署に連れ出すことができたのも、水田の自宅のエアコンを壊し、インターネット回線を切断したからだった。

　尾島の言葉を聞いて、小幡検事が啞然とした。

「まさか、そんな——。そうなんですか？　滝田さん」

　滝田判事は静かに喋り始めた。

「死刑判決を下せば被告人が背理能力を使うだろうとか、そんなことは考えていませんでした。ただ、公判での彼の不遜な態度を見ているうちに、彼が六人を殺害したことは間違いないと確信するようになりました。しかし彼は、背理能力を隠し、警察の洗脳による妄想だという言い逃れをしていました。私はそれを見て、許せないと思いました」

　滝田判事は静かに、しかしはっきりとした口調で続けた。

「あの公判の流れでは、水田を無罪にせざるを得ない状況でした。しかし、もし私が死刑を宣告すれば、水田は勾留される恐怖でパニックになり、今のように冷静でいることはできない筈だ。もしかすると水田は、少なくとも、隠している本当の顔を見せるのではないか——？　そう考えたのです」

「だから、控訴審でひっくり返されるのも覚悟で、死刑判決を」

　呆れたように小幡検事が言った。

「はい。その結果、水田が背理能力を使い、法廷で自らの犯行を立証してくれた訳ですが」

滝田判事は淡々と話し続けた。

「八千代弁護士が言われたように、控訴審で一転無罪に覆ったら、裁判官弾劾《だんがい》裁判所から罷免の訴追を受ける可能性も考えました。しかし私は、確かに犯罪があったという事実と、六人が殺されたという事実を無視することはできませんでした。もうすぐ定年でお役御免となるからこそ、判決に一つも悔いを残したくなかったのですよ」

言い終わると滝田判事は、寂しそうにも見える顔で笑った。

「申し訳ありませんでした」

小幡燦子検事が、滝田判事に向かって深々と頭を下げた。

「え？　何がですか？」

「いえ、何でも」

戸惑う滝田判事に向かって、小幡検事は曖昧な笑顔を見せた。

尾島はそれを見て密かに苦笑した。小幡検事は、公判中の休憩時間に「定年前で事なかれ主義のお爺ちゃん」と罵《ののし》ったことを謝ったのだ。

「ところで、水田の刑の執行ですが」

小幡検事は話題を変え、全員を見回した。

「珍しく刑訴法通りに進むことになりそうです。つまり、これから検察庁が法務大臣に死刑執行上申書を提出、判決確定後六月《ろくげつ》以内に大臣が執行命令を下し、その五日以内に死刑執行、という流れです。今回はおそらく、判決の確定から一ヵ月以内に執行されると思われます」

「そんなに早く――」

尾島は思わず声を漏らした。

これまでの例では諸事情により、死刑判決確定から執行まで数年、場合によっては数十年を要することも珍しくない。だが今回は、法廷で自らの弁護士の殺害を企てるという、前代未聞の危険行動を起こしたことを考慮し、拘留が長引くと刑務官等に重大な危険が及びかねないと判断、法務大臣にも進言し、できる限り迅速に執行することになった、と小幡検事は説明した。

まもなく水田茂夫に、死刑が執行される――。

尾島は深い感慨とともに、その事実を噛み締めた。刑事人生の中で初めて遭遇した背理犯。天井の向こう側を覗き、離れた場所から心臓を止める、恐るべき能力の連続殺人者。偶然の力を借りたとは言え、警察・検察・司法が一体となって背理犯罪を証明し、罪を確定することができたのは、誇るべきことだろう。

しかし、自分の必死の捜査活動が一人の人間の命を奪うことになったのは事実だ。六人の命を奪った以上当然の報いだと思う一方で、今も尾島の耳の中には、水田茂夫が判決文の読み上げ中に叫んだ言葉が残っていた。

「僕、こんな力なんか要らなかったんだ！　こんな力がなければ二階の女を覗かなかったし、人も殺さなかったんだ！　簡単に覗けるから覗いたし、簡単に殺せるから殺したんだ！　僕が悪いんじゃない！　この力が悪いんだよ！」

　考えるな——。尾島は自分に言い聞かせた。

　犯罪者には誰しも必ず、犯罪に手を染めた理由がある。それをいちいち聞いていては、法の代理人であることはできない。警察官には、善良な市民を犯罪から守る使命がある。犯罪者の理屈など、俺たち警察の考えるべきことじゃない。

ただ、水田の言葉は、またもやあの言葉を尾島に思い出させた。

「能力って、本来はそんなに役に立つものじゃないんですよ。物を持ち上げたければ手を使えばいいし、壁の向こうが見たければ、ドアを開けて壁の向こう側に行けばいい。誰かと意思を疎通したければ、その相手と話せばいい。でもね、あることに限っては、絶大な効果があるんです。犯罪ですよ」

　尾島が背理能力について考える時、いつも頭に浮かび上がる言葉。尾島が出会った若き背理能力者・高山宙の言葉だった。最初に聞いた時は、証拠を残さないから犯罪に便利な能力という認識しかなかった。だが、今では、人間のもっと深いところまで根を下ろしていることに気付いていた。

背理能力は、人間を試すのだ。

背理能力は、それを手にした人間を犯罪へと誘惑する。

そして「お前は善か？　それとも悪か？」と選択を迫るのだ。

まるで、人間を悪へと誘《いざな》う悪魔のように――。

「私も死刑執行に立ち会うことになりました」

小幡検事が硬い表情で尾島に言った。

「秘密保持の観点から、他の検事には回せませんので。刑訴法で規定された必要最小限の人員の立ち会いで執行します。私と検察事務官、東京拘置所長の三名です」

勿論、刑務官五名や医務官二名など、執行実務に必要な人員も参加することになる。

「あの」

関谷が小幡検事を見ながら、おずおずと口を開いた。公判以来、関谷は髪の毛をほとんど黒と言っていい褐色に染めている。

「何でしょう？」

「こんな馬鹿なこと聞いたら、怒られるかもしれませんけど」

いつもと違う遠慮がちな態度に、小幡検事は苦笑した。

「構わないわ、何かしら？」

「死刑を執行しても、水田が死ななかったらどうなります？」

しん、と全員が黙り込んだ。小幡検事は口に笑いの痕跡を残したまま固まった。その状況に慌てた閑谷は、急いで言葉を続けた。

「いえ、あの、絶対にそんなことはないと思うんですけど、何しろとんでもない能力を持ってる奴ですから、こっちが予想もしないようなことが起きるかもしれないって、急に不安になって――」

小幡検事はしばらく無言だったが、やがて思い切った様子で口を開いた。

「石鐵県《せきてつけん》死刑囚蘇生事件をご存じですか？　閑谷さん」

「せきてつけん？　そんな県、日本にはありませんよね。中国か台湾の事件ですか？」

首を捻る閑谷に、小幡検事が首を横に振った。

「日本の話よ。石鐵県はかつて四国の西部にあった県で、明治六年に神山《かみやま》県と合併して現在の愛媛《えひめ》県になったの。そして石鐵県死刑囚蘇生事件とは、その名の通り、死刑執行された死刑囚が生き返った事例が、唯一官報に記録されている事件なのよ」

小幡検事はこの事件についての説明を始めた。

蘇生したのは、一揆《いっき》に参加して放火した罪で一八七二年に死刑宣告を受けた、田中《たなか》藤作《とうさく》という男だという。

「明治政府になって旧来の斬首《ざんしゅ》刑が廃止され、当時は絞柱《こうちゅう》という器具が死刑に使われていました。死刑囚の首に背後から縄を掛け、その縄の先に二十貫、約七十五kgの重石《おもし》を吊り下げて絞首するという、懸垂《けんすい》式の処刑器具です。しかしこの器具は、死刑囚が生き返るというので約二年で廃止されました。藤作もその一人だった訳です」

親族が徒刑場で藤作の遺体を引き取り、家に持ち帰ろうと運んでいる時、棺桶の中から呻き声が聞こえて蘇生が確認されたという。

「それで、その、藤作って人はどうなったんですか？」

閑谷が小幡検事に、恐る恐る聞いた。

「既に法に従って刑罰の執行は終わっているのだから、再び執行する理由はない——。これが中央政府の判断だったの。過去にフランスで絞首刑から蘇生した死刑囚がいて、その時国王が赦免《しゃめん》したことに倣《なら》ったみたいね。藤作の戸籍は回復され、二十六年後の一八九八年まで生きたと伝わっているわ」

「ってことは——」

閑谷がごくりと唾を呑んだ。

「もし水田が生き延びたら、無罪放免になるんですか？」

わずかに間を置いたあと、小幡検事は頷いた。

「その可能性はあります。現在の絞架《こうか》式が採用されて以降、被執行者が蘇生した記録がないので何とも言えないけど、田中藤作の事件における『刑罰の執行は終わっているのだから、再び執行する理由はない』という政府の論理は、一事不再理の原則にも合致するし、非常に説得力があるわ」

「水田は、こんな裁判があったことを知ってるでしょうか？」

閑谷が聞いた。しばしの間を置いて、小幡検事が口を開いた。

「おそらく、ネットでも手に入る知識よ」

「小幡さん」

意を決したように尾島が話しかけた。

「俺も水田の死刑執行に立ち会いたいんだが、可能だろうか？」

「尾島さんも？」

驚く小幡検事に、尾島は大きく頷いた。

「まさかとは思うが、背理能力者への死刑執行は初めてだ。閑谷の言う通り、何が起こるかわからない。公判と同じく、拳銃が必要になる事態も想定しておいたほうがいい。刑務官だって、死刑の立ち会い時には銃器を携行していないんじゃないか？」

拳銃が必要となる事態——。この言葉に小幡検事は言葉を失った。

確かに刑務官には拳銃が貸与されているが、これは行刑施設内での戒護《かいご》権執行が目的だ。死刑の立ち会いに武器を持っていく者は誰もいない。仮に携行させたとしても、緊急時に躊躇なく使用できるだけの訓練は積んでいないだろう。

小幡検事が口を開いた。

「刑訴法四百七十七条に、死刑執行に必要な立会人が定められていますが、それ以外の者の立ち会いが禁じられている訳ではありません。検察官または拘置所長の許可があれば、刑場への立ち入りが認められます」

そして小幡検事は覚悟を決めたように、しっかりと頷いた。

「つまり、私が許可すればいい訳です」

24　執行

「残念ですが、その時が来ました」

簡素な一人掛けソファーに行儀よく座った男が、微笑みを浮かべながら穏やかな声で言った。ダークグレーの地味なスーツに濃紺のネクタイという地味な服装だ。

低い木製のテーブルを挟んで、向かい側にも同じ一人掛けソファーがあり、そこにもう一人の男が座っていた。赤と黒のチェック柄のネルシャツ、下は穿き古したデニムのジーンズ、白い木綿のスニーカー。

ネルシャツの男は、これから死刑を執行される死刑囚の水田茂夫だった。向かいに座ったスーツ姿の男は、日本基督《キリスト》教団 教誨師《きょうかいし》会から派遣されたプロテスタントの教誨師。そしてここは、執行室とカーテンを一枚隔てたところにある教誨室だ。

死刑囚は懲役刑の囚人ではないため、囚人服を着せられることもないし、刑務作業もない。服装や髪型も自由で、私物を身につけることができる。ただ、水田の服装には、普通の死刑囚とは異なるところがあった。両腕を後ろ手に回され、革手錠を掛けられているのだ。

これは拘置所の保護房に送られてからずっと行われている処遇で、水田が背理能力を使用する時に、トリガーなのか儀式なのか、一緒に手を動かすという報告を受け、刑務官などの危険を防ぐための対策だった。

部屋の中には、水田と教誨師を取り囲むように、濃紺の制服・制帽に身を固めた四人の男が後ろ手で立っていた。死刑囚の逃亡を防ぐための刑務官だ。

微笑みを絶やさずに、また教誨師が水田に話しかけた。

「あなたも生まれてから今まで、いろんな人にお世話になった筈です。その人たちに、ありがとうとお礼を言いましょうか。ね？」

水田は無言だった。その顔は能面でもあるかのように表情がなかった。

保護房でもずっとこの状態だったことを、何度も面会した教誨師は知っていた。彼は、この死刑囚は非常に凶暴な性格の人物で、また自傷癖《じしょうへき》があるためやむなく革手錠を使用していると説明されていた。

「それでは、賛美歌を歌いましょう」

教誨師は鞄から薄い緑色の小冊子を取り出すと、水田が読めるように広げ、テーブルの上に置いた。

「そして、あなたの全ての罪を赦《ゆる》し、慈《いつく》しんで下さる、神のまことの愛に感謝いたしましょう。私も歌いますので、どうぞ一緒に歌って下さい」

慈しみ深き　友なるイエスは
罪《つみ》、咎《とが》、憂《うれ》いを　取り去り給《たも》う
心の嘆きを　包まず述べて
何《な》どかは下ろさぬ　負える重荷を――

賛美歌三百十二番「慈しみ深き」、原題「What A Friend We Have In Jesus」。

だが、水田は無言のまま歌おうとはしなかった。その顔も相変わらず、全ての感情を失ってしまったかのように無表情だった。

それでも教誨師は、少しでも最後の時間を長引かせようと思ったのだろう、三番まである日本語の歌詞を全て独りで歌った。そして歌い終わると静かに立ち上がり、一礼してドアの外へと消えた。

すると、水田を取り囲んでいた四人の刑務官が水田に歩み寄った。水田を立たせ、目にアイマスクを掛けた。後ろ手に掛けられた革手錠はそのままだ。

カーテンが開いた。四人はそれぞれ水田の身体の一部を掴むと、引きずるように隣室――執行室に連れていった。その床の中央には、一辺が百十㎝の正方形を描くように赤いテープが貼ってある。この内側が二つに割れる踏み板だ。

その真上に、天井の滑車から輪を作ったロープ、絞縄《こうじょう》が下がっていた。

十二月二十三日水曜日、午後一時丁度——。

小幡検事と尾島到、それに閑谷一大の三名は、その時、執行室の隣にある立会室にいた。

コンクリート造りの底冷えのする部屋。暖房は入っていないようだ。執行室に向かって鉄製の手すりが設置してあり、その先の壁に大きなガラス窓がある。その窓には青いカーテンが掛けられており、執行室の中は全く見えない。立会人は文字通り死刑に立ち会うだけで、死刑を目撃することはないのだ。

「あのカーテンは、開かないんですか？」

閑谷の質問に、小幡検事は首を左右に振った。

「開いているところは、見たことがないわね。もし無事に執行されたかどうか心配なら、執行が終わったところで、あの階段を降りれば——」

小幡検事が指差す先には、階下に降りる階段があった。

「執行室の真下の部屋に行くことができるの。そこでは執行後、医務官が死刑囚の絶命を確認するから、執行終了が確認できるわ」

踏み板が開くと、死刑囚の身体は四ｍ下に落下する。すると絞縄が死刑囚の喉に食い込み、窒息死させる。落下してから十五分が経過すると、医務官が聴診器を当てて死亡を確認する。そしてようやく遺体がロープから降ろされるのだ。

執行室にカーテンが掛けられていてよかった――。尾島は閑谷を見ながら、内心で安堵していた。

東京地裁での会合の日、尾島が水田の死刑に立ち会いたいと言うと、閑谷も自分も行きたいと強く主張した。

「イチ、お前は来なくていい」

尾島としては、自分一人で充分だと思った。自分が送検した犯人が裁判で死刑を宣告されただけでも、責任感に押し潰されそうになるのに、その犯人が命を奪われる現場に立ち会うのは、まだ若い閑谷にとって相当なショックだろうと思ったのだ。

だが閑谷は聞かなかった。

「いえ、立ち会わせて下さい。僕にも水田を死刑にした責任の一端がありますし、それに、万が一何かが起きたらトウさんが心配です。お願いします」

尾島はそのしつこさに負けて、やむなく閑谷にも立ち会ってもらうことにした。

もっとも、万が一の事態を考えれば、銃を持った人間は一人でも多いほうがいいのは事実だ。今日、死刑になるのは、六人を殺害した背理能力者・水田茂夫なのだ。何かが起きるのではないか、そんな気がしてならなかった。

「始まったようです」

小幡検事が囁いた。

からからからという滑車の回る音が、カーテンの向こうから聞こえてきた。天井から絞縄が下がってきたのだ。


四人の刑務官のうち二人が、下りてきたロープを水田の首にかけた。残る二人が水田の両脚に足錠を掛けた。そして全員が、一斉に踏み板の外まで退がった。

その時、それまで魂が抜けたように項垂れていた水田が、突然ぐいと顔を上げた。

「始まるんだね？」

水田はそう言うと、アイマスクをした顔でぐるりと周囲を見た。そして自分の首にロープの輪が掛けられていることに気が付くと、鬱陶しそうに頭を左右に動かした。

だが、しっかりと掛けられたロープの輪は外れなかった。

「ねえ、そこにいる四人の制服の人、あんたたちだよ」

四人は思わず一歩後ろへ下がった。アイマスクをしているにも拘わらず、明らかに四人が見えている喋り方だった。

「知ってるよ。あんたたち、僕を殺すつもりなんだろ？」

水田はゆっくりと何度も頷いた。

四人の顔に恐怖が浮かんだ。一人の足がすくみ、ぺたんと尻餅をついた。

水田は顔を巡らせ、執行室の左側にある壁を見た。その向こう側には、ドアのない入り口で繋がっている細いスペースがあった。踏み板を開くボタンが並ぶ、ボタン室だ。

「ねえ、壁の向こうにいる三人。それが僕を殺すボタンだね？」

その声に、ボタン係の刑務官三人がびくりと身体を震わせた。

「ボタンが三つあるのは、自分が殺したと思わなくて済むようにだってね。でも、ボタンを押したら、やっぱり三人全員が人殺しなんだよ。そのボタンを押した瞬間、僕とおんなじ人殺しになるんだ」

アイマスクを掛けた顔で、水田はにやりと笑った。

「そうだ。どのボタンが当たりか、教えてやろうか？」

そう言うと水田は、ボタン係を一人ずつ順にじっと見た。

「わかったぞ。右端の黒い眼鏡を掛けた人。あんたの前のボタンだよ。嘘だと思うなら、他の二人は押すふりして押さずに見ててごらんよ。右端の人が押せば、僕は落ちるからさ」

「聞くな！　全部出鱈目《でたらめ》だ！」

四人の刑務官の一人、責任者と思《おぼ》しき男が大声で叫んだ。

「ボタンを押せ！」

だが、ボタン室の三人は手が震えてボタンが押せない。

「何をしている！　早く押せ！　押すんだ！」

その怒号に押され、ついに三人は、悲鳴のような叫び声を上げながら同時にボタンを押した。

ばん、という大きな音とともに床が開き、水田の身体が落下した。床に開いた四角い穴に、ふっと水田の姿が消えた。一瞬遅れて、四m下で水田を吊った絞縄がぴんと張り、どん、というロープが張る重い衝撃音が執行室に聞こえてくる――筈だった。

しかし、四角く開いた穴の下からは、何の音も聞こえてこなかった。

その時、執行室の真下にある部屋では、受け止め役の刑務官と死刑囚の死亡を確認する医務官が、呆然として上を見上げていた。

水田の身体が、四角い穴のわずかに下で空中に浮いていた。

「あ、あ――」

水田の身体を見上げながら、下の部屋の刑務官が恐怖の声を漏らした。

こんなことがある筈がなかった。もしかして何かの原因で滑車が滑らず、縄が途中で止まったのか？　しかし、その刑務官はすぐに自分の想像が間違っていたことに気が付いた。空中にいる死刑囚の首に掛けられた縄が、緩んでだらりと脇に垂れているのだ。

「何の騒ぎだ？」

ガラス窓の向こうから聞こえた刑務官の怒号に、立会室の尾島が叫んだ。

「押せ、押せって聞こえましたけど」

閑谷が不安そうな声で言った。

「行って見ましょう！」

小幡検事が下り階段に向かって走り出した。尾島と閑谷も急いであとに続いた。

何ということだ――。

執行室の真下の部屋に駆け込んできた尾島は、頭上を見上げて絶句した。

首に縄を掛けられ、アイマスクをした水田が空中に浮いていた。

水田は、必死に歯を食いしばっていた。その表情で、水田が全身に力を込めているのがわかった。後ろ手に革手錠を掛けられた手は、両掌を広げて真下に向けられている。水田は今、真下に力を向け、自分の身体を自分で空中に持ち上げているのだ。

「う、うひゃあああっ！」

壁際で、恐怖に腰を抜かした医務官が叫んでいた。無理もなかった。この理不尽な光景は、悪夢と言うしかなかった。

尾島と閑谷が同時に拳銃を抜き、頭上の水田に向けて両手で構えた。水田の力は全て自分の身体を持ち上げることに使われているらしく、下にいる五人の人間に危害を加える様子はなかった。だが、人間の心臓を簡単に止める奴だ。油断はできない。

一分、二分、三分――。

空中の水田を見上げるだけの、恐ろしい時間が過ぎていく。

「もし、このまま落ちなかったら――」

閑谷が拳銃を構えたまま、震える声で呟いた。その声に、尾島は小幡検事の言葉を思い出した。

――刑罰の執行は終わっているのだから、再び執行する理由はないという政府の論理は、一事不再理の原則にも合致し、非常に説得力があるわ――。

閑谷の隣で拳銃を構える尾島の背中を、冷たい汗が伝った。

「下ろして！　ねえ、誰か下ろしてよ！」

アイマスクをした水田が、床にいる全員を見下ろしながら叫んだ。

「今、僕の死刑は執行されたよね？　でもほら、僕は生きてる。死刑は失敗したんだ。だからもう僕は無罪なんだろ？　早く縄を外して、僕を下ろしてよ！」

「残念だけど」

空中の水田を見上げながら、小幡検事が静かに口を開いた。

「現在の法律では、死亡確認後さらに五分が経過するまで絞縄は外せないわ」

「何だって――」

水田は絶望の声を漏らしたあと、ふいにアイマスクをした顔を上に向けた。その視線の先には、四角く開いた天井の穴があった。

水田の身体が、じわりと上昇した。首に掛けられている縄がさらに緩んだ。そして水田は顔を上に向けた状態で、少しずつ天井に向かって空中を昇り始めた。背理能力を用い、自らの身体を持ち上げているのだ。

「そ、そんな」

関谷が震える声を漏らした。

水田に拳銃を向けたまま、尾島は必死に考えた。この部屋の上にあるのは執行室だ。水田は天井の四角い穴を通り抜けて、再び執行室に戻るつもりなのだ。水田が執行室に戻ってしまったら一体どうなるのか？　刑は再び執行されるのか？

それとも、我々は水田を、無罪放免にせざるを得ないのか――？

突然、水田の身体が空中で静止した。そしてその顔が苦しそうに歪み、身体がぶるぶると震え始めた。尾島は何が起きているかを悟った。天井の上の執行室を目の前にして、水田の体力が限界に達しようとしているのだ。

それでも水田は、渾身の力で自分の身体を持ち上げようと空中で藻掻《もが》いた。だが彼には、自分の身体を支えるだけの力は、もう残っていなかった。

「うがあああああああ――っ！」

突然、水田が恐ろしい声で絶叫した。尾島と閑谷はびくりと身を固くし、反射的に拳銃のグリップを握り締めた。叫び声を上げながら水田の身体が落下した。ついに水田が力尽きたのだ。

どん、という重い音とともに絞縄が水田の首に食い込んだ。同時に水田の叫び声が止まった。ぴんと縄が一直線に張った。だらり、と水田の手足が力なく伸びた。水田の身体は落ちた時の反動で、まるで巨大な振り子のように左右に大きく揺れ始めた。

尾島と閑谷は拳銃を構えたまま、目の前にぶら下がっている水田を凝視していた。

小幡検事も荒い息を吐きながら、無言のまま水田を見ていた。

受け止め役の刑務官も、死亡を判定する医務官も、しゃがみこんだまま動けなかった。

天井に開いた四角い穴から、真上の執行室にいる刑務官たちが覗いていた。

さらに二十分ほどが経っただろうか。

ようやく我に返った医務官が、水田に向かって足を踏み出した。水田の腕を持ち上げ、脈を取り、聴診器を胸に当てて心音を聞いた。

「絶命しています」

その声で、尾島と閑谷はようやく拳銃を下げ、ふうと大きく息を吐いた。

それから水田の死体は、規定の時間を超えて、さらに一時間以上も吊り下げられたままだった。

エピローグ　勃発

「さっき、お客さんの解剖が終わった」

耳に当てたスマートフォンから、監察医の大谷無常の声が聞こえてきた。

「現在は全て元通りに縫合《ほうごう》し、地下で休んでもらっている」

「そうか――」

尾島は小さく何度も頷いた。

「別にお前に頼まれたからじゃないが、本当にマル能の死体を届けることになっちまったな」

大谷が電話してきたのは、背理犯・水田茂夫の死刑執行から三日後の夜。年の瀬で世の中が慌ただしくなってきた、十二月二十六日土曜日のことだった。

水田の遺体は医務官による処置を受けたあと、解剖のために大谷無常のいる東京都監察医務院へと搬送された。大谷は以前、背理能力者の死体が手に入ったら真っ先に連れてこいと尾島に言った。そして水田茂夫が死刑執行を受け、大谷の希望は期せずして叶うことになった。

水田の両親も、両親の唯一の兄弟姉妹だった伯父夫婦も、水田によって殺害されており、祖父・祖母もすでに死亡していた。最も近い親族は母方の祖母の妹であったが、「疎遠でそんな親戚がいることも知らなかった」と言い、解剖を許諾する代わりに遺体の受け取りを拒否した。そのため水田の遺体は、身元不明人と同じく「行旅《こうりょ》死亡人」として扱われることになった。解剖後は東京都が引き取り、無縁仏として埋葬される。

「で、どうだった？　何か見つかったか？」

尾島が聞くと、大谷が説明を始めた。

「死体は生前、天井の向こう側を透視していたというから、まず死体の視覚組織を注意して診た。すると網膜の中に、未知の光感受性受容器《ひかりかんじゅせいじゅようき》が三種類発見された」

「光感受性、受容器？」

「そうだ。人間の目に入った光は、網膜の奥に存在する視細胞《しさいぼう》の桿体《かんたい》及び錐体《すいたい》によって感受される。人間は青型・緑型・赤型の視細胞をもつ三色型色覚だが、あの死体は紫外型・青型・緑型・赤型・赤外型・放射型の視細胞をもつ六色型色覚だった」

「ええと、それは結局――」

尾島が困っていると、大谷が要約した。

「あの男は不可視光線を視ることができたと考えられる」

人間以外の動物には、人間が感受することができない紫外線、赤外線、それにX線などの放射線を感受するものが存在する。現在の人間はこの能力を失ってはいるが、哺乳類の祖先は同根である筈で、遺伝子の中には発現しないまま設計図を保持している可能性が高い。水田は何らかの理由でその遺伝子が発現したものと考えられた。

「つまり、広い意味で一種の先祖返りだな」

そう言った大谷に、尾島がさらに質問した。

「不可視光線の紫外線、赤外線、放射線が見えると、その、どう見えるんだ？」

「これらの不可視光線はコンクリートでも貫通するから、遮蔽物《しゃへいぶつ》の向こうが見えることになる」

これが水田の持っていた背理能力の一つ、透視能力の理由だったのだ。

「もう一つの、物を動かす能力についてはどうなんだ？」

「わからない。脳の機能に関係があると思われるので、脳神経内科の専門医に引き継ぐことにした。今後の課題だ」

大谷でもわからないことがあるのか——。尾島は問題の深刻さを知った。

「しかし、どうして水田はそんな異常な視覚細胞を持っていたんだろう？」

「異常？」

尾島の言葉を大谷が聞き咎めた。

「異常などではない。これは進化だ」

大谷は冷静な声で断言した。

「そもそも人間の中に隠れていた遺伝子が発現したのか、それとも他の生物の遺伝子が水平伝播《でんぱ》したのか、それはわからない。だが、体内に新たな器官が生じたのだから、これは進化と呼ぶべき生物学的変容だ。そうじゃないか?」

大谷の声には、どこか興奮とも言うべき響きがあった。

「この流れは誰にも止めることはできない。水田のような背理能力者はすでに出現しているだろうし、これからも続々と出現する。進化の爆発点が近づいているのかもしれない」

「爆発点──」

尾島は不安を感じながら、呆然と呟いた。

「そうだ」

電話の向こうで大谷が頷く気配がした。

「その爆発点が、今、この世界に到来しつつあるように思える。そう、あの『カンブリア爆発』のようにだ」

大谷によるとカンブリア爆発とは、五億四千二百万年前から五億三千万年前のカンブリア紀に、現存する全ての動物の門《ファイラム》が出揃ったと言われる爆発的進化現象である。

カンブリア紀のカンブリアとは、この時代の岩石が初めて発見された、イギリス西部・ウェールズのラテン語名であるという。

「カンブリア――」

思わず尾島は呟いた。ただの外国の地名であるにも拘わらず、その言葉の響きに、尾島は何か禍々《まがまが》しいものを感じずにはいられなかった。

週が明けて、十二月二十八日月曜日、午前十時――。尾島は警視庁刑事部にある、巌田尊捜査第一課長の個室に来ていた。

「吊るされても死なねえって電話が入った時は、肝を冷やしたぜ」

ソファーセットの向かいに座る巌田一課長が、煙草の煙と一緒に大きく息を吐いた。

「私もです」

尾島到が真面目な顔で頷いた。

「マル能の死刑執行ですので、もしかすると何かが起きるかもと考えていましたが、いざ水田の身体が宙に浮いたのを目の当たりにすると、とてもじゃありませんが、目の前で起きていることが信じられませんでした。自分の頭がおかしくなったのかと」

「まあ、取り敢えずは、よくこの厄介な事件《ヤマ》を片付けた。――そこでだ」

巌田課長はスーツの懐に右手を突っ込むと、三つ折りにした紙を引っ張り出し、尾島に向かって差し出した。尾島は怪訝な顔で受け取ると、すぐに開いて見た。

様式第3号（第13条関係）「辞令書」
（氏名）　尾島到
（現官職）　刑事部捜査第一課　第七係　警部補
（異動内容）　刑事部捜査第一課　第四特殊犯捜査　特殊犯捜査第八係　警部補を任ず
（年月日）　令和──年十二月二十六日
（任命権者／所属長）　刑事部捜査第一課長　巌田尊

尾島は顔を上げて巌田課長を見た。

「異動、ですか」

「そうだ」

「第八係という部署は初耳ですが、いつできたんですか？」

特殊班捜査は一九六四年に捜査第一課内に設立された部署で、第一・二係は誘拐・人質事件や恐喝《きょうかつ》・脅迫事件、第三・四係は航空機・列車の爆破事件や産業災害、第五係は遊軍、第六・七係はインターネットによる恐喝、脅迫等を捜査する。だが、第八係ができたという話は尾島の記憶になかった。

「今日だ」

巌田課長があっさりと言った。

「特殊犯捜査第八係は、表向きは『その他特殊班の捜査』という名目になるが、実はマル能、即ち背理犯罪の捜査にあたる専門部署として、俺が新設した。課長代理は置かねえ。俺の直属部署だ」

「課長直属の、背理犯罪捜査の専門部署――」

巌田課長は今回の水田茂夫の事件を見て、極秘捜査の必要性と、専門の捜査チームの必要性を痛感したのだろう。確かに、刑事部の各部署がバラバラに捜査を進めることになったら、あっという間に世の中に知れ渡り、社会にパニックを招くだろう。

「尾島、お前がそこの係長をやるんだ」

さらりと言った巌田課長に、尾島は仰天した。

「私がですか？　でも、私はまだ警部補ですが」

「嫌か？」

「いえ、そんなことは」

巌田課長に睨まれ、尾島は慌ててかぶりを振った。

「じゃあ、やるんだ。他に適任の奴がいねえからな。もっとも知っての通り、本部じゃ係長は警部の役職だ。次の警部試験を受けて必ず通れ。わかったな」

「わかりました」

また昇進試験かと腹の中でうんざりしながらも、尾島はそれを隠して頭を下げた。

「それから、閑谷一大と言ったか。お前と一緒に動いてた三鷹署の若いのだが、こいつもお前の下に引っ張ることにした。よく働く男のようだし、マル能の存在を知ってる奴はお前の所に集めといたほうがいい。マル能の話は、できれば社内にも広めたくねえからな」

閑谷が部下になる——。それは尾島にとっても嬉しい話だった。少々暴走気味なところもあるが、骨惜しみをしない、正義感の塊のような男だ。きっと全力で尾島を助けてくれるだろう。

ふと尾島は、閑谷がオバさんと呼んでいた担当検事、小幡燦子を思い出した。これまでに会ったことがないほど理屈っぽい女性で、しかも彼女のせいで半年間続けてきた禁煙がパーになってしまった。もし次なるマル能が現れたら、再び彼女と組むことになるのだろうか。尾島は、なぜかそれを楽しみにしている自分に気が付いた。

巌田課長が話をまとめるように言った。

「係員は必要に応じて増やしていくが、取り敢えずはお前と閑谷、それにもう一人の三人で始めてもらう。よろしく頼む」

尾島は首を傾げた。

「もう一人、というのは？」

「特命捜査対策室の第四係で、とある○号事案の継続捜査を行っていた男だ」

「初めまして。特命捜査対策室から参りました、笹野雄吉《ささのゆうきち》と言います。どうぞよろしくお願いします」

背理犯捜査の専門部署として生まれた特殊犯捜査第八係、通称「背理」で尾島と閑谷を待っていたのは、尾島よりもかなり年上の、小柄で腰の低い男だった。

「三鷹署から参りました、閑谷一大です。よろしくお願いします！」

閑谷が嬉しそうに、直立不動で敬礼した。

「七係から来た尾島到です。こちらこそよろしくお願いします」

会釈しながら尾島は、巌田課長が笹野を背理に異動させた理由を思い返した。

「笹野さんは俺の四年先輩でな。特命でファイルしてる○号事案の一つが、二十二年前に笹野さんが殺人犯捜査時代に担当していたヤマなんだ。どうしてもそのホシを挙げたいがために、俺に直訴して特命に異動した」

「その二十二年前のヤマって、どんなヤマなんです？」

巌田課長は、笹野が二十二年間追っているという〇号事案について説明した。

二十二年前。杉並区の一軒家に強盗が侵入、住人の夫婦が殺害された。奇妙なことに、強盗と思われる三人の死体もまた現場に残されていた。そのため、強盗はもう一人以上いて、三人の仲間を殺害して金品を独り占めして逃げたと推測された。

その時臨場した笹野は、中学生の一人娘が、賊に性的暴行を受けながらも生き残っているのを発見した。その娘は、家の玄関ドアはオートロックで、ドアチェーンも掛けていた筈で、どうやって侵入したのかわからない、そう証言した。

そして最も奇妙なのは、死体となっていた三人の強盗の死に方だった。三人とも外傷は全くないのに、なぜか体内で肺だけが潰れて死んでいたのだ。死因は窒息死。

「外傷はないのに、肺だけが――」

呆然とする尾島に、巌田が頷いた。

「全く、奇妙奇天烈《きてれつ》な事件だ。だが、もし現場から逃げたホシが」

尾島がその言葉を引き継いだ。

「背理能力者だとしたら、筋が通ります」

「そういうことだ」

巌田課長は大きく頷いた。

笹野が尾島と閑谷を見ながら、敬語で自己紹介を続けた。

「巌田課長からお聞きと思いますが、私は、とある○号事案の捜査を二十二年間続けています。あまりにも陰惨で、あまりにも奇妙で、そしてあまりにも可哀相な事件でした」

この事件当時、殺人事件の控訴時効は十五年。つまり二〇一三年に事件は時効を迎える筈だった。だが二〇一〇年の刑訴法改正で、この事件の時効が消滅した。無期限に犯人を追い続けることができるようになったのだ。そこで笹野は巌田課長に異動を直訴し、特命捜査対策室で継続捜査を行ってきたのだという。

「今回、その事件は背理犯罪である可能性が高いと巌田課長に言われ、新設される特殊犯捜査第八係への異動を命じられました。勿論、私も喜んでお受けしました」

笹野は静かに、しかしはっきりとした口調で語った。

「私は自分が担当したあの奇怪な事件の真相を、どうしても知りたいのです。そしてどうしても真犯人を探し出して、正当な裁きを受けさせたい。そうでないと私は、今まで警察官として生きてきた意味がないような気がするのです。そして私は今も、生き残った一人娘の毎水《うみ》と、そらという人物を探しています」

「そら、ですか？」

尾島が確認すると、笹野が頷いた。

「毎水が生んだと思われる子供の名前です。毎水は強盗に暴行されたあと妊娠が発覚したのですが、当時担任だった教師に、絶対に産むと言っていたようなのです。毎水は親戚の家に引き取られたのですが、妊娠中期に姿を消し、足取りが摑めないまま現在に至っています。ですから、どこかで出産した可能性があります」

思わず尾島が問い質した。

「暴行されてできた子供を、ですか？」

「ええ。おかしな話ですが」

両親を殺し、自分を暴行した犯罪者の子供を、産もうとしていた——？

尾島には、その心理が理解できなかった。犯人への憎しみと子供への愛情は別物なのだろうか。それとも他に、何か深い理由があったのだろうか。

関谷が笹野に聞いた。

「どうして、子供の名前がそらだとわかったんですか？」

「私がうみだから、生まれてくる子供はそらという名前にしたい、彼女がそう言っていたことを、担任の教師が覚えていました」

うみが産んだ、そらという子供——。

尾島はその時、新宿で出会った高山宙という背理能力者の青年を思い出した。

彼の名前も宙《おおぞら》と書いてひろし、年齢は二十一歳だった。そして笹野は二十二年間事件を追っていると言った。事件の翌年にうみがそらを産んだとすれば、そらは二十一歳になっている筈だ。

もしかしてそらとは、俺が出会った高山宙なのか？

「――まさかな」

尾島は呟きながら首を振った。うみという女性は、自分の子供にそらと名付けようと思っていただけで、そもそも産んだかどうかもわからないのだ。

閑谷が不思議そうに尾島を見た。

「どうかしましたか？　トウさん」

「いや、何でもない」

尾島が言葉を濁したその時、設置されたばかりの真新しい固定電話が、大きな音で鳴り響いた。

「はい！　特殊八係」

閑谷が電話機に飛びつき、受話器に向かって叫んだあと、尾島を振り返った。

「巌田課長です」

「尾島です」

受話器をひったくって耳に当てると、巌田捜査第一課長の低い声が響いてきた。

「さっき、東京都知事選に立候補していた有力候補の一人が、交通事故で死んだ」

「またですか？」

尾島が驚きの声を上げた。

またというのは、昨日も、東京都知事選の立候補者が交通事故で死んだというショッキングなニュースが流れたばかりだったからだ。

電話の向こうで巌田課長が唸るように言った。

「そう、まただ。選挙カーにトレーラーが突っ込んだらしいが、都知事選の有力候補が死ぬのは二人目で、どっちも交通事故。なんか臭わねえか？」

今回は急性心臓死でもないし、笹野が追っている事件のように肺を潰されて死んだ訳でもない。交通事故だ。どちらも事件性はない筈だ。――だが。

だが、こんな偶然があるのだろうか――？

「俺の勘だが、マル能が絡んでる可能性がある。どう思う？」

「出動します」

尾島は当然のように宣言すると、事故現場の場所と交通部交通捜査課の担当係を聞いて電話を切り、笹野を振り向いて早口に言った。

「マル能による事件発生と思われます。笹野さんはここで待機を。新しい情報が入ったら携帯へお願いします」

「わ、わかりました」

笹野が慌てて頷いた。

「いくぞ、イチ」

尾島は上着を羽織りながら、部屋の外に向かって駆け出した。

「はい、トウさん！」

関谷も上着を引っ掴んで、尾島の後を追った。

「気をつけて――」

二人の背中を見送りながら、笹野が不安そうに呟いた。

謝辞

本作の執筆にあたり、弁護士・錦野匡一氏に法律・裁判関係への貴重なご助言を頂きました。この場を借りて御礼を申し上げます。

なお、本作中に実際の法律の運用や裁判の進行と異なる描写がある場合には、その責任は全て筆者にあります。

二〇二〇年三月　河合莞爾

本作品は書き下ろしです。
またこの物語はフィクションです。実在する人物、団体等とは一切関係ありません。

中公文庫

カンブリア　邪眼《じゃがん》の章《しょう》
——警視庁《けいしちょう》「背理犯罪《はいりはんざい》」捜査係《そうさがかり》

2020年３月25日　初版発行

著　者　河合《かわい》 莞爾《かんじ》

発行者　松田 陽三

発行所　中央公論新社
〒100-8152　東京都千代田区大手町1-7-1
電話　販売 03-5299-1730　編集 03-5299-1890
URL http://www.chuko.co.jp/

ＤＴＰ　平面惑星
印　刷　三晃印刷
製　本　小泉製本

Published by CHUOKORON-SHINSHA, INC.
Printed in Japan　ISBN978-4-12-206849-0 C1193

各書目の下段の数字はISBNコードです。978－4－12が省略してあります。

中公文庫既刊より

え-21-1
巡査長 真行寺弘道　榎本憲男
五十三歳で捜査一課のヒラ捜査員――出世拒否×バツイチ×ロック狂のニュータイプ刑事登場。圧倒的なスケールの痛快エンターテインメント！〈解説〉北上次郎
206553-6

え-21-2
ブルーロータス 巡査長 真行寺弘道　榎本憲男
真行寺弘道は、五十三歳で捜査一課ヒラ刑事という変わり種。インド人の変死体が発見され、インドを専門とする若き研究者・時任の協力で捜査を進めると……。
206634-2

え-21-3
ワルキューレ 巡査長 真行寺弘道　榎本憲男
元モデルだという十七歳の少女・麻倉瞳が誘拐された。真行寺刑事は、評論家デボラ・ヨハンソンの秘書を務める瞳の母に、早速聞き込みを始めたが――。
206723-3

え-21-4
エージェント 巡査長 真行寺弘道　榎本憲男
「令和」初の総選挙当日――。首相の経済政策を酷評し躍進する新党に批判的な男が、騒動を起こす。現場に居合わせた真行寺は騒ぎに巻き込まれるが……。
206796-7

さ-65-5
クランⅠ 警視庁捜査一課・晴山旭の密命　沢村鐵
渋谷で警察関係者の遺体を発見。虚偽の検死をする美人検視官を探るために晴山警部補は内偵を行うが、そこには巨大な警察の闇が――！ 文庫書き下ろし。
206151-4

さ-65-6
クランⅡ 警視庁渋谷南署・岩沢誠次郎の激昂　沢村鐵
同時発生した警視庁内拳銃自殺と、渋谷での交番巡査銃撃事件。警察を襲う異常事態に、密盟チーム「クラン」がついに動き出す！ 書き下ろしシリーズ第二弾。
206200-9

さ-65-7
クランⅢ 警視庁公安部・区界浩の深謀　沢村鐵
渋谷駅を襲った謎のテロ事件。クランのメンバーは「神」と呼ばれる主犯を追うが、そこに再び異常事件が――書き下ろしシリーズ第三弾。
206253-5

さ-65-8
クランⅣ　警視庁機動分析課・上郷奈津実の執心
沢村鐵
包囲された劇場から姿を消した「神」。その正体を暴く鍵は意外な人物が握っていた。警察に潜む悪との戦いは佳境へ！　書き下ろしシリーズ第四弾。
206326-6

さ-65-9
クランⅤ　警視庁渋谷南署巡査・足ヶ瀬直助の覚醒
沢村鐵
警察閥の大量検挙に成功した「クラン」。だが「神」の魔手は密盟のトップ・千徳に襲いかかり――。迫り来るクライマックス、書き下ろしシリーズ第五弾。
206426-3

さ-65-10
クランⅥ　警視庁内密命組織・最後の任務
沢村鐵
非常事態宣言発令より、警察の指揮権は首相へと移った。「神」と「クラン」。最後の決戦の行方は――。シリーズ最終巻、かつてないクライマックス！
206511-6

す-29-1
警視庁組対特捜K
鈴峯紅也
本庁所轄の垣根を取り払うべく警視庁組対部特別捜査隊となった東堂絆を、闇社会の陰謀が襲う。人との絆で事件を解決せよ！　渾身の文庫書き下ろし。
206285-6

す-29-2
サンパギータ　警視庁組対特捜K
鈴峯紅也
非合法ドラッグ「ティアドロップ」を巡り加熱する闇社会の争い。牙を剝く黒幕の魔の手が、絆の彼女・尚美に忍び寄る⁉　大人気警察小説、待望の第二弾！
206328-0

す-29-3
キルワーカー　警視庁組対特捜K
鈴峯紅也
「ティアドロップ」を捜索する東堂絆の周辺に次々と闇社会の刺客が迫る。全ての者の悲しみをまとい、絆が悪の正体に立ち向かう！　大人気警察小説、第三弾！
206390-7

す-29-4
バグズハート　警視庁組対特捜K
鈴峯紅也
ティアドロップを巡る一連の事件は、片桐、金田ら多くの犠牲の末に、ようやく終結した。片桐の墓の前で死を悼む絆の前に、謎の男が現れるが――。
206550-5

す-29-5
ゴーストライダー　警視庁組対特捜K
鈴峯紅也
日本最大の暴力団〈竜神会〉首領・五条源太郎が死んだ。次なる覇権を狙って、悪い奴らが再び蠢き出す――。大人気警察小説シリーズ第五弾。文庫書き下ろし。
206710-3

各書目の下段の数字はISBNコードです。978－4－12が省略してあります。

と-25-32
ルーキー　刑事の挑戦・一之瀬拓真　堂場瞬一
千代田署刑事課に配属された新人・一之瀬。起きる事件は盗難ばかりというビジネス街で、初日から若い男性が被害者の殺人事件に直面する。書き下ろし。
205916-0

と-25-33
見えざる貌　刑事の挑戦・一之瀬拓真　堂場瞬一
千代田署刑事課そろそろ二年目、一之瀬拓真。管内で女性ランナー襲撃事件が発生し、捜査に加わるが、なぜか女性タレントのジョギングを警護することに⁉
206004-3

と-25-35
誘爆　刑事の挑戦・一之瀬拓真　堂場瞬一
オフィス街で爆破事件発生。事情聴取を行った一之瀬は、企業脅迫だと直感する。昇進前の功名心から担当を名乗り出るが……。〈巻末エッセイ〉若竹七海
206112-5

と-25-37
特捜本部　刑事の挑戦・一之瀬拓真　堂場瞬一
公園のゴミ箱から、切断された女性の腕が発見される。その指には一之瀬も見覚えのあるリングが……。捜査一課での日々が始まる、シリーズ第四弾。
206262-7

と-25-40
奪還の日　刑事の挑戦・一之瀬拓真　堂場瞬一
都内で発生した強盗殺人事件の指名手配犯を福島県警から引き取り、駅へ護送中の一之瀬ら捜査一課の刑事たちが襲撃された！　書き下ろし警察小説シリーズ。
206393-8

と-25-42
零れた明日　刑事の挑戦・一之瀬拓真　堂場瞬一
一世を風靡したバンドのボーカルが社長を務める、芸能事務所の社員が殺された。ストーカー絡みの犯行、という線で捜査を進めていた特捜本部だったが……。
206568-0

と-36-1
炎冠　警視庁捜査一課七係・吉崎詩織　戸南浩平
時間内にゴールできなければ、マラソン代表候補が爆死。警察の威信に懸けて犯人を暴け。レース×サスペンス、緊迫の警察小説！
206822-3

な-70-1
黒蟻　警視庁捜査第一課・蟻塚博史　中村啓
「黒蟻」の名を持つ孤独な刑事は、どこまで警察上部の闇に食い込めるのか？　このミス大賞出身の実力派作家が、中公文庫警察小説に書き下ろしで登場！
206428-7

各書目の下段の数字はＩＳＢＮコードです。978－4－12が省略してあります。

と-26-39
ＳＲＯ Ⅷ 名前のない馬たち
富樫倫太郎
相次ぐ乗馬クラブオーナーの死。事件性なしとされるも、どの現場でも人間と同時に必ず馬が一頭逝っている事実に、ＳＲＯ室長・山根新九郎は不審を抱く。
206755-4

と-26-36
ＳＲＯ episode0 房子という女
富樫倫太郎
残虐な殺人を繰り返し、ＳＲＯを翻弄し続けるシリアルキラー・近藤房子。その生い立ちとこれまでが、ついに明かされる。その過去は、あまりにも衝撃的！
206221-4

ほ-17-7
歌舞伎町セブン
誉田哲也
『ジウ』の歌舞伎町封鎖事件から六年。再び迫る脅威から街を守るため、密かに立ち上がる者たちがいた。戦慄のダークヒーロー小説！〈解説〉安東能明
205838-5

わ-24-1
叛逆捜査 オッドアイ
渡辺裕之
捜一の刑事・朝倉は自衛官の首を切る猟奇殺人事件を捜査していた。古巣の自衛隊と米軍も絡み、国家間の隠蔽工作が事件を複雑にする。新時代の警察小説登場。
206177-4

わ-24-2
偽証 オッドアイ
渡辺裕之
サバイバル訓練中の死亡事故を調べるため、自衛隊特戦群出身の捜査官・朝倉は離島勤務から召還される。ミリタリー警察小説、第二弾。
206341-9

わ-24-3
斬死 オッドアイ
渡辺裕之
グアム米軍基地で続く海兵連続殺人事件。ＮＣＩＳから召還された朝倉は、異国で最凶の殺人鬼と対決する。自衛隊出身の捜査官「オッドアイ」が活躍するシリーズ第三弾。
206510-9

わ-24-4
死体島 オッドアイ
渡辺裕之
虫が島沖で発見された六つの死体。謎の孤島に単身潜入した元・自衛隊特殊部隊の警察官・朝倉に襲い掛かる影の正体は⁉「オッドアイ」シリーズ第四弾。
206684-7

わ-24-5
殺戮の罠 オッドアイ
渡辺裕之
次々と謎の死を遂げるかつての仲間。陸自最強メンバーがなぜ。自衛隊出身の警察官・朝倉が〝特別強行捜査班〟を結成し捜査にあたる。人気シリーズ第五弾。
206827-8